海風酒店

The Sea Breeze Club

吳明益

A Novel by Wu Ming-Yi

封面繪圖、設計、版面構成：吳明益　　啟發自 Odilon Redon, *Le Cyclope*, 1898

目次

第四章 仲秋——89
洗腳的時候，他注意到了麵包樹上有一隻Puurung（貓頭鷹）「呼，呼，呼呼——呼，呼，呼呼——」地叫著。那聲音像是透過雙手握成的圓弧傳出，透過風產生的回音，讓人聽起來心生疑惑，心生徬徨。督砮對牠說：「你是巨人派來的對嗎？」

第五章 乾季——119
想到這裡，巨人的心臟突地跳了一下，他聽見一個聲音：「我們到達的就是曾經離開的，我們失去的就是我們想追求的。」

第六章 暖冬——129
Tama好像從他的眼神裡看出疑惑，說：「我只是喜歡上教堂。」Tama頓了一下，補充說：「年輕的時候，發現有些信上帝的人認為自己比其他人更好，我覺得很奇怪。我喜歡上教堂是因為教堂是一群有信念的人蓋起來的。」

第七章 雨夏——163
「大雨怎麼會跟大火一樣？」毛蟹問。
「很多東西到變成很厲害的時候，都是一樣的，太大的雨就像大火，太大的火就像大雨。」

巨人之心會依循著日昇日落，每天會有兩次和緩又激烈的律動，說是和緩是因為一切是無聲無息地進行的，說是激烈則是因為每片葉子都會凋落，並且在附近萌生新葉。因此，每天可能都有數千萬個聲音在巨人之心處出生或死亡，周而復始，從蓊鬱到枯黃，再從枯黃回到蓊鬱。

尤道已經習慣了 Bubu 沒有回答，他預計她不會回答，只是自己有點徬徨、有點迷惑。但這一次她竟然眼睛閉著回答了：「山可能分成兩個。」她吸了一口氣，鼻子裡好像有鼻涕：「而且中間沒有河流。」

只是很多村民都以為自己視力減退了，有時候他們連對街都看不清楚；衣服不能拿到外邊曬，因為乾的時候同時會積上很厚的一層灰，好像上了漿一樣粗粗硬硬的。他們有的人以前曾經在附近的幾條河淘過金，現在他們恍然大悟覺得自己愚昧無比，因為金就是土，土就是金哪。

第十一章　第五季——293

我可以摸嗎？
噓，可以。
她把手放在樹上。她喜歡用手去摸各種東西，再把它畫下來。但她從來沒有摸過一棵溫暖的樹，雖然她不知道那溫度是從自己的手傳過去，還是樹本身就有的。

第十二章　颱風季——339

如果這世界上○神，那神就不可能會騙我們。祂賜給我們各種○○，就是讓我們從破碎、痛苦裡找到一條路。如果我們學會使用它們，就一定能通達○○，而不是像○們說的那樣。因為上帝自有○○。

第十三章　成為沉積層——367

季節並不是秋天、冬天、春天、夏天這樣，像一個圈圈。

從沖積扇到沉積層——海風酒店後記——387

旅程很長，但並不是秋天、冬天、春天、夏天這樣形成一個圈圈，而是碰上B，於是走向C，但並不是毫無理由的，很有可能是因為X的緣故。

第一章　初秋

女孩這才發現，會醒來是因為遠遠地，像細小的蜂鳴聲一樣，傳來呼喚名字的聲音。仔細聽的話就會發現，一邊傳來的是男孩的名字，一邊是自己的名字。

白狗

男孩已經是第三天看到那隻狗，巨人 Dnamay 也連續三天注視著他們。這天的太陽帶著鮮紅色的明亮，很像是受傷流著血。

男孩是個體格結實，有著淺褐色頭髮和機靈眼神的孩子，他正跟蹤著白狗，但他假裝是在跟蹤一頭山豬。白狗不曉得是從哪裡冒出來的，從某一天開始，就邁著猶豫的步子在村子的邊緣尋找工人遺棄的便當盒。

幾天前牠興奮地把頭硬鑽進一個便當盒的縫隙裡，吃到帶著碎肉的排骨時把頭往後一拉，橡皮筋跟著唰地滑進頸子，那瞬間白狗嚇得往上一跳，就再也甩不掉它了。牠覺得渴，跑到溪邊喝水，水卻到喉嚨的地方就流了回來，只有一小部分進到胃裡去。晚上飢餓喚醒白狗，牠走到白天有人煙的地方，幸運地找到路邊紙袋裡殘餘的雞骨頭。只是牠無法完成吞嚥，小小的靈魂裡同時升起了渴望和沮喪。嘗試了幾次，沮喪逐漸超過渴望。

白狗在尋找食物與無法吞嚥的過程裡反覆掙扎，辛苦半天找到的是空盒，偶爾發現食物又無法下嚥。牠急得團團轉，離開，尋找，尋找，離開，身體逐漸虛弱。睡意漸漸強過飢餓感，終於躺在草叢裡睡著了。睡著的白狗在夢中依然在找便當盒，不過夢裡的牠竟猶豫不敢靠近。

第四天的時候男孩遠遠發現瘦骨嶙峋的白狗半躺在草叢裡，他和暑假從南邊的部落跟著媽媽回來的比紹（Pisaw）玩扮演獵人遊戲時，無意間驚動了牠。比紹拿起一顆石頭往前一丟，白狗驚惶奔跑到十幾公尺外，回頭睜著迷惘憂鬱的眼神看他們。

「我們把牠當山豬追好了。」

「這隻狗？拜託，看起來像是嬰兒。」

「牠的脖子好像有什麼？」

「啊。橡皮筋啦。笨狗被橡皮筋套住了。」比紹仔細一看說。那條橡皮筋已經深深地陷入牠的脖子，看起來就像要切斷牠的氣管。

「流血了。」

「別丟牠吧。」這時男孩才發現自己這幾天一直惦記著白狗。

隔天男孩花了一天想找白狗，卻沒發現。第六天也是，男孩心想，會不會是白狗死了？Tama（父親）曾經告訴過他，如果你想認識一條陌生的狗，不是你養大的狗，你要耐心。

我會耐心的，我會耐心的。男孩告訴自己。

第七天黃昏他巡視的範圍延伸到墓地附近，在最大的十字架旁邊找到了躺著的白狗。白狗不知道該拔腿就跑還是應該裝腔作勢表達一下憤怒，眼神恐懼又尷尬。男孩揮了揮手上的山豬肉乾，丟到牠前面，牠鼓起最後的餘力奮起跳開，一跛一跛地遠離，好像那肉乾是毒藥。男孩跟在後頭，白狗加快速度，保持著幾米的距離。漸漸地，這距離愈拉愈近。男孩握著小獵刀的手心出汗。

「說不定牠可以成為我的獵犬。」
「白色的狗不像黑色的狗那樣勇敢。」印象中 Tama 這樣說過。
「顏色會有差？」
「真的啊，白色的狗不像黑色的狗那樣勇敢。」Tama 說。
「這隻不會。」
「這不是會不會的問題，這是道理，你知道嗎？這是道理。」
「這隻沒有道理。」
幻想中的 Tama 沒有再表示反對，用半是挑釁、半是質疑的眼神看著他。
這一切巨人 Dnamay 都透過繡眼畫眉傍晚時傳來的訊息而了然於胸。巨人想像著男孩跟蹤著狗的樣子，不禁笑了出來，同時心底一個念頭浮現。就在太陽剛剛墜落不久的時刻，他在路的盡頭趴了下來，張開嘴，在不明朗的天色裡，他的嘴看起來就像是一個巨大深黯的山洞。

尖鼻子的小動物

女孩都能從窗戶的一角看到月亮了，卻還沒睡著。她的右邊躺著大她一歲的兩個雙生姊姊，左邊躺著是小自己三歲的妹妹，再過去是媽媽和爸爸。從不同節奏的鼾聲聽起來他們都睡著了，風從關不緊的窗戶吹進來，一隻飛不出去的，翅膀脫落的大水蟻在她的頭髮旁邊爬行，她圈起食指和拇指把牠彈開。她在想那個味道像那種有時候會溜進房子裡偷吃雞蛋的臭青母，臉上凹凸不平的男子明天會不會再來。

會。不會。會。會。她數著散落在床邊的大水蟻的翅膀。

她感覺身體裡有一條黑色的藤蔓正在生長，長出枝芽，盤繞在裡面不知道什麼的地方，把她緊緊勒住，直到她大喝一聲，那些瘋長的藤蔓才被嚇得停住。

女孩問自己：妳知道怎麼採集野菜，知道怎麼撿落花生而不把人家的田踩壞，妳知道怎麼到山裡撿木柴避開陷阱，妳比村子裡的其他孩子都要懂事。可是爸媽為什麼要讓那個味道像臭青母的男人把自己帶走呢？

「我那麼乖怎麼會燙到？」女孩曾在很小幫忙燒水的時候，媽媽提醒她不要燙到時這麼問。媽媽被這個過度聰明的女兒惹得笑了出來，「啥物人攏有可能燙（thǹg）到，佮乖、毋乖無關係。」

她猶豫了一會兒，拉出藏在棉被裡的小背包，跨過兩個姊姊和媽媽，在那一瞬間，眠夢中的兩個姊姊睜開了眼看著她，四個黑色的，大大的瞳孔盯著她，就像黑暗裡受到驚嚇的小動物一樣，但沒有出聲。女孩一邊把手放在唇邊示意，一邊跨過父親，一個重心不穩恰好踩在他的右臂附近。

女孩聽媽說過，生下兩個姊姊的那年，爸因為什麼原因，隱瞞了家人帶著她們從西部搭著火車來到這個村子重新生活。隔一年母親生下她，在她出生之前，爸曾到更南一點的地方當蔗工，住在工寮裡，固定時間寄錢回來。後來蔗田一直變大一直變大，爸爸換了工地後全家搬到這裡來，這樣媽媽就能偶爾在忙碌的季節也到蔗田做事，平時就幫人種種地、帶孩子。

大概是一年前，也是蔗工的阿德叔叔急急來敲門，當時母親帶著兩個姊姊撿野菜去了，開門的就是被留下來燒水煮飯，照顧妹妹的女孩。女孩用水把爐火澆熄，阿德抱起妹妹，跟著她跑到山裡找到媽媽和兩個姊姊，再把她們帶上鄰田阿助阿伯的鐵牛趕到鎮上唯一的診所。

女孩爸爸神智清醒躺在床上，眼神裡沒有對任何來看他的人表達感激，整個人蒼白得就像大理石塊。阿德說：「清水仔刣（thâi）的。」這個叫清水仔的人，午休的時候不知道為了什麼和女孩爸爸發生爭執，趁他不注意的時候用蔗刀從背後揮了一刀。

刀實在太鋒利了，在瞬間大家都不知道發生了什麼事，靜止在那裡看著地上的斷臂，好像在圍觀一張照片，那手臂連接的手掌和手指好像還跟大家招了招手。阿德將女孩爸爸正在噴血的大臂紮緊，和幾個人一起抬著他到鎮上的小診所。圍觀的蔗工們在鑼聲響了之後紛紛回去上工，那隻斷臂竟就被忘在那裡，回頭再去找，手臂跟清水仔都不見了。

「揣著也無錢接，頭家袂出錢啦。」媽每次回想起這件往事時就這麼說。

女孩從來沒有聽媽談起清水仔為什麼要砍阿爸，她只知道爸極其幸運或是不幸地撿回一條命。幸運的當然是他沒死，不幸的是失去那隻手以後，就只能用剩下的另外一隻手臂推車賣些水果雜貨，再用賺到的小錢去買酒和打牌，偶爾和媽一起到田裡，他也只是坐在田間看女兒們做事。他變得對一切失望，對晴天、蔗田、稻田、野狗和大海，以及生了這麼一大家子的媽和孩子們生氣。他用剩下的手摔椅子，把她們推去撞向牆壁，就好像失去的手充滿怨氣的陰魂附在剩餘的手上。偶爾清醒時，他想起自己對妻兒的責任，就變得對自己更加失望，於是憤怒也就更像落山風無法控制了。

女孩可能不只是家裡最美的孩子，也是小鎮最美的小孩，從小她就聰明伶俐，懂得看人眼色。女孩知道大人們都喜歡她，「遮爾媠的查某囝仔」。可能是這樣，他們才決定讓那個身上有臭青母味的男人來帶走我吧。

「較有價數（kè-siàu）。」

這個聲音再次在女孩的耳畔響起。女孩踩到的阿爸右手的位置空空蕩蕩，而阿爸依然鼾聲大作。女孩原本的猶豫不再存在，她把腳放進拖鞋裡，然後推開拉門，往屋外走去。她想像眼前像故事書裡那樣有一隻帶著懷錶和雨傘的兔子，牠轉過頭對她說快點快點，否則來不及了。

女孩在黑暗裡小跑步，剛剛還明亮的月光現在已經被雲遮住了。沒有月亮保護，她只能以植物的味道來辨別自己走在哪一條路上。有食茱萸香氣的那條路通往山上，而野薑花的氣味則是通往灌溉水池。女孩往山上那條路走，路邊的植物把種子和露水沾黏在她的褲子上，好像跟她說「帶我走帶我走」，直到空中的氣味逐漸陌生。

在目睹父親斷臂傷口後的隔天，女孩做過一個夢。夢裡的女孩正在升火做飯，一隻看起來像是要來偷菜的小動物，吸引了她的注意。這隻毛茸茸、棕紅色，像是披著蓑衣的傢伙，大約像貓的大小，帶著有點睏倦卻真誠的眼神和長長的鼻子，那眼神像在說：「想來就來吧。」讓女孩不禁放下手邊的工作跟著牠走。「不是兔子。」牠保持著她可以追得上的速度，最後進入一個隱匿於落葉與雜草間，斜斜鑽進岩壁的孔縫。

女孩在夢裡有著清楚的嗅覺，雖然距離夢境已久，夢裡的味道仍然緊抓著她不放。此刻她像一隻嗅覺靈敏的哺乳動物朝空中盡可能打開自己的嗅覺，試圖把夢中的氣味和現實對照。不知道經過了多長的時間，循著空中時隱時現的氣味之路，女孩竟然來到了和夢中一模一樣的洞口。

夢裡一開始是沒有洞口的，此刻也沒有，但不知道為什麼，女孩**就是知道**洞存在著，在雜草中，必然有一個洞。夢中女孩跟著那隻不知名的動物走到路的盡頭，面對這片山壁時，小動物義無反顧地往前一躍，洞口出現了，女孩站在洞外，在猶疑不決的狀況下結束了夢境。此刻現實中的女孩則撥開了植物，摸出了岩縫的所在，然後低身鑽進洞裡。她不忘回頭再把植物撥回原位，像小動物一樣掩飾自己的形跡。包包裡她偷來的那盒火柴很珍貴，暫時她還沒有想動用。往裡面走不久，洞漸漸變大，她靠著洞壁坐了下來，黑暗伸出無數霸道而獨斷性的手，把光跟一切隔絕在外邊。

「現在黑暗保護妳。在這邊等兩天，那個聞起來像臭青母的人就會走了。」那個眼睛睏倦，鼻子長長的小動物在黑暗中對她說：「要不然就跟我一起睡一覺好了。」恐懼和安全感同時環抱著她，沒多久她便沉沉睡著了，直到她被一陣窸窸窣窣的聲音喚醒，那一瞬間她還以為自己仍然在房間裡。而後一連串密集卻像是隱形了的拍翅聲，從她的耳畔掠過，以不可思議的微小距離避開她。這時她的瞳孔已經適應了黑暗，因此那些紛亂的黑影更添恐怖，女孩慌張地四肢並用，往更深的洞裡逃去。

「你在哪裡？你在哪裡？」她對著那隻夢裡不知道跑到哪裡去的尖鼻子小動物說。

月亮和影子

男孩發現進入山洞以後，白狗就變成薄薄的白白的影子，然後變成白白的煙，接著就消失在他的視線裡了。

這時他才發現，後方的黑暗和前方的黑暗一樣深，四周一片靜默，空氣像是有一層濃重的厚度，一切失去銳利與邊角，剛剛的興奮感就像蝸牛的觸角一樣縮回身體裡面。

Idas，男孩輕輕地喊，不過沒有任何回應。Idas 是他為白狗取的太魯閣名字，月亮。喊了之後男孩自己不禁笑了出來，Idas 應該還不曉得自己叫 Idas，算是白叫了。

男孩想到 Tama 說的，遇到不熟悉的狀況不要慌，蹲下來，聽風從哪裡來，光在哪裡，看看活的東西往哪邊走，植物朝哪裡長。男孩摸摸牆壁，發現理解是一回事，實際遇到又是另一回事，Tama 說的話總是這樣，聽到的跟實際上的意思不太一樣。

男孩原本想退回洞口，但想起脖子上有橡皮筋的 Idas 為了逃避他的追蹤才陷在這樣的黑暗裡，他不能放下牠不管，於是決定冒險往更深的地方走。這時他已經不那麼想 Idas 做他的獵狗了，只是想幫牠解開橡皮筋，或者至少確認牠能離開這個洞穴。

男孩邊走邊在黑暗中確認山洞的形狀，坑頂摸起來平滑，坑底相對崎嶇。過了一會兒，坑洞漸漸變得狹窄低矮，他蹲下爬行，很快就沒辦法再抬頭，雙臂也不能順利平展。坑洞深處散發著寒意，趴著往前時，偶爾會聽見彷彿從地底傳出的潺潺水聲，好像有人肚子餓一樣。

恐懼慢慢像潮水一樣升上來，但男孩決定再堅持一陣子，他在心底數數，打算數到一百都無所獲時就回頭走。數到九十八時，黑暗的洞穴微微透出亮光，在眼睛適應了那個光線後，他發現自己來到了一個像是洞的「肚子」那樣的地方。男孩窮極目力，當他的瞳孔適應了以後，他發現另一端有一個小小的白色影子。

Idas，是Idas嗎？

應該是。別怕，我只是想幫你把橡皮筋拿下來，橡皮筋不舒服吧？以前Tama喝醉的時候掐過我的脖子，我知道的，如果吸不到氣的話，沒辦法吃東西吧？別怕，Tama說，害怕的人只能在地上爬。我不是很懂他的意思，但就是不能趴下去啦，但是狗狗不是都是趴著的嗎？可能有些道理是人的，有些道理是狗的。

男孩邊喃喃自語邊靠近那張白色的影子。白色影子好像很虛弱了，只是輕微地挪動了一下並沒有逃開。男孩緩緩地伸出右手摸著牠的皮毛，由於每根毛髮都打結了，摸起來簡直就像砂岩山壁一樣，牠奮力把頭往後轉，朝男孩的手咬了一口，男孩完全不痛，這表示Idas已經很虛弱了。等到牠適應了男孩的手溫和味道以後，男孩才又往下一處摸，漸漸漸漸地從背脊摸到牠的脖子處。橡皮筋底下溼溼黏黏，男孩知道這是因為血水和膿和在一起的緣故，Idas因為吃痛而不友善地低鳴起來，再次咬了他手掌一口。男孩一面輕聲安撫，一面用另一隻手拿出獵刀，在黑暗中靜悄悄地把橡皮筋割斷。

他把刀收回掛在腰際的刀鞘，右手不敢離開 Idas，以免牠逃走，再從腰袋裡摸出一瓶藥膏，那是 Tama 自己珍藏的獵人藥膏，「什麼都可以擦，感冒也可以，便祕也可以，害怕的時候也可以。」男孩把藥抹在 Idas 的脖子上，Idas 再次一陣低哼，牠氣力放盡了。他拿出水壺，把瓶口送到牠的嘴邊，等牠開始舔了以後又倒了一杯水壺蓋給牠。渴的痛苦戰勝對人的恐懼，牠舔完一瓶蓋，又一瓶蓋，肚子開始發出咕嚕咕嚕的聲響。男孩把帶來的山豬肉乾放在嘴裡嚼爛，再吐出來塞進牠嘴巴的一側。

「吃吧吃吧，沒吃飯的話，就算你是巨人比腕力也贏不了我。」

男孩一口一口用他的唾液消化後的肉泥慢慢地餵著 Idas，此刻他覺得幸運而且感動，他得到了一隻狗，也許是一個朋友。

「吃吧吃吧。」他說。

成群結隊的夜婆

在黑暗中飛行的是被驚動的夜婆（iā-pô）。

雖然女孩本來在外面採野菜的時候也會看見夜婆，但像這樣成群結隊的夜婆從來沒有見過。她爬到一處可起身的地方，扶著岩壁站起來，但往前走沒多遠便被絆倒，被絆倒後女孩吃痛蜷縮起來，伸手探索時摸到一個洞壁的凹槽，側身躲了進去。夜婆的拍翅在她耳畔沙沙而過，她朦朦朧朧地感覺到安靜下來之後牠們層層疊疊地懸掛在洞窟的上緣。

她摸出背包裡的火柴，唰地點了一根。

火光不穩定地照亮了洞穴，夜婆就像鄰居儲存的黑玉米一般，密密麻麻，神祕地倒懸調整著姿勢，就像童話書裡畫的一樣，好像穿著披風，用手遮住眼睛那樣倒懸著。女孩趁火光還沒熄滅之際往洞穴四周看去，發現剛剛她進來的入口比較深，另一端有一個較窄的黑洞，而此刻她待的地方因為朦朧所以顯得大，充滿了夜婆大便的氣味，雖然還有一些夜婆在飛，但躁動的尖銳叫聲和拍動翅膀的聲音逐漸安靜下來。

女孩面臨該待在這裡，還是往洞口退出的決定。她想，不知道出來多久了，那個像臭青母一樣臭的男子應該離開了吧？他如果走了，也許她只會被爸媽輪流揍一頓，日子又會跟昨天以前一樣。正當這麼想時，手中的火柴燒到她的食指和拇指，她嚇了一跳放開火柴，把指頭放進嘴巴裡降溫。

灼痛感讓她想起隔壁那對夫婦買來的那個女孩。大概只有三、四歲吧？每天都要洗衣服、用水瓢舀水站在小凳子上倒到水缸裡、去海邊撿林投葉回來升火……一旦什麼事沒做好，就會被那個前額只有幾根頭髮的養父吊起來打。真的是吊起來，她親眼看過那個滿臉疲憊的瘦小男人，在喝醉酒後熟練地用皮帶把女孩的兩隻腳綁在一起，倒掛在門前打。女孩哭得驚天動地，都動搖不了他，村子裡的人也漠然地、尋常地從他家門口經過而不干涉，就像女孩只是吊在那邊的一隻雞。

女孩聽村子裡其他大一些的孩子說，只要被賣掉可能就會這樣，「這還算好的，還有更可怕的。」但誰也講不出來什麼是「更可怕的」，因為沒有經歷過，那個沒有被描述出來的「更可怕的」就更顯可怕。那個小女孩後來變得非常耐打，被吊起來時也不再像一開始來的時候哭得那樣驚天動地了，到後來變成啞巴似地，認分做著遠超過自己年齡的工作，一年後也不見她長高多少。

想到這裡女孩就打消了冒險回去的念頭。她摸了一下藏在背包裡的玉米、花生和饅頭，至少也能躲個兩、三天吧。臭青母人一定會走吧？不過雖然這樣，爸爸會不會把她帶上火車，追上他把她賣掉？也許不會，爸應該不會願意花火車錢，也出不起火車錢。但是，如果臭青母人出錢呢？

女孩搖搖頭不想再想，這時才感覺到餓。她摸出背包裡的饅頭，珍重地，過分謹慎地咬了一口。

她把那口饅頭反覆地咀嚼，直到澱粉的甜味溢滿口中。當她的心神逐漸安定下來時，在黑暗中，她聽見一個稚嫩的童音喊著什麼。她寒毛直豎，為了驅離那樣的恐懼感，她決定點燃另一根火柴。

有風吹動著火光，那隻有著尖鼻子的小動物又出現在眼前，牠眨眨眼，尾巴晃動了一下，「跟我來」，往她右手邊，狹小的洞口鑽了進去。

往你的名字那一頭走

在彎曲的洞穴，深邃的大洋裡，光線是沒有機會的。但那裡也不見得是純粹的黑暗，因為可能微細的、局部的反射將殘餘的光帶了進來，因為可能發出螢光的昆蟲、魚類或浮游生物，帶進了些微的光芒。

當光線隱身的時候，生物身上的其他感官就會挺身而出，因此在這可能的純粹黑暗裡，兩個孩子彼此都感受到了對方的存在。

那種感覺非常奇妙，並不是在黑暗的房間裡發現床、椅子、桌子這些沒有生命的東西。你會感受到極其微細的聲響，遠比呼吸聲更微細卻更清楚宏大的什麼，諸如心臟正在傳送血液和激素到你的四肢，好像有人在你大腦的聽覺區輕聲地說：「有人。」

雖然在那之前已經有了心理準備，但察覺到彼此的氣息時，兩個孩子和一隻狗都歇斯底里地叫了出來，並且猛然退後往岩壁上靠，想把自己塞進去似的。

不知道靜默了多少時間，白狗轉了頭嗅了嗅少年，好像在鼓勵他一樣。

受到鼓勵的男孩首先開口了：「我叫督砮．烏明（Tunux Umin），是人，你是什麼？」男孩想到 Tama 說的，當在陌生的地方遇到陌生的事的時候，不要問「你是誰？」因為對方不一定是人類，也有可能是祖靈、山神、樹精或什麼動物化成的。

空氣中沉默著。

男孩也記得Tama曾說，人要對陌生的人保持戒心，但也要開放，人跟其他動物不同，你要先表示善意，對方才不會關門。人要跟樹打招呼、跟雲打招呼、跟山打招呼，這樣山才會給你野豬，溪才會給你魚，雲才會下雨。

「我從Knibu（克尼布）來的，會進來山洞，是因為Idas……嗯……這條白狗，牠脖子上套了橡皮筋，我要救牠。」

過了幾秒，他又說：「也不是救，我想要牠當我的獵狗。」

空氣中終於有了回應：「你帶著狗？你說狗是嗎？」

「嗯，狗。在我這裡，我旁邊。妳如果感覺這裡有一團白白的，就是牠。」

「小小的嗎？會咬人的還是不會咬人的？」

「小小的，不會咬人。」

「我喜歡不會咬人的小狗。你說牠叫什麼？」

「Idas，月亮。我替牠取的名字。」

女孩沉默，男孩也沉默，狗也沉默。

「啪噠啪噠啪噠。」男孩用舌尖抵著上顎，和快速震動雙唇發出聲音。

「什麼？」

「喔，沒有，我一緊張就會這樣，我爸爸都說不要亂發怪聲音，山豬會聽到。」

「我能摸摸牠嗎？」

「山豬嗎？」

「Idas 啦。」

「可以，不過這裡很黑。」

「我有火柴。」

女孩摸出一根火柴，點著它。

兩個孩子的眼神直覺地集中在火燄上，連 Idas 也是。少年看見他這一生看過最美麗的，溪水深潤的眼睛，而女孩則看到一雙和那隻引導她進來的毛茸茸小動物一樣的眼睛。這雙眼睛讓她莫名地有一種安定的感覺。

雖然只是一根火柴的火燄，卻似乎燃燒了許久許久才熄滅，洞穴裡瀰漫著火柴梗燃燒的氣味，和燃燒不太完全的青煙。

當洞穴重新進入黑暗時，兩個孩子稍稍放鬆了下來。男孩把他追逐 Idas 的過程講了一次，簡單提到村子，講了很長在山洞裡的感受，談到他怎麼和 Idas 變成朋友：「我覺得啦。」女孩則說了自己怕被一個聞起來像臭青母的人帶走，所以決定跟著夢裡的尖鼻子的小動物來牠的洞穴裡躲幾天再回家，接下來自己也不知道怎麼辦。

「什麼是尖鼻子的小動物？」

「不知道，就是毛毛的，咖啡色的。不過不是狗，比較小。」

「什麼是臭青母？」
「一種蛇，很長很大，臭臭的，會偷吃雞蛋。你哪時候要出去？」
「等 Idas 能走。」男孩轉念了一下，又說：「等妳想出去的時候，我們一起出去吧，現在也可以。」他又想了想，改口說：「都可以，看妳。」
「我還不想。」
「妳肚子餓嗎？」
「嗯，我有饅頭和玉米、花生。」
「我有肉乾和水。」
「我們交換吃。」
他們把剩餘的山豬肉夾在饅頭裡，兩個人一隻狗把它吃掉了。不計後果地把身上所有的食物都吃完了以後，狗和人都因為放鬆，而又睡著了。

女孩醒來的時候，知道男孩已經醒來，Idas 則還睡著。兩人滿懷心事坐在洞的同一端。女孩這才發現，會醒來是因為遠遠地，像細小的蜂鳴聲一樣，傳來呼喚名字的聲音。仔細聽的話就會發現，一邊傳來的是男孩的名字，一邊是自己的名字。呼喚自己名字的聲音短暫出現後就消失了，呼喚男孩名字的聲音則是持續的，並且愈來愈近。
「你叫督……什麼？我忘了。」

「督砮。妳呢？剛剛我聽外面的人叫了一聲。」

「秀子。」

「妳會想出去嗎？如果回家，應該會很慘吧。」

女孩想了一下回答：「不想。還不想。」但女孩心裡想，她想見到姊姊、媽媽、妹妹。

「剛剛妳還在睡的時候，我想到一個辦法。」男孩一直在想，如果大人找到他們的時候怎麼辦。

「什麼辦法？」

「妳可以晚一點回去那個家，比較能確定那個人走了，再回去。」

「什麼辦法？」

「我們進來的地方不一樣對吧？」

「對。應該。」

「所以我們住不同地方。」

「嗯。」

「我從妳來的那個洞出去，妳從我來的那個洞出去。」

「啊。」

「如果我覺得妳爸媽不生氣了，不會把妳賣掉了，我就告訴他們我住哪裡，他們送我回家，就會找到妳了。」

「Idas 呢？」

「我會帶著牠啊，牠是我的狗了。」男孩想了一下，說：「我們村子都是好人，不會把妳賣掉的。」

女孩的嘴唇動了一下，但在黑暗中沒有人看到，她覺得有一股暖流，感到安慰，就好像那隻尖鼻子的小動物用鼻子頂了頂她一樣的感覺。

「我們沒東西吃了，再待在裡面會餓死。」男孩的話提醒了女孩。飢餓像一隻大手，伸進她的身體裡，翻攪她的胸腔，攫取她的肩胛骨，往下探進她的胃，裡頭已經什麼都沒有了。

「可以吃夜婆。」

「什麼是夜婆？」

「蝙蝠啊，我媽叫牠們夜婆。」

男孩說：「啊，Bkaric」

「什麼？」

「就妳說的那個啊。」他想了一想說：「我們交換一個東西好嗎？」

「交換？」

「我 Tama 說，如果你在不可思議的地方，遇到不可思議的事，你要留下一樣東西，才能安全離開。」

「所以我也要給你一樣東西？」

男孩在黑暗中聳聳肩，又點點頭，猶疑了一下再聳聳肩。「看妳。」講話的同時，他遞過來一把帶鞘的短刀。

「Tama 送我的，是阿里斯打的，他是克尼布最好的做刀子的人，很利，什麼都能切斷。」

女孩拿著刀，感受到重量。多年之後她會理解，每一樣巨大的物事總會讓你失望，它們會在時間裡毀壞，會消滅得幾乎不像曾經存在過。而那些你可以帶在身邊，放進蛋捲鐵盒裡，忘在房子一角的東西則不然。等到有一天你想起它們，或意外地發現它們時，它們還是安然無恙地待在那兒。

女孩在跨出那個家之前，曾經想過永遠都不回去，但此刻她知道，一個人要在一個地方生活需要的東西，一個小背包是裝不下的。她知道男孩此刻遞過來的那把刀，不是普通的一把刀，是男孩很珍重的一把刀。但她能有什麼東西和男孩交換呢？她想起小背包裡那本書。

女孩打開背包，摸到那本小書，因為被她翻過無數次，紙的邊緣都捲起來了。女孩把書遞過去，轟隆隆的火車聲從他們心頭駛過。

「這是什麼？」

「一本書。我爸爸不讓我看書，我都把書藏在米箱下面。」男孩還沒上學，聽說上學以後就會有書，在這之前，他從來沒有摸過一本書。

靠右邊的耳朵，又再次傳來遠遠的人聲，這次很清楚，也近得多。

男孩說：「妳往我的名字那一頭走吧。」

「嗯，所以你就往我的名字那一頭走？」

Idas用鼻子頂了頂女孩，兩個孩子站起身來，背對背，小心翼翼地往外走去。

第二章　雨季

只是無論是善良的巨人、醜惡的巨人、愛惡作劇的巨人、好色的巨人，都是人類的感受。巨人只是任性地做他們想做的，就像樹到了季節落葉，雨後出現彩虹，森林因為酷熱乾燥而引發大火……。

宇宙和小宇宙

「什麼最難消化？」

「時間最難消化。」每當巨人Dnamay在雨季想起自己的孿生哥哥時，就會想起他和哥哥抬槓時的情景，他們會一問一答，看誰問倒對方。

「下次颱風來以後哪裡會出現一條新的溪？」

「以前我們住的那座山裡頭什麼最讓你難忘？」

「鳥穿過雲的時候會有感覺嗎？」

「為什麼食蟹獴要吃螃蟹？」

「今年又會有哪些特別的鳥迷路來到這裡？」

但有一個問題，是巨人絕對不會問另一個巨人的，那就是：「巨人從哪裡來？」因為巨人們都認為，如果知道了自己從哪裡來，那個孕生自己的力量就會消失，巨人就會愈來愈虛弱，只有讓那一切隱身於山嵐煙霧霜雪季風之中，巨人才能存在。

對巨人來說，世界的創生與自己的出生似乎是同一件事，時間始於溼答答的清晨露珠被陽光蒸散之時，時間終於雲朵化為雨水落下之後，這是不見首尾的循環。

但最老的巨人還依稀記得這個星球自光而生、自火而生的那個時代，忒伊亞（Theia）撞上了地球，爆裂的碎片帶走地球的一部分——在許久之後，人類誕生，將其命名為Mǣnōn、塞勒涅（Selene）、黛安娜（Diana）、辛西婭（Cynthia）、太陰，或者地衛一（Earth I, Sol IIIa）、Idas、月球或者月亮。

地球自轉的角動量傳遞到月亮的軌道，兩者之間的距離逐漸增加，月亮也從火熱的岩漿海逐漸冷卻，最初的熱僅餘寂靜與少量的水與冰，岩石和塵埃。而地球本身則不斷降雨，大雨夜以繼日，數天、數月、數年、數百年，雨水落在大陸上，澆灌空無一物的低窪處，匯積成海。

夏季海水洶湧，冬季海凍成冰，潮汐則讓地球有了呼吸，喚醒生命。

高熱、沒有氧氣的海底熱泉形成的白煙囪與黑煙囪滾動著，大洋深處的失落城市，孕育了第一批住民。那些數十公尺，矗立在海底的白色煙囪，是地函新生的火成岩與海水在地熱影響下起的化學反應，每一個煙囪都是一個生態系，不是日光，而是硫化氫、甲烷、氫氣、有機酸所形成的化合反應，餵養著這個黑暗世界的子民，生物在這裡因為長期失光顯得一片花白。漸漸地，海中的無機物結合成簡單的有機物，簡單的有機物變成較複雜的有機物，生命由少至多、由簡而繁，管蟲、蠕蟲、小型蟹，終究形成了大型的無脊椎和脊椎魚類、哺乳類，其中一部分泅泳上陸。

而潮汐鎖住月亮的自轉，使得它始終以同一面朝向地球，另一面則永遠背向地球。

五十億年了，這是巨人難以想像的時間跨度，奇特的是，這些事巨人雖未目睹，卻存活在他們的記憶裡。在那裡，巨人們覺得自己好像站在另一個星球看這個星球隨著歲月推移，從藍變白，再變回藍。

別誤會，巨人不是那個因為受罰而扛著地球的阿特拉斯（Atlas），他的出現直到現在仍是祕密。巨人的「巨」原是個抽象概念，意味著知識與想像連構之後的無邊無際；「人」則是個比喻，不，也許是相互流動、影響、滲透的隱喻——巨人和人類如此相像，就像鏡像一樣相依相生。

巨人沒有創造出「巨人語」，也幸好如此，巨人得以自由，他們只要願意，就能聽得懂大樹、飛鳥與走獸的交談，能接收到雨霧、石頭和星星的心意，而不用經過翻譯。他們的溝通像水變成雲的動態。巨人很少對人類講話，不過如果巨人勉強要用人類的聲音說話，或者要對人類說話時，他們每句話的前面都會發出「噓」或「噓噓」的聲音，像是要用力講出話來，也像是提醒自己不要講太多話。

如果我們把巨人的念頭寫成一本書就會發現，巨人的所有念頭，都會在人類的各種書寫裡重現；或者，也可以反過來說人類書寫下來的所有想法，都曾如流水般流經巨人的心中。這是因為無論是深刻的思考或是純粹的欲望，看似起於自由意志，像是從圓心往圓周輻射般可以有無限多種選擇，不過事實上，所有智慧生物的心靈總是只沿著幾條固定路線來發揮它的想像力。

比方說此刻巨人腦中的這個想法：「這些想像會雀屏中選，是因為我們在尋求安慰時，本能上會有一些共通性。就是因為人性堅定不移，人類才會栽種植物，天神才會老是住在高山上，而湖泊也總是被視為世界的眼睛，讓我們藉以衡量自我的靈魂。」這同時也在一個昆蟲學家寫的書裡接近一字不差地重現。

而緊隨其後，在此刻，如電、如鳥掠過巨人腦中的另一段後來出現在某本書裡的話語是：

「所有宇宙的東西都有其周期性的標誌，或可稱之為『節拍』；所有小宇宙的東西都有其極性，或者稱之為『緊張』。」

島上最後的孿生巨人

巨人曾經蓬勃過，遠在人類出現之前。因此，他們曾看過洪水、海底火山爆發以及許多不可思議的異象。有些巨人曾經有過自己的名字或者人類賦予的名字，比方說防風氏、拿菲林（Nephilim），其中一種獨眼的巨人叫做庫克羅普斯（Cyclops），他們是大地之母蓋婭（Gaia）和天空之神烏拉諾斯（Uranus）所生。有些巨人的名字則跟隨他所居住的地方取名字，比方說河流巨人、山谷巨人、森林巨人、湖泊巨人、峽谷巨人、洞窟巨人、冰川巨人……只是隨著人的足跡遍布這星球上的每一寸土地，巨人漸漸失去藏身之所，部分人類把巨人視為競爭者，不過「競爭」和多數巨人的本性不符，因此有些巨人便把自己和生存的背景融合為一，他們必須用偽裝來換取生存。

這個住在島嶼東部，對兩個孩子惡作劇的巨人，偽裝成山到底有多久了？連他自己都忘記了。因為他只要讓自己的鼻息停止，或者眠夢，就可以側躺成山，山通常不會知道自己成為山有多久了。

巨人的夢也比人類來得巨大，他們偶爾會在夢中重歷島的生成，在夢中這個星球的核心重複施展巨大的力量，讓陸地與大海裡的板塊相互阻抗擠壓，形成島與島鏈、島弧。

巨人常在夢中默念自己所在這個島弧的順序，Aliat、Кури́льские острова́、にほんれっとう、

琉球弧、福爾摩沙、Philippine Islands、East Indies。巨人在島嶼數次被海水淹沒、浮現的時代會航行海上，漂流在大洋的島與島之間；幾千萬年後，島嶼又再次上升，而後又再次淹沒，再次上升，僅僅露出日後的脊梁山脈，直到幾百萬年前，漂流在島嶼附近的巨人族各自結束漂流，登島安居。這在島嶼東部巨人的記憶曆法裡，被稱為「生根紀」。

「生根紀」的後面則是「海枯紀」，因為氣候遽變，海峽的海水幾乎退乾，許多動物與昆蟲帶著植物種子往返這片成為陸地的海洋。而後海洋再次上升，山岳成了島嶼，是為「島生紀」。如是海枯與島生反覆數次，直到人類安居，以他們的賦名取代了巨人的賦名。

巨人曾經目睹這個人類選用巨木做成舟筏，在大海上航行於島和島之間的時代。有些巨木甚至是巨人替人類扳倒，送給他們的離別禮物。

不過關於這些，在個別的巨人記憶裡是不完整的，就像即使是這個星球保存的地質變動，也有著「地層大角度不整合」（The Great Unconformity）的空白。這世界永恆不存在的原因並非永恆不存在，而是空白難以跨越。

人類和巨人曾有一段互不干擾、靜默相處的日子，這是因為巨人和人類生存的需求並不相同。人類和所有的生物一樣，求取族群的延續和生存領域的擴大，巨人則是以感官或想像來獲得生命的延續與滿足。巨人和人類之間只有一點情感上的共識，是關於愛的懵懂、期望以及失落。

這座島上東部的人類傳說巨人是好色的，在大雨導致溪水暴漲的時候，他會用他長長的陰莖，讓迷路的獵人或採野菜的人以為兩座山峰之間突然出現了橋梁。但愛惡作劇的巨人卻只讓相貌英俊的青年爬過去，如果是醜的青年，就讓他們翻落河中。有時候，巨人會無法控制勃起的陰莖，而把婦女弄傷，讓她們感到羞辱。對他們來說，這只是惡作劇而已，但人類的感受可不一樣。

巨人的惡作劇與偶爾的魯莽無意間會影響人類的命運，比方說他們就曾從海邊往山上走時，一腳踩平布洛灣，再一腳踩平巴達岡，再一腳落在天祥，踩出了赫赫斯、西寶、洛韶、蓮花池……這些地方。有時候巨人確實會刻意作弄人，當獵人追逐獵物數天之久，巨人會在森林的盡頭張開口等待吞下那個動物，讓獵人沮喪而歸，他得憋住笑才能避免引發地震。但巨人喜愛惡作劇，這是巨人自己也沒有辦法控制的事。

巨人的名字隨著發現者的命名而更名，比方說這支住在島嶼東部的巨人有時候叫巨人、山、高大的樹、Dnami、Tbawki、Paras Rangi、Watan Mahung、Bngci 或是 Dnamay。

有時候巨人躺在大地之上，讓樹扎根生長，真菌和蕈類、昆蟲生存其上，他張開嘴巴，品嘗落入其中的雨水、動物、果實和泥土，鳥兒會在黃昏的時候到巨人的耳畔報告新見聞，然後鑽進他的頭髮裡休憩。巨人於是深深了解人類，而人類也編織出了許多關於巨人的傳說與笑話。

只是無論是善良的巨人、醜惡的巨人、愛惡作劇的巨人、好色的巨人，都是人類的感受。巨人只是任性地做他們想做的，就像樹到了季節落葉，雨後出現彩虹，森林因為酷熱乾燥而引發大火；看到美的事物而感動地張開嘴巴，在秋涼的時候酣眠，看著夕陽莫名其妙掉眼淚，在惡作劇後哈哈大笑。

但那些被惡作劇所傷的人則不這麼想——獵人的獵物無緣無故被奪走、妻子被欺侮後哭哭啼啼跑回家、少年走到溪的中間的時候突然掉到溪裡……他們憎恨巨人也是很自然的事。這些懷恨之人跑到懸崖處挖出石頭來，把它們燒得又紅又熱後堆積在那兒，假裝在追逐野獸，發出吼叫聲說：「山豬跑過去了，過去了！」被誘惑的巨人信以為真，到懸崖邊把嘴張開，準備不勞而獲吃掉人類的獵物，卻吞下了崖上人們推下去的滾燙火燒石。有些人用銳利的斧頭和獵刀趁巨人睡著時把他們的陰莖像砍樹一樣砍倒，切成小段丟進海裡。

那些偷襲巨人歷險歸來的人們，用自己的想像補足了故事。他們渲染巨人的邪惡心思，說如果巨人冷漠地聳聳肩，山上的獵人、採集者就會死於非命；說巨人無聊轉個身子，那麼整個地區的末日就來臨了。他們宣稱自己聽到巨人準備來報復：「我會降下大雨，我還會吹送大風！」於是突發的洪水、地震與颱風，都被歸咎於巨人。

一些想挑動巨人和人之間衝突的人說：「除非奉獻一對英俊貌美的青年男女，丟到海裡，否則巨人的憤怒不會平息。」人們心想：「怎麼可以把美麗英俊的青年男女送給他，那不是好可憐好可惜嗎？」所以選了一對不好看的青年男女，並替他們化妝打扮，給他們戴上飾品，然後將他們丟進海裡。然而洪水依然沒有退去，地震依然發生，因為這些其實都不是巨人能夠控制的。發現祭品沒有實現期望，這些人又修改了巨人的傳言：「我不要這些化妝打扮的，我要自然美的。你們怎麼欺騙了我？真正的美不是靠化妝打扮的。為什麼你們欺騙了我？」於是人們便選了一對美麗的青年男女，將其拋至海上。

最後一次的洪水退去之後，地上可吃的東西只剩下魚。面臨饑荒的人們，於是把下雨打雷也都歸咎到巨人的頭上去，說：「大風就是來自巨人的耳朵，暴雨來自巨人的便溺，而雷聲是巨人的怒吼，獵人打不到獵物，是因為有一個箭術神準的巨人，把周遭山上的獵物都殺光了。」他們口中的巨人的暴躁、無知、自私、貪欲，一如人類自己。平靜的巨人因此不再平靜，他們困擾於自己在小鳥帶回來的人類訊息裡變得那麼令人厭惡，一些容易因為謠言而傷心的巨人，變得委頓而失去活力，終究漸漸與木石一體，走向凋零。而那些不信謠言的巨人，人類想到了另一種方法來傷害他們，就是刻意不提巨人，忽視巨人，讓巨人漸漸失去人類想像的力量的支持而虛弱而死。

最後島上只剩下一對孿生巨人。他們知道巨人已走向滅絕，他們感應到遠方的冰川巨人、雨林巨人，以及許多以河流為名的巨人也早已衰亡衰敗，孤獨在他們心底長成一棵大樹。

於是這對最後的孿生巨人，決心把自己藏身起來，在山的深處的最深處，他們持續彼此問答以排遣寂寞。

弟弟問哥哥說：「誰會是輸家？」

哥哥用心底流過的，人類未來會寫出來的一段文字回答：

「真相就是人們必須盡快擺脫的東西，必須將它傳染給別人。就像疾病一樣，這是治癒疾病的唯一方法。誰保留著真相，誰就是輸家。」

最後的巨人

這世間沒有任何生命是完全一致的，即使是具備自我複製的生命也會產生變異，即使是同樣上升星座是風象星座的人，即使是孿生巨人兄弟。

巨人哥哥 Dnamay 藏身的決心不如弟弟，他依然想知道人類對自己的評價，因此在清晨時照例派出小鳥打探消息，深夜則讓蝙蝠或貓頭鷹帶回訊息。當他發現一部分人並沒有因為他們的隱遁而停止毀謗他，他的頭髮失去養分而掉落，眼睛失去了情感的閃光，山壁一樣堅毅的臉現出悲戚，皮膚透顯出哀傷的紫色，耳朵像是吸收了惡意似地迅速膨脹，而後如熟透的無花果毫無預警地掉落下來，嘩啦嘩啦像瀑布一樣的淚珠無意識地淌流著，身體也日漸削瘦，變得愈來愈小。

他的輪廓日漸模糊，樹從他身上倒了下去，鳥兒們一哄而散，因為淚流得太快溪流源頭的水乾涸了，唯獨悲傷的眼睛蓄積雨水。

孿生巨人裡的哥哥因此起身想直接問人類為什麼？一位到山裡採集野菜的女人看見衣不蔽體的巨人瘋狂尖叫下山，部落裡的人發現了巨人哥哥，他們追逐圍獵，把他趕到了海上，曾經是游泳健將的他放棄了泅泳，終於溺死海上。

死去的巨人的弟弟因此成了最後的巨人。

最後的巨人多數時候看著自己腳尖的影子發呆，其他時候，則是看向山。山裡萬物俱皆和山一起演化出來的，因此即使你的生命比山更長久，你也不可能看盡。不過，他不願意看向海的真正原因是——那裡永遠留有巨人哥哥淹沒之前的身影。

最後的巨人看著山，看著有些葉子露出較暗的一面，有些則顯露出已乾枯、顏色較淺的一面，然後驀地一陣風吹來，翻出暗色葉子發黃的底面，這時候巨人便覺得是樹木在向他傳遞訊息。有時他看著一群鳥從眼前飛過，他應接不暇，被那些慌亂又有秩序的身影迷惑，直到牠們離開他的視線。他想，會不會不接觸人類，不聽那些人世的變動與評價，才是巨人的生存之道？

最後的巨人以一座山裡的小山的型態，將自己隱藏在眾山之中，他面對著海側躺著，聽著彷彿在世界的盡頭某處有人手搖著留聲機的海浪，沒有歌聲，沒有詩，沒有鳥的隊伍，沒有號角，沒有瀑布，沒有母親，沒有父親，沒有情人伸出手指劃過他的背脊，沒有親人和他一問一答，四季流水一樣流過他的身體。對於一個寂寞、再也沒有族人的巨人來說，長壽是一種折磨。

在日復一日相同相似的日子裡，最後的巨人總希望日子有那麼一點不尋常。而在這天夜裡，他注意到了一隻斷了掌的，只剩下三隻腳的食蟹獴。

咬斷自己腳掌吧

在山腰的附近，一隻有著灰褐白交雜，吻部往後有著兩道淡淡黃色美麗毛髮，拖著蓬鬆尾巴的小動物在溪邊行走。牠伸出長長的吻嗅聞，沿路尋找任何牠覺得可口的食物。牠涉水過溪，驚動了一些魚蝦，牠時而抬頭，時而低頭翻找。牠的肉色鼻端在嚼食蝸牛時上下抖動，好像在對誰說著話似的。牠是一隻食蟹獴，此刻正獨立進行牠的清晨覓食。

穿過溪流後，牠往森林的底層走去，卻突然間被拉住往下摔了一跤。牠抬起頭莫名所以看著眼前的一切，本能地晃著小腦袋環顧四周，此時疼痛突如其來，從**正面**攫住牠。牠「ㄎㄚ－ㄎㄚ－ㄎㄚ」一狂叫，並且試圖將身體往後拉扯，有一個聲音似乎在牠耳畔輕聲地說，一切都來不及了。

食蟹獴因疼痛昏厥了一下，在那非常短的時間裡，牠的小小心臟落了幾拍，然後又開始運作。醒來後牠瘋狂地想擺脫那個抓住牠的東西，牠用盡全身氣力，最後用利齒咬斷自己被抓住的、骨頭已經斷裂的腳掌，負傷離開。

當牠穿過溪谷、風和森林，確認了後無追兵之時，才開始舔舐那個原本應該是右前腳掌的地方。骨頭和肌肉拉扯受傷的地方就好像被錯齒的鋸子鋸開似的，傷口依然流著膿血，疼痛如影隨形。

此刻正下著季節性大雨，清晨時乍看之下還是寂靜而毫無生機，但陽光出來之後，就可以發現綠色的、生機盎然的、溫暖的、顫抖著的各色各樣的生命。太陽溫暖著的石楠和苔蘚氣味都透出來了，樹木迸發出漿液，水流奔湧，綠色溪流上方掠過白色雲彩，造成陰影，青草從任何可能的縫隙突破出土。

一切看來如常，只是現在食蟹獴已經變成三隻腳的食蟹獴了。

斷掌的食蟹獴昏迷了過去，牠夢見自己正在小跑步通過露溼的草地，滑溜的石頭，以及不同質感的落葉。即使此刻牠只剩下三個腳掌。醒來後斷掌的食蟹獴安慰自己，原來我是一個夢，那個夢就是我。

食蟹獴的身體渴望水和可能可以治療痛感的野草，但沒多久，牠眼中的山變得不友善，動物與昆蟲虎視眈眈，甚至連植物都釋放出牠死在自己的旁邊的期待。失去一個腳掌的食蟹獴，只能退進溪旁草叢間的一處狹小石縫，伏擊經過的蝸牛和昆蟲。

起初最後的巨人並沒有特別注意到斷掌的食蟹獴，他是在夜裡聽見「呼～呼～」、「嗚～嗚～」的悲鳴，而後發現他眼窩尖端的石縫裡，有一隻受傷的食蟹獴躲藏著。牠的腳掌流出來的血像一顆痣一樣凝結在他的鼻梁和眼睛之間。死的邊緣，生的絕望，一如既往，他無動於衷。

這天午夜，斷掌的食蟹獴再次昏厥，牠的氣息已經非常虛弱了，徘徊在昏迷與夢境之間，也在夢境中的巨人的幾根頭髮無意識地覆蓋在牠渺小的身上。那無意保護什麼的頭髮無意中替食蟹獴抵禦了寒冷，掩蓋了牠的形跡，使得掠食者和食腐動物一時沒有發現牠。瘖瘵之間，不知為何，最後的巨人落下哥哥死去以來第一滴眼淚。

昏迷中的食蟹獴因而被包覆在眼淚之中——那眼淚異常溫暖，像是由森林百年來的露水、雨和雲霧所組成的，浸潤了食蟹獴的傷口，阻止了它的惡化。

隔天巨人驚奇地發現食蟹獴還未死去，也為這個小小的生命的堅韌感到讚嘆。

清晨醒來的食蟹獴藉由眼淚所形成的湖泊看到了比牠大得多的巨人，牠在迷惑中對著應該是眼淚的湖水問：

「我是誰呢？」

「你是只剩三隻腳掌的食蟹獴。」

「你是誰呢？」

「我是巨人 Dnamay 最後的家人 Dnamay。」

第三章　冬春

如果在山腰間從白天待到黃昏，當夜晚來臨之前，就會看到零星稀微的燈火亮起。這些燈火在眼前把克尼布偽裝成一艘夜航歸港的船，那些光亮在局部聚集，然後星點四散。如果仔細一看就會發現光的核心，是一家招牌上只寫著「立ＯＫ」的小店。

海邊的小村

在來自大洋南方黑潮的航線上，從一千米的高空往下看，克尼布就像群山中一個流蘇狀的亮斑躺在那兒，好像從天而降的一道水流，濺飛到鄰近的山腳下。它的兩面圍繞著群山——南湖大山、中央尖山、奇萊山、無名山、合歡東峰——愈遠愈高，巨人般環望這個小村莊，而穿過村莊的主要道路不遠，就是太平洋了。因此，村子裡略高一些的房子，都可以直接看到大海。

小村莊只有那條主要街道，其餘都是僅可容納一車的小巷，到處被陽光照得亮晃晃的，街屋都瀰漫著海水的鹽味。隔著防風林，倚靠著大山，使得這裡幾乎形成了一個獨立的氣候帶，清晨空氣清涼，午間豔陽普照，山的那頭會聚集雨雲，表示陣雨要來了；傍晚的時候風從陸地往海上吹，彷彿是為了四周熱帶植物簌簌作響的需要而存在的，聽到這樣的聲音，無論氣溫再高人們都覺得涼爽。整個小村散發出悠閒卻不慵懶，自在而不隨意的氣息，讓人覺得在這裡生活的人都必須熱愛這個世界。

一個微胖、歪著脖子的中年男子坐在門口，滿懷心事，以至於沒有注意到停在他左邊拖著行李、穿著碎花連身裙裝的年輕女孩正在向他問路。直到她喊了第二次男子才回問：「什麼？」因為他的脖子似乎總是歪向右邊，女孩以為他刻意不看向她。

「請問海豐國小在哪裡？」男子抬了抬下巴：「前面右轉。」

女孩道了謝往前走，男子突然想起什麼在後頭問：「新來的老師嗎？」

女孩往後點點頭，笑著說：「嗯。」

男子是尤道．奇亞（Yudaw Jiyan），不過大部分人都叫他歪脖子，或者歪脖子尤道，這是因為他的脖子在年輕的時候，被發怒的Sngkgulan Utux（神靈使者）一掌打歪的緣故。

當時尤道．奇亞第一次獨自上山巡視自己布下的陷阱，前面都一無所獲，正沮喪走近倒數第二個陷阱時，遠遠就聽到傳來彷彿狗吠的聲音（但又很確定不是狗吠）。陷阱裡有獵物讓尤道興奮不已，他想，自己終於成為一個獨立的陷阱獵人了，但隨著愈走愈近，他心底的不安感開始湧出。

陷阱裡的竟是一頭幼熊。

這並不是他期待的結果。太魯閣人視Kumay（黑熊）是神靈使者，在森林裡遇上了，通常不獵殺而選擇躲避。「打到黑熊，吃也不好吃，警察會抓，賣也不好賣，而且還會違背Gaya（祖訓、習俗、禁忌），招來厄運。」小時候Tama是這樣對他說的。

製作捕獵大型獵物陷阱的時候，獵人滿懷期待踏進來的是山羌或山羊，不過熊還是會意外地踏進陷阱裡。一旦捕到了活著的成年黑熊，誰敢接近？如果開槍擊斃困在陷阱裡無力回擊的熊，在獵人的心頭往往會留下陰影——一種有損Bhring（靈氣、手氣）的陰影——這對Truku獵人日後的運氣來說是致命的。

部落裡關於獵熊招來的厄運故事可多了。Tama 對尤道說：「以前部落裡有兩個獵人的陷阱捉了一隻母熊，後來又埋伏再槍殺了另一頭，他們追著受傷的熊，結果熊掉到溪谷摔死了。因為當時熊皮和熊膽、熊掌賣給漢人價錢很好，他們回去部落裡找了好幾個人幫忙把熊背上來。結果你知道怎麼樣？不久啊，其中一個人車禍死了，另一個人的獨生子下到溪裡洗澡，游著游著竟然遇到暗流，就淹死了，他很會游泳喔，不騙你。」Tama 說話的眼神深植尤道的心底：「說真的……有些熊掙脫陷阱以後，腳趾或腳掌斷了，會讓牠們很難爬樹，有時候會連吃飯都不太方便，會瘦到死。所以有些人陷阱裡抓到熊會假裝沒看見，讓牠們就這樣哀嚎到死，你要問我的話，我會說，不要去管什麼厄運，給牠們一個痛快吧。」

尤道沒有想到，自己第一次不靠 Tama、Qbsuran Tama（叔叔）的幫忙布置陷阱就面對這樣的選擇，這比一無所獲還讓他難受。尤道評估了幼熊的體型，如果幫牠解套索時牠發動攻擊，頂多是造成一些皮外傷。他環視周圍是否有成熊在，確定沒有以後，拿出做陷阱的鐵鉗打算把鐵索剪斷。小熊可能是第一次看到人類，當下連呲牙裂嘴都忘了，眼神充滿不安。當鐵索喀嚓斷裂的那一剎那，尤道卻暗喊不妙，因為一股熱風沉沉地從後背壓了過來。

尤道日後回憶，他腦中最後的畫面就是轉身的瞬間和母熊的正面相遇——那雙風霜、冷漠的眼，潮瀅因此有些發光的鼻子與胸前鮮明的弦月紋就近在目前。接著一股栗子味切斷了一切，他就忘記發生什麼事了。當鄰近獵場的獵人烏嘎發現滿臉血跡的尤道的時候，只能從他的衣服和那把槍認出他來，說：「還好熊沒有親你，只給了你一掌，讓你睡幾天。」

尤道躺在床上指了指自己的脖子說：「還有這個。」

在尤道之前，據他所知，好像沒有族人被黑熊所傷過。熊怕人，人也避熊，因此耆老跟巫師都很難解釋尤道被熊所傷代表的意義。尤道躺在床上休養的時候，滿耳都是那天早上出發前的鳥占聲，他想起飛過眼前的第七隻 Sisil（占卜鳥，繡眼畫眉）曾在樹梢上回望了他一眼。「可惜我那時候沒看懂是什麼意思。」畢竟在山中的獵場，一切都有道理，卻不能只用道理解釋。

當尤道躺在家裡休養時，覺得腦袋空白了一段，他記掛著在被母熊搧那巴掌之前，自己是不是已經剪斷了幼熊腳掌上的套索？

「我有去看了，你剪斷了，熊不在了。牠們回家會記得打錯了你的這一個巴掌，跟山神說了，說不定你反而逢凶化吉。」叔叔說：「你的陷阱傷到小熊，牠 Bubu 給了你一掌，留給你歪掉的脖子，很公平。」

尤道的母親先是接受叔叔的建議，帶他去尋求 Empsapuh（巫醫）的醫治。巫醫用菸葉和咒語施法，並且進行了竹占，占卜的結果顯示他們必須獻祭「四隻腳的」。

尤道的母親於是買了一頭豬，殺了以後給親友分食。一段時間後，尤道的脖子依舊如故。她的漢人親戚則是介紹了城裡的推拿醫生，後來他的母親終於承認，無論是神靈或「赤腳仙仔」都沒辦法改變他兒子歪脖子的事實了。

從此以後，尤道．奇亞變成了歪脖子尤道。歪脖子尤道總是歪著脖子像在思考什麼似的，他依循 Gaya 決定不再狩獵，因為他的獵靈已經玷汙了。於是他一面種 Masu（小米），一面繼續了過世的 Tama 的事業——協助部落居民調解糾紛。最後在高中教官的一通電話下，加入了 Tama 曾經代表的政黨。而又在一連串的機緣湊巧裡，在黨的指派下參選，成了歪脖子尤道村長。

問路的女孩則是小村剛來的新老師。小村新來的老師像女孩這樣開心來到的並不多，他們多半把分發到這個村子教書視為一種不幸，總是面帶憂愁地上課，小學生們因此說那是「城裡人的臉」，他們以此推斷「城裡的人都過得不快樂」。矛盾的是，孩子們也很清楚，自己心底都埋藏了一個嚮往城市的幻想，快樂的人為什麼嚮往不快樂的人住的地方？這點他們自己也想不明白。

仔細一看會發現這個新來的女老師黑眼珠比一般女孩要來得大，加上右臉的笑窩，以及小巧的骨架，使得她看起來比實際年齡更小些。女老師笑的時候不會遮住自己的嘴，她從學生時代就喜歡到陌生的城鎮，想像每個房子裡頭的布置，然後走進去幫人家做好晚餐，拍拍陌生孩子的腦袋，她甚至會想像和每個不同家庭成長的男人過生活會是什麼樣子。

從那個師專變成師院的學校畢業後，分數很高的女孩志願上卻填了偏遠的小村，引來老師和同學的好奇與關切。其實這只是因為一次旅行的緣故。那次的單獨旅行裡，她在火車上睡著了，醒來時發現已經過了很多站，昏昏沉沉之中跳下火車。原本想說只要搭上對向的列車就能回頭，沒想到一看時刻表，卻發現得等上半天之久——這是一個火車都不太停的地方哪。女孩記住回程火車的時間，決定出站逛一逛。

小村子比她認識的所有地方都要安靜，極目所望，沒有一間屋子超過三層樓，多數看起來是陳設簡單的住家，少數有個小小的院子。小小道路旁也有小小的麵店、小小的機車行、小小的雜貨鋪——女孩進去繞了繞，貨架上擺著黑人牙膏、可口奶滋、黑松沙士和泡麵，也擺著看起來像是山裡採的陌生野菜。一個老婦人露出發黑的牙齒對她笑了笑，然後就繼續低頭編織著什麼。

這裡的氣息和她過去在西部經過的任何一個小村子都不同，村民的長相也跟臺北的居民不同，還有他們講話的腔調，句尾的音調會微微上揚，就像要唱起來似的。

繞著繞著，女孩走到海灘。她想真是意外的幸運，自己正好這趟旅行就想看海，事實上這個村莊除了那條大道以外都會通往海邊。那天的海是陰鬱的灰藍，輕輕沙沙地打上海灘。

當她突然想起列車的時間時，看看手錶眼看快來不及了，錯過這班車可就真的要睡在這個陌生小村，於是她穿過一片沒有路的「草原」。走到盡頭時才看到寫著「海豐國小」有著幾何花紋的木雕裝飾的校門，和一排像是棕櫚樹那樣的高大的樹。

女孩快畢業那年，每到一個地方旅行就看看那個地方的小學，她期待「一見鍾情」。她發現都市裡的小學都是千篇一律：門口立著國父或蔣公（那時提到這兩人都還得要挺直身子）的銅像，銅像前圍繞著小花圃，然後就是兩旁寫著巨大標語的迴廊；教室一排一排往後蓋，最後是一個小得可憐的橢圓形操場。因此回到臺北後，她始終惦記著這個美麗的海邊小學。

回到臺北時她把這間學校的環境描述給當時男友聽：「決定了，我要去那裡當老師，這是緣分。」男友說：「妳每個學校都這樣說。」之後女孩發現男友不斷找機會跟她吵架，一方面是生氣她竟然不告訴他就一個人去旅行，另一方面是她竟然自己決定了這麼重要的事。她也氣男友的孩子氣，經過七個月的拉鋸，她離開了這段戀情，拿著報到的公文站在這所學校門口的棕櫚樹下，看著那些不知名紋飾和似乎有著故事的木雕。

校舍是幾幢斜頂的平房，好像每間教室裡都會有一個小巧的廚房。她繞著磚造的圍牆走，圍牆突然間就消失了，出現在她眼前的是一片空地。原來那天她匆匆穿過去的是棒球場。球場的外野草長得很長，紅土區看起來則凹凸不平，很像是耕耘機才胡亂開過似的，有些地方還積著水。球場的後面遠遠看去就是村落的公共墳場，再過去就是山了。球場的另一邊就是通到海的路，那天女孩就是從那頭匆匆穿過校園的。

幾個男孩和幾個女孩玩著球，沒有人拿著正規的手套，打擊手拿的是一根黑黑的，像支撐路樹的木棍，空氣裡瀰漫著青草的氣息。

「喀！」一個界外球滾到她的附近，靠三壘這邊的男孩用很快的速度直奔到她的眼前，蹲下去把球撿起來，轉身把球傳回去給同伴。他回頭看了她一眼，跑回自己守備位置的時候，突然轉身朝她的方向喊：「妳該不會是那個新來的老師吧？」

她露出笑窩愉快地點點頭。男孩大聲對夥伴喊：「我們來了一個個子好小的老師喔，比我矮的老師。」

「吼！」

「吼！」

「吼喲！」

「小的老師！」
「小不點老師！」

村裡的小學

這個迷你學校最氣派的地方，就是校門口進來那五株高大的蒲葵樹。每當有新老師來到這裡，把它們說成椰子樹或棕櫚樹的時候，全校最資深的校工老丁就會糾正他們說：「是蒲葵。」校門口的木雕也是老丁刻的，看過的人都說老丁可以去辦展覽了。

不過樹到底是建校之前就在那裡，還是建校之後種的，卻沒人說得上來。如果你問老丁，他會說是巨人種的。「我親眼看見晚上，有一個巨人一根一根插秧一樣種了一排，本來很多棵的。」樹陸續被颱風收拾了一些，現在只剩五株蒲葵衛兵似地站在那裡。

小學的規模很小，六個年級都只各有一班，一個班級大約也就十人上下。女孩進到學校後，發現教職員也不過就五個人：有著一張緊繃、自我克制臉孔並且習慣性搓手的許校長；常常要人平靜呼吸臉上卻擠不出一絲笑容的高主任（他還兼教務、訓導主任）；年紀較長應該會在這裡退休，容易小題大作，聲音像氣喘病人一樣尖細的康老師（她兼總務主任），以及同時是棒球隊教練，喜歡穿的藍色汗衫上總是白白一大片鹽花的徐老師。

幾周之後，許校長誇她適應得很快，學生很喜歡她。以往小朋友會捉弄來代課的漢人老師，甚至會偷偷地拿欖樹的果實躲在暗處丟老師，或搞些小小的惡作劇，但是孩子們很快地接受了這個願意跟他們一起打掃、黃昏時到海邊撈那些困在潮間帶的魚、到山上採野菜的老師。沒多久，比較調皮的孩子叫她小不點老師，不那麼調皮的孩子就叫她小美老師。

小美老師本來叫做江曉美，但學生覺得「曉」就是「小」，因此在作業簿上都寫「江小美」，久了以後她自己也動了念頭乾脆到戶政事務所改成「江小美」。

小美來到這個學校以後，更坐實了她在實習時體驗到教書這行的痛苦，她總是認為，沒有什麼比按表操課的教書方式更傷害人的個性——何況那本由國家單位編定的教科書，並不適合這裡的孩子。這裡的孩子每天看著太陽從海上升起，會說我們的冰箱在後面的山上和前面的大海，回家後最重要的不是寫功課，而是織布、養雞和種豆子，或者學做陷阱。書裡卻要他們相信另外一種生活，憧憬另外一種生活。

小美曾經跟自己的前男友說過：「我啊，選擇教書是偷偷摸摸掩蓋自己本性的結果，所以呀，我才不要教小孩子偷偷摸摸掩蓋自己的本性哩。」

小美決定「課本歸課本，課堂歸課堂」，她在音樂課放“Proud Mary”和孟德爾頌，在數學課陪他們去幫鄰居蓋廚房順道背加減乘除。漸漸地，她發現這些孩子面對那些從來沒有接觸過的物事，都給予一貫熱烈的反應。

小美總是很想把學校裡的孩子帶好，雖然她自己也不太明白「好」該是怎麼一回事。初來乍到的時候，每個跟她談過話的學生家長最後一句都是「放輕鬆」而不是「我的孩子拜託妳了」，她隱隱覺得這裡的人認為的「好」和她過去認識的不太一樣。

他們對世界的說法也和她認識的不一樣。比方說在抓青毛蟹的季節，有一個綽號就叫做「毛蟹」的男生總是遲到，原因是他都跟著爸爸一起去抓毛蟹。有一天他竟然準時到了，小美因此問他為什麼。

「小不點老師，妳不知道啊，昨天滿月啊。」

「跟月亮有什麼關係？」

「滿月啊不抓毛蟹喔，我爸爸說，螃蟹會被自己的影子嚇到，結果變得太瘦不好吃啊。滿月的時候毛蟹身上毛毛的地方被月亮照出來的影子也會毛毛的，超級恐怖，毛蟹自己被自己影子嚇到，就一直跑，愈跑愈瘦，愈瘦跑愈快，然後啊，又愈跑愈瘦。」

「怎麼可能。」

「還有啊，我爸爸說毛蟹是抓給城裡面的人吃的，我們自己少吃一點。」

「為什麼？」

「毛蟹」說：「老師妳不知道啦，毛蟹不是普通的動物啊，要不然怎麼會有那麼多腳？我爸說過，人死掉的話要通過彩虹橋才能到祖靈住的地方，河裡的毛蟹會吃掉掉下去的人，才會變那麼胖的啊。」

「怎麼可能！」

「老師老師，『毛蟹』小時候被毛蟹夾到過，一直哭不停，才會被叫做『毛蟹』喔。」一個綽號叫做「小心」的女孩子接口說。

小美初到村子的那一年是多颱之年，總共有七個颱風登陸，在秋冬之間又不甘心地來了一個颱風。村子裡的人說這個颱風在太平洋上「跳著舞不走」，然後「很故意」地登陸了。

那晚小村所有的植物跟大浪一樣搖啊搖的，小學校前面的五棵蒲葵樹彎到幾乎快折斷了，雨水像瀑布一樣清洗著山脈、石頭和道路。

颱風走了以後村子裡到處都是泥沙與石頭，馬路簡直像是石灘。小美一出門就看見「毛蟹」和長髮、高眺得不像小學生的「小心」走在一起，一人提著一桶水，大概是準備回去清洗房子吧。

小美叫住他們，問班上同學家的損失情形，毛蟹說：「沒什麼啦，我爸說房子倒了再蓋就好啦。不過竹雞他們家牆壁倒掉了，我早上有過去看，他那個阿嬤在壁櫥裡像這樣看著天花板，牆壁都倒了喔。」他皺起臉模仿老人的表情。小美想，這就是這村子裡的人的超能力吧，這種事都用這麼快樂的語調講。

小美說：「毛蟹、小心，你們去把同學都叫來，中、高年級的，我們幫忙把石頭清到海邊去，怎樣？」

「好喔。」

「好喲。我先把水提回去。」

不久街上就聚集了幾乎所有的中、高年級生，小美興致高昂地捲起袖子說：「來吧！」孩子們扛起各自搬得動的石頭，走到路旁往海灘扔去。「比較大的石頭留給大人或公路局的來清喔！不要受傷。」

海水如今只是靜靜地蓄積著，一片銀色，沒有陰影，昨晚可是越過了高聳的道路石牆，將巨大的石頭打上來，展示力量。沒想到就半天的時間，熱辣的太陽就若無其事地照著小美的頭和手臂，使得她的皮膚感覺像是要被砂紙磨掉一層。孩子們一邊搬一邊喊著：

「臭石頭！」

「白癡石頭！」

「傻瓜巨人石頭！」

「山豬石頭！」

孩子們用各自能想到的語言來鼓勵自己，好像也是為了掩飾毫不留情的天災在這裡、在上一刻做的事，「你看吧沒事了，都過去了，繼續開始吧。」小美看著這一切，和他們一起流著汗整理家園，小美覺得自己好像真的已經是村民的一分子了。

工作告一段落時，她直覺地往球場、墳場，以及更遠的山徑看過去，讓眼睛休息。在那些被清洗過的綠色裡，有一個男人背著什麼，唱著歌有節奏地往下走。不用看她也知道是黃家輝，村子裡的人叫他督砮，督砮．烏明，他的歌聲會讓花草和動物都抬起頭來。不久他停下來，和一個往山上走的身影說話。那是一個微胖，偶爾會出現在村子裡的不知名年輕男子。

短暫的談話後他們互相告別，黃家輝繼續往村子裡走，那男子則往山上走。當他再走近一些時小美才發現，他背的是一截斷掉的木頭。可能是黃家輝趁著颱風離開的清晨，去哪裡找被上游的水帶下來的木頭了。學生告訴過她，有些木頭跟石頭可值錢了，比種什麼東西都賺得多、賺得快。

「颱風好嚴重。」小美像是在對孩子們講話，其實是故意拉高了嗓門讓他聽見。

「這哪有什麼嚴重，很小哩。」毛蟹說。

「這麼小。」另一個孩子用手比出一粒小米的大小。

「我們早就習慣啦，小不點老師大驚小怪。」

「江老師，」過了一分鐘才走過她身邊的黃家輝說：「妳不是部落裡的人，才會被這樣的颱風嚇到。」

小美心頭一緊，剛剛那種「我也是村子一分子」的感受瞬間消失無蹤。

她在心底對自己說：是啊，我說這是村子，他們說這是Alang（部落）。

小學旁的獵徑

每回走上這條獵徑，遠遠看見火車進站，督砮就會想起Tama——烏明・拿難（Umin Nanang）曾經提起，當年決意離開部落的時候，是他第一次搭火車，而後火車載他回來了，而且還變成了三個人。

還是孩子的烏明・拿難曾著迷於看海和看火車，他會坐在用挖隧道的碎石堆成的海堤上，火車來的時候就轉過去看火車，火車走了又轉回來看海。但是他曾經聽過Bubu轉述Tama，也就是督砮的Baki（祖父）拿難・高勞（Nanang Karaw）對火車的厭惡，他說：「人活在一座山裡，旁邊還有海，活在部落裡，就什麼都有了，幹什麼到別的地方去呢？那些想到城市裡，跟Klmukan（閩南人、漢人）在一起的都是笨蛋，都是沒用的人，不是真正的Truku。」烏明漸漸對火車產生了矛盾的情緒，他一方面覺得冒著煙、嗚嗚叫並且發出「七嗆七嗆」的火車很厲害，一方面受了Tama的話的影響，認為它總是陰險地把他們村子裡面的人一批一批載出去，而那些被載走的人，都不是真正的Truku。

拿難是部落裡大家公認的好戰士、好獵人，是一個在山上走路跟風一樣快的人，泰雅人叫他「爬山虎」。他上山時，總是只帶三支弓箭，因為「三支弓箭以內我一定能打到獵物。」烏明曾經問他：「打不到後來又出現獵物怎麼辦？」他回答說：「不要說那個沒有可能的事。」誰也沒有想到，這樣的拿難後來會下落不明。

因為 Tama 的失蹤，叔叔就成了烏明的打獵老師，在那之前，年紀小的烏明還只有打過飛鼠而已。叔叔對他說：「那不算。你問你的 Tama，他也會這樣跟你說，打飛鼠不算真正的獵人。」

叔叔帶著烏明打獵時，他總是叮嚀有著好歌喉的烏明不能放聲唱歌，因為山豬的耳朵是很靈的，山豬聽到歌聲就會逃走，獵人要做的事就是安安靜靜進到山裡，安安靜靜地打獵，山神祝福這樣的獵人。不過如果有好收獲，背著獵物下山時，叔叔就不再限制他唱歌，因為得到獵物是幸福的事，值得和人分享，「盡量唱，讓大家聽到，最好能傳到村子裡。」叔叔自己也喜歡聽烏明唱歌，他說：「山神應該也喜歡聽你唱歌，會做一些特別的事的人，不做那些事也是不被祝福的。」

國中畢業後不久，烏明的同學從臺北寫信給他，跟他說可以幫他找工作，也可以提供住處。烏明沒有告訴 Bubu 這個計畫，他知道她不會同意的，所以只和叔叔商量。叔叔雖然傷心但也似乎多少能理解他並沒有想成為一個獵人待在這裡，所以幫忙隱瞞並且提供了微薄的資助，讓他搭火車北上了。那時搭上火車的他孤身一人看著車窗外流逝而過的世界，那些人、稻田、路樹、牛、河流、房屋、寺廟、牽引機和漢字，那些纏滿電線的電線桿和遠比星星月亮太陽還要明亮的招牌，從窗外列隊而過，讓他頭暈目眩，閉上眼睛也沒有辦法拒絕。小時候，他本來想只要做一個好獵人就行，但他發現自己不只渴望這個……他還可恥地渴望著**電視裡的世界**，可恥地搭上了

Tama討厭的火車。

火車到了臺北的時候，烏明．拿難變成了黃自強，那個他在教室裡的名字、考卷上的名字、戶口名簿上的名字。

黃自強加入了另一個「部落」，那是各種到都市討生活的部落居民聚集成的地方，後來人們把這樣的地方改稱為聚落。聚落在廢河床上繁衍，上面是大橋和疾駛而過的汽車，當一些噸位比較重的工程車開過時，整個聚落都在震動，好像一個不安穩、不確定的世界。

他開始了和朋友到橋下等待上工的生活，這種生活對他而言不好不壞——和十六個人共用刷牙、洗臉的浴室，擠在黑暗的大通鋪裡居住，共同聞到彼此的汗臭味是他勉強可以接受的事。比較難以忍受的是，當來到都市的新鮮感被洗淨之後，他開始在攪拌混凝土、鏟起灰色的沙子和水泥、用推車推著碎石，或將一包包砂礫扛在肩膀上時想起故鄉，會突然想不起來到城市究竟是為了什麼？這時他會懷念叔叔清早到窗邊叫「烏明、烏明趕快起來，今天要上山」的時光。

第一次叔叔帶他打獵時說：「種了玉米和小米以後，它們長大要時間的，山怕我們餓死，它準備了很多動物在那裡，我們就要趁小米沒長大的時候去打獵。打獵之前一定要先和祖先講話，然後用雞獻祭。如果雞不夠大，也要跟祖先說明，為什麼找不到夠大的雞，要不然祂們覺得奇怪，怎麼雞變那麼小，你們怎麼把雞養得那麼小。之後你再去打獵就不用雞了，因為祖先已經知道，接受過獻禮，可以去Powsa（放陷阱的委婉說法）。不過每次上山前還是要對祖靈說話，話不要多，太囉嗦，重點是要得到Bhring好運的祝福。今天是你第一天正式出獵，我幫你帶了一隻雞。」上山之前，叔叔把那隻軟綿綿的雞放在地上，讓牠的頭朝著山，朝著獵徑，牠的腳往後伸，好像在做體操。

叔叔唸祭詞，要他跟著唸：「我是 Truku 的孩子，擁有超過七頭熊的膽識。」接著停頓讓烏明複誦後，才繼續下去：「我要進到山裡打獵，進到祢的裡面。希望野獸能來到我的後院，自己夾到陷阱裡。你夾到以後，就擺脫不了，藤蔓也會夾到你，木頭也會夾到你，雜草也會夾到你。野獸們一定會踏過我的陷阱，從日出到日落，所有的野獸都會聚集在這裡。下山的時候，我背起來會很重，因為我背了野獸，請讓我安全地下來，當我回到部落時，腳步是沉重的。」

他們二重唱一樣把祭詞唸到最後一句：「為了讓此行有好的收獲，我們現在獻酒給祖靈。」叔叔把酒交給他，讓他灑在地上，泥土慢慢吸收，好像那裡深深地記住了什麼。叔叔邊走邊說：「如果你對祖靈說的話有了回應，有了靈力，也會更安全。我們 Truku 獵人的靈力就是來自祖先獵人，每一個成為祖靈的優秀獵人，會把他們的靈力賜給我們。山上的野獸是祖靈養的，上帝養的。」他跟 Tama 一樣，沒有顧及烏明的腳步是否有跟上，以至於常常變成自言自語：「祖靈聽到你的祭詞就會明白。其實你不說祖靈也會知道的，但要說，要有心，用心對祖靈說，那就要依靠祭詞，依靠說話。」

進山後，叔叔告訴他做陷阱的技巧，怎麼挑好的木頭，怎麼做 Qlubung（套腳的陷阱），比如說可以用 Btraw（粗毛柃木）、Sraw（九芎）、Basiq（太魯閣石櫟）來做吊桿，用 Qnahur（山葛）和 Krig rungay（青苧麻）揉成陷阱繩索，最後再用 Klung-paru（觀音座蓮）把陷阱隱藏起來。

「你看，藏得好的陷阱不只看不見，還聞不到。」叔叔說：「山這麼大，動物的腳要剛好放到你的陷阱裡，靠的不是運氣，是山神的保佑，和你的技術、經驗。首先是你要知道動物走哪裡，鹿有鹿的路，山豬有山豬的路，兔子有兔子的路。不要留味道在你的陷阱附近，不要留下痕跡，要好像你沒有來過，在家裡睡覺一樣。陷阱的套索要靈敏，但不能靈敏到捕捉到鳥，陷阱要會看動物，好像長了眼睛。還有啊，陷阱裡什麼都不要放，有人說放一顆鴨蛋，那是騙人的，你放一顆鴨蛋它會臭啊，如果臭掉了，怎麼還會有動物踩到這個陷阱？」

放完所有的陷阱後，兩個人找到獵寮休息，每一個獵人在獵區裡都有好幾個獵寮，用來休息或補充一些東西。進獵寮之前，叔叔也要他灑酒在地上，「這是獻給土地的 Tnpusu Hini（原居住者），如果不這樣啊，他們會說我們好吝嗇喔，我們的肚子就會腫脹。而且你剛剛來這裡，獵寮還不認識你。」晚上叔叔在獵寮裡燒木炭驅蚊取暖時，若有所思地說：「現在你的 Tama，Truku 最好的戰士、獵人也守護著這個獵寮。」

烏明邊聽邊學，很快就展露了他作為獵人的天賦。雖然每次他跟隨叔叔上山時，一開始都會覺得體力有些難以負荷，但只要捱過幾天，身體就會不知不覺適應山，五官變得日漸敏銳，能聽到過往聽不到的聲音，看到過往看不見的細微事物。烏明開始相信叔叔轉述 Tama 曾經說過的話：「雖然我們是為了溫飽才上山打獵的，但那只是表面的，我們是為了快樂生活而打獵的。『Tmsamat』用國語沒辦法說清楚，它不是等於『打獵』，而是進入山上、森林，跟動物一起生活。我們吃動物，死了以後也獻身給山林，就是這樣。」

「山跟動物都是Utux給的，不是政府。」烤著田鼠的叔叔一邊轉動著手上的竹棍一邊說：「但是快樂和尊嚴是自己給的。」

當老了以後的烏明無意識地每天對督砮重述一次自己年輕時的經歷時，督砮偶爾也會自己問自己：「快樂和尊嚴真的能自己給嗎？能嗎？」

命運就像星辰模仿著星辰的軌跡。督砮高中時到花蓮去上課，他看見商店裡賣的唱片，看見電器行裡的電視正播放著歌唱比賽，督砮想起了學校的體育老師「長下巴」曾經教過他們幾個男孩彈吉他，他很快學會了幾個和弦以後，每一首歌只要聽上一遍就能彈奏。「長下巴」說他有天分：「人啊，就要做自己擅長的事。」

「所以老師也是做自己擅長的事才來當我們的體育老師的嗎？」

曾經在臺灣省運動會獲得十項全能第二名，受到國家重點栽培準備參加國際比賽的「長下巴」想起了自己的過去，正當自己的體能與狀態正好的那一年，偏偏揍了自己的父親。那個揍了母親多年，一走了之，聽說自己拿到獎金以後又回到家裡要錢的父親。而那幾拳（「長下巴」記不清到底幾拳），也把他推離了生命的軌道。他的成績開始直線下降，特別是標槍和跨欄，終於到了教練都放棄他的地步。在師專體育系的最後一年，他騎著車到處亂闖，最後在跳蚤市場買到一張 Stevie Ray Vaughan And Double Trouble 的專輯，裡面那首“Pride and Joy”讓他迷戀到瘋狂地練起吉他。

「長下巴」想了想回答說：「我是因為自己擅長的事失敗了，才會在這裡的。」

畢業後的督砮下定決心把自己想到都市闖一闖的念頭告訴烏明——他坐在床板邊不發一語，過了一會兒不動聲色從床板裡拿出一個紙袋，說：「你去吧。不管是春天到了，夏天到了，秋天到了或者冬天到了，你想回來就回來吧。你回來就是新的季節開始，不用擔心，就算我不在了，山跟海會餵飽你的。」

到了臺北的督砮變成了黃家輝，寄宿在 Tama 的朋友阿旭叔叔的家裡。阿旭叔叔幫他介紹了一些打零工的工作，也介紹他到西門町的商場當代班的店員。隨著時間愈久，督砮就和烏明當年一樣，愈來愈感覺到自己不屬於城市。他每天做的工作不是為了自己，不是為到山上砍桂竹來整修房子、不是為了家族或心愛的人能吃到山羌腿肉、不是為自己在部落裡的聲望……賺來的錢除了一部分存起來（Tama 要他不用寄回家），黃家輝都花在了香菸和酒上，他也想考大學，但那得先繳出一整年的補習費。人總是這樣，在山的這頭想著山那頭的生活，等到翻山越嶺，才突然明白，人生並不像山上的夜幕、太平洋的浪、星辰以及日出一樣日復一日，而是一逝不返。

來到臺北的第二年，正當黃家輝想著該是回家鄉還是留下來的時候，有一天阿旭叔叔的孩子阿宗回家時，拿了一把口琴給他：「這個你會吹嗎？」原來是他在今天幫人搬家時，業主準備丟棄的東西裡留下來的。因為他多次在晚上聽黃家輝在房間裡唱歌，覺得他也許會對這個東西有興趣。黃家輝搖搖頭。阿宗說：「我會吹，我教你，很簡單，基本上就是吹跟吸。我自己有一把，這把送你。」

從此黃家輝就把口琴隨身帶著，短短一星期後，他坐在上鋪吹出的琴聲傳到窗外，河床上的那些搭蓋棚屋的聚落居民因此都抬頭看著月亮，好幾個人吃著泡麵的時候吃著吃著就流下淚來。

不久阿宗跟他說有一個好地方帶他去，兩人騎著爬橋時就上氣不接下氣的二手 YAMAHA 機車，穿過城市到另一端的橋墩下。橋下燈火通明，各種賣著小吃、二手貨、A片和便宜的衣服的攤販，形成臨時市集。

他們漫步走到一個有著山羊鬍的老頭顧的攤位前面，攤位不大，用木頭盒子滿滿地擺著錄音帶和黑膠唱片。每個格子分類擺放著當時流行的西洋、國語、臺語歌和一些「金韻獎」的盜版專輯。攤子正用手提卡帶音響，放著 Bee Gees 的“Children Of The World”。

黃家輝一面聽著，一邊翻著像難民擠成一堆的卡帶，阿宗指給他看角落，那是一些沒有封面，只有簡單手寫油印字體的卡帶。

「你看，這個，Pangcah（邦查）。這個，Bunun（布農）的歌。」

「怎麼會有這個。」

「嘿嘿，有人聽啊。所以我才帶你來。」

「有 Truku 的？」

「問老闆。」

老闆長得實在太像山羊了，黃家輝看著他的臉一直想笑。老闆回答說這些歌手都是來臺北打工的，放假的時候到錄音室唱歌錄成卡帶，然後拿來寄賣。

這些專輯不像一般卡帶會放歌手的照片，有些甚至連名字都沒有寫，只有簡單手寫的曲目，有的看起來是不同人和族語的都錄在一起。

「有人買嗎？」

「你等等就會買了。」老闆摸摸他的鬍子：「你知道山地人到臺北有多少？好幾萬，十幾萬可能都有哩。當然有人買，沒有人買我還賣。」

「可以試聽嗎？」

「聽啊，自己用，用那一臺聽，這一臺我在放的。」

黃家輝把卡帶放進老闆另一臺小手提音響裡，他和阿宗蹲著，一下子快轉一下子play。在夜市的嘈雜聲中，那些不同語言的流行音樂聲裡，族語的卡帶發出的聲音因為錄音效果不佳，特別顯得細小脆弱。

聽了幾張以後，黃家輝突然耳朵一震，他終於聽到熟悉的歌。那是一首叫做“Uyas Mgrbu”（〈早起歌〉）的歌，是一首用Truku語唱的童謠。

聽著聽著，黃家輝又變回督砮．烏明，他跟著Tama穿過獵徑，陽光熾熱，山風獵獵，雨後突然出現的野溪從腳底潺潺流過。

他眼眶溼溼地轉過頭對著阿宗，說：「我好想上山打獵，下山唱歌啊！」

獵徑進入的大山

小林正要從獵徑上山時，遇見了村子裡的人正唱著歌、背著一截漂亮的扁柏從獵徑走下來，他認出是村民都叫他督砮的年輕人。每回他來做調查，就住在督砮家附近的一間漢人開的「海鷗旅社」裡。

小林迎上前去，說：「兄弟，辛苦了，恭喜有好收穫。」小林已經學會和部落人打招呼的方式，他的老闆許教授曾經告訴他說，跑野外很重要的就是跟山地人有好關係。

「謝謝啦，你要上山嗎？路不好走喔，小心。」

「謝謝啦，晚上沒有回來，記得到山上救我啊。哈哈。」兩人遂錯身而過。

小林一面走在颱風剛走的溼滑獵徑上，一面把沿路的動植物記在紀錄本上，這是他這段時間被老闆賦予的工作：把特定區域裡的物種清單和生態區描述記錄清楚，也就是說，他是這整個調查計畫裡最前沿的基礎調查員。老闆並沒有特別要求他們以自身專長的研究來填寫調查表，而小林也只是因為缺錢而接下這個看似單純的工作：「看到什麼就寫什麼，你只要幫我蒐集基本資料就行了。」他打算從這條獵徑接上主要山徑，這樣就可以把調查的路徑圈成一個區塊。

「不是要你帶著什麼觀點去做紀錄的喔，你就給我數字、資訊就好了。」教授這樣交代。但小林每來一次，好像就不由自主地想在紀錄本上多寫些什麼，畫些什麼。所以他準備了兩個紀錄本，一本是準備交給教授的，一本想自己留著。

數字。物種。物種。數字。

即便是颱風才「摧殘」過這座山，在小林眼中仍是生意盎然。「摧殘」是昨天報紙的用詞，不過小林不喜歡，他曾經讀過一本國外寫生態學的書，提到自然環境有時候在天災過後反而是再生的開始，那本書帶點哲學意味地說：「這是人生跟自然界很大的不同——人生在成熟之後只有下坡，生理上的一切，沒有重回上坡的可能性，但自然環境會死亡、多點重生、多點再生。」

雨後樹林到處都是斷木遮斷前路，但各種山鳥都已經出動覓食，一些匍匐的懸鉤子最後一批鮮紅的果實被打到地上，野菰在禾本科的芒草下方有點陰沉地開著它獨特的花朵，空氣裡充滿了一種腐敗又新鮮的氣味。小林不真的清楚他手上的這些資料的用途，又好像、似乎知道這些資料的可能用途。那種好像知道自己在做什麼，又不真的確切知道自己在做什麼的心情，「跟便祕一樣。」

「你太感性。」他的好朋友瘦子說：「媽的看到個蝙蝠也好像要哭要哭的。」小林本來想朝蝙蝠去找研究議題，但他的老闆說：「蝙蝠不是好題目，暫時不是，以前的研究也太少，你還要花錢去買工具錄音。你先幫我把計畫完成，我會給你好題目。」

「好題目?什麼叫『好』呢?」爬到半山腰的小林回頭一看，村子已經變成小小的，用雙手就可以掩蓋起來的小小模型。

小林在野外踏查時對蝙蝠特別上心，很有可能和他童年時看過那隻孤獨住在他們家旁邊廢棄豬舍的黑色蝙蝠有關。從小小林就是一個需要一個小但可以容納孤獨空間的孩子，當小林得不到這些，就會失望沮喪，陷入深深的泥淖裡。直到現在都還是這樣，但他從來沒有去看過醫生，因為他發現自己好像是媽媽的影子，如果自己去看了醫生，好像就因此否定了媽媽。媽媽最討厭別人說她有病，也不會喜歡他覺得自己有病。

「蝙蝠跟鳥不一樣，牠們沒有發展出中空的骨骼，它們後腿退化，身體的總重量變輕，所以才能飛。但是牠們不像多數的鳥可以站在地上起飛。」

「所以咧？」他的第一任讀文科的女友不解地問。

「所以就倒吊囉。」

「倒吊就能飛？」

「不是啦。倒吊一放開腳，就能把位能轉換成動能。」

「唉。」

「怎麼啦？」

「我覺得我好像常常聽不懂你說的話。」

小林並不曉得他們是不是因為彼此聽不懂彼此講的話才分手的，他想，不懂的事把它弄懂不就好了？今天上山前，小林還特地去看了一下海豐國小門前的那五棵蒲葵樹，當他看到颱風並沒有把樹吹倒，就放心多了。「那群高頭蝠應該還在。」

小林就是貪圖離海豐國小近才住在海鷗旅社。第一次跟老闆來到海豐村的時候，他就發現那五棵大約四層樓高的蒲葵樹裡，藏著數以百計，甚至上千隻的蝙蝠。一般人遠遠地看上去——不，一般人根本不會抬頭看蒲葵樹的樹葉，但小林第一眼就發現在淺綠色的新葉和褐色老葉枯葉之間，有許多深淺不一的棕色毛球在躁動著。「你看，我猜是高頭蝠。」他指給同行的瘦子說。

在國外的期刊裡讀過高頭蝠習性的小林，吃便當時一直注意著樹梢，等到天色漸黑，那些蒲葵葉無風顫動，一隻隻縮著翅膀的蝙蝠剪影順著葉子往下爬，到了葉尖後，放開樹葉任自己墜落，然後張開牠的翼膜果決地飛走。第十隻，第五十隻，第一百隻，第三百隻……小林數著數量，然而很快就發現那徒勞無功，蝙蝠就像某種精靈，從葉子變化而出，讓他的皮膚起了興奮、激動的疙瘩。

「到底有多少啊？」瘦子說。這樣的景象維持了數分鐘，群飛的數量便漸漸減少，慢慢到只見一、兩隻零星飛出來。

「跟候鳥一樣？」

「我讀過一篇文章，說高頭蝠好像不是永久定居，會遷徙的。」

「嗯。」

「酷。所以是冬天走還是夏天走？是島內遷徙還是會跨島飛行呢？」

「聽起來像是個好題目。」他想跟老闆說，但話到喉嚨卻沒說出口。

「所以，你打算用幾年觀察？」他可以想像教授會這樣回應他。

時間。物種。物種。時間。

小林找了一處較平緩的山陽面，坐了下來。這裡的山壁石灰岩成分很高，長滿了各種造型的太魯閣櫟。颱風走了，雨後的空氣特別透明，眼前的視線清亮無比，村子好像伸手可及，再拉長些身子就能碰到海水了。

這時候一隻體毛蓬鬆的小動物悠哉地從他眼前走過，好像突然發現他似的，瞬時動作凝結不動。當小林憋不住而換了口氣的時候，牠轉身朝一處雜草叢生的山壁鑽了進去。

食蟹獴？他寫到紀錄本上，然後在表格後面打上一個問號。

從大山看到的小村唯一光亮的地方

如果在山腰間從白天待到黃昏，當夜晚來臨之前，就會看到零星稀微的燈火亮起。這些燈火在眼前把克尼布偽裝成一艘夜航歸港的船，那些光亮在局部聚集，然後星點四散。如果仔細一看就會發現光的核心，是一家招牌上只寫著「立ＯＫ」的小店。

當你被燈光吸引下山，走得愈近就會發現那光愈不起眼，原來是幾間小店。其中最亮的一間是兩層樓的平房，和一塊「增生」出去的鐵皮廚房。

房子正門有三扇鐵捲門，兩側很少拉開，但只要中間打開就意味著「營業中」。門的右側柱子上有一個規模不大的霓虹燈，上面貼著字。「卡拉」中的「卡」掉了，「拉」則掉了一半。一進門會看到店裡左邊角落擺了一臺大電視和一臺卡拉ＯＫ機，卡拉ＯＫ機上擺著翻到邊緣都捲起來的歌本。卡拉ＯＫ店雖然沒有店名，但因為它位於村子往海邊的路上，因此東北季風來的時候海風獵獵，所以大家都叫它「海風卡拉ＯＫ」。

店裡擺了一張大圓桌、三張小方桌子，和二十來張紅色塑膠椅。靠電視那邊用角材和木頭釘了一個大約兩個人可以站上去的平臺，貼了米色，但現在看起來是棕色的廉價地毯，上頭掛有一顆反光球，燈光照下來的時候光線星散旋轉，一時之間會讓人有繁華的錯覺。

海風卡拉ＯＫ的卡拉ＯＫ歌本把歌分成「國語歌曲」、「臺語歌曲」、「西洋歌曲」、「聖歌」，以及「山地歌曲」，這個順序剛好也就是歌曲的數量多寡。

這天圓桌坐著歪脖子尤道，以及一個胖胖的婦人，她的雙眼距離很近，看起來不太有精神的樣子，但卻有一種說不出的，會讓人想向她傾訴什麼的魅力。那是娜歐米．谷拉斯（Noami Kulas），她是從大港口嫁過來的阿美族，也是這間卡拉OK的老闆娘。和他們一起喝著啤酒吃烤山豬肉的是坐著就可以知道個子頗高的周傳道，他是村子裡唯一戴眼鏡的人，高高的額頭上卻有一頭濃密的黑髮，讓人不容易判斷他的年齡。他的雙眼好像隱藏在陰影裡，但那並非是困倦或病痛，而是嚴肅與憂鬱。而雖然坐在同一區的圓桌，但仔細一看就會發現他的板凳擺得比其他人都遠一些，那是曾經參與過橫貫公路工程，退休後住到這裡，骨架瘦小、駝背、滿頭白髮的榮民老溫。

另一桌則坐著小美、督砮，以及督砮的一個童年時期的好朋友，剛從遠洋漁船下船的威郎．瓦旦（Wilang Watan）。

周傳道是被尤道硬拉進來的，通常他並不願意走進卡拉OK，因為教會認為卡拉OK昏暗的燈光、邊唱歌邊喝酒，是一個很容易讓信仰跌倒的地方。

周傳道的Tama也是周傳道，而周傳道的Baki則是部落裡最早加入教會的那批人，大家也是叫他周傳道。據說最早是一位漢名叫田三多的人罹患了末期肺癆，當時醫院宣稱沒救了，家屬遂把他帶回部落，巫醫也沒辦法醫好他。一位姓吳名石連的信教漢人常到部落做藥草生意，聽說此事，來到已氣若游絲，眾人不敢靠近的田三多床旁邊說：「如果你從心底信耶穌，因為你的信，從心底的信，有巨大的力量能創造奇蹟，大權能的神就會用這些藥草治好你的病。」田三多想起子女嗷嗷待哺，決定每天按時祈禱，並且買他的藥草，沒想到一段時間後竟然痊癒了，於是傳道者和教會的聲譽便悄悄地傳了開來。

這些傳道者宣稱教會是因著真神的「聖靈」而成立的，來到部落傳道也是因為聖靈的意志。但第一批信教的 Truku 產生了疑惑，究竟遇到事情時，該相信聖靈還是祖靈呢？

傳道者們開會想了一個兩全的詮釋，他們對族人說，祖先的神靈是 Utux，但 Utux 之前還有 Utux，更早更早之前還有 Utux 的 Utux，而早到我們不知道的時代，存在著 Utux Baraw（上帝），祂是 Utux 之上的 Utux。部分族人接受了這樣的說法，教會遂在這裡生了根。當然，也有一部分人認為傳道人口中的 Utux 不是真正的 Utux，新的信仰就是背叛，甚至還有些人因此遷出部落。

周傳道的 Baki 是一個文采和歌聲都很有魅力的人，用太魯閣語翻譯了一些聖詩，並且設置了詩班讓族人唱詩，他因此從教友升任了傳道。小小的教堂在禮拜時坐滿了人，有些人來都不知道是為了聽聖歌還是感恩主的，他們只是感覺到那裡可以沉浸在一種新的氣氛裡，和過去部落各家族遠遠分散在山中各處，偶爾相聚的歡慶很類似。

周傳道的 Tama 則是口才出眾，有些人為了聽他講聖經故事信了教而遷到部落裡來，他常常以這個故事做為傳道的開端：「日本人把我們的族人硬是遷到平地以後，有些信耶穌的子民，被日本人抓到了，關在牢裡。他們知道承認了信教的身分會有災厄，但都沒有人否認，勇敢地承認了自己是教徒，後來日本人準備砍他們的頭的前一晚颱風突然來了，冬天有颱風，很怪吧。那颱風很大很大，日本警察忙著應付災情，那些族人就沒有被砍頭，甚至被放出來幫忙救災。後來因為救災有功就赦免了，這就是神蹟，上帝的恩典。」

神蹟、恩典，周傳道從童年開始，就離不開這兩個詞，他活在一個 Utux Baraw 跟 Utux Rudan（祖靈）並存的世界裡。

然而周傳道的 Tama 並沒有受到神蹟的眷顧，他在壯年時因為腎癌過世。這是一種無聲的疾病，一開始他只是覺得常常尿出紅色的尿，還因此戒掉了吃檳榔，後來腳踝開始腫脹，直到根本沒辦法穿著鞋子傳道，祈禱也不見效用，才到醫院檢查，只是為時已晚。

少年周傳道很早就在教會詩班裡工作，他的說話方式因為長期受到教會系統的訓練，總是不會太大聲也不會太小聲，在日語和太魯閣語間自由轉換，他的喉嚨跟思想好像控制得宜的水龍頭，謹慎而優雅。周傳道只有兩種情況會放開自己的喉嚨，一個是用 Truku 語跟上帝溝通的時候，一個便是唱歌。對他而言那都是神聖的時刻，聲音被野放了，溫文儒雅的周傳道會變成靈魂樂手，就好像身體裡面有另一個靈魂的存在。

當歪脖子村長把周傳道拉進來的時候，他還是禮貌上推辭了一下，村長說：「來來來，沒要你喝酒，唱個歌嘛，你可以唱聖歌啊。」周傳道一腳踏進店內時，手上就接過了麥克風，好像是做足了準備而上臺的歌手一樣唱起來。

堅強的蘆葦，雖被急溪傷總不折斷，
在那野地中百合花，花朵美麗芬芳又更鮮豔；
慈愛的救主，為世人的罪釘十架上，
又從死裡復活升天，帶我永恆生命的希望。
奇妙的救主，已得勝死亡，祂從罪中拯救了我，再沒有罪中悲傷痛苦，
因為救主的愛，使我稱為神的家庭中。

這首〈奇妙的愛〉雖然是用中文寫的，卻是具有 Truku 氣息的中文。周傳道每回唱的時候，就會想起小時候母親教他唱聖歌時說的：「我們唱頌詩啊，就是要『唱到動人』，你要了解歌詞，心要被歌頌神的恩感帶領，要對神有敬拜之心，這樣才算是真正唱詩。」那時周傳道還不算懂，但現在他自認為懂了，神的愛遠比帶領我們走向祂的理由更強大，唱聖歌就是為神服務的一環，因此，自己也只是祂意志的容器，人要做的只是實現祂的意願，即使只是在卡拉ＯＫ裡唱歌。

不過周傳道唱完以後，氣氛卻有那麼一點冷淡。海風卡拉ＯＫ是村子裡殘酷的試驗場，你唱的歌有沒有讓人著迷，聽掌聲就知道了。

周傳道有點氣餒，歪脖子尤道趁他還沒有放下麥克風，又投幣點了另一首歌，這首歌是海風卡拉ＯＫ機器裡唯一一首有 Truku 語的歌，雖然只是歌曲的開頭幾句。尤道知道，只要唱到這首歌，歡樂的氣息就會迅速在屋子裡發散。

Rimuy sura yug（我們歡樂共舞）

Rimuy sura yug（我們歡樂共舞）

Knmalu na ga dgiyaq（如此美麗的山稜）

Saw smdamat alang mu（回憶起我的聚落）

「Rimuy sura yug, Rimuy sura yug」，尤道跟著唱了起來，娜歐米也唱了起來，督砮也唱了起來，威郎也唱了起來。小美和坐在一旁的老溫則是不會唱，但老溫是卡拉ＯＫ裡最好的聽眾，因為不管是誰唱歌，他都像是熱情的粉絲一樣打節拍。

老溫是來海風卡拉ＯＫ的客人裡唯一從來不唱歌的人，但他是很好的聽歌的人，如果臺上的人的歌聲動了他的情，他浮腫的眼皮會微微顫動，然後喝下更多的米酒，吃掉滿桌的小菜，再喝下更多的啤酒，為你打節拍，為你熱烈鼓掌。他始終坐在同一個位置，有時候前一天的客人隔天再進來時，都會嚇一跳，以為他都一直坐在那裡，連姿勢和桌上的小菜種類都沒有變。

老溫確實相信萬事萬物是不會變的。山看起來變了其實沒有，天氣看起來變了其實沒有，人看起來變了當然也沒有。當年搭著運輸艦走下基隆港的那一刻，還被叫作「小溫」的他，被部隊的同僚和長官的命令往前推，他覺得自己只是「人浪」裡的一片葉子而已。一片葉子能變成什麼？當然還是一片葉子。縱然小溫的心底還有那麼一些微小的希望，但願自己有一天能回到故鄉見見後媽，落葉歸根。

威郎也沒想過自己能從那麼廣大、讓人迷惘的大海回到陸地，回到家鄉，他也不相信祖靈或上帝見證過他在海上發生過什麼事。當年他的 Bubu 馬蘭聽他說想上遠洋漁船時，問他為什麼？威郎毫不遲疑地說：「我愛海。」

這算是謊話也不算謊話。不過馬蘭早在十九年前就聽過了，那是她生下威郎的那一年，也是她認識威郎父親的那一年。

每當想起威郎的父親，馬蘭就會想起哥哥瓦歷斯。

她永遠都會記得那一天早上，她在睡夢中聽到窗外好像有人喊哥哥的漢名，不久哥哥從他的房間出去，從此以後再也沒有回來。馬蘭的家族十分龐大，瓦歷斯是她同父異母的兄長，大了她二十歲之多，非常疼愛這個小妹妹，馬蘭則把他當成英雄崇拜。哥哥當時接受了爸爸的事業，成了部落裡的領導人物。即便如此，整個家族動用了各種關係，都沒有找回他。她後來才從家族裡隱晦討論這件事情的時候，知道很多政治上的對手視他為眼中釘。村子裡甚至流傳著一種惡毒的流言，說他是捲款逃到國外。捲了什麼款，捲了誰的款，卻沒人說得上來。

多年來，馬蘭記住了那個喊哥哥漢名的聲音，好像充滿善意的，又好像那個善意是偽裝出來的陌生聲音，日後她常常被那樣的聲音從夢中驚醒。

幾年之後，少女馬蘭美麗的消息像風媒花的種子一樣，散布到周圍的部落，甚至是更遠的地方。很多熟悉或陌生的人專程到她家提親，或宣稱可以帶她去臺中、去日本、去中國或美國找哥哥。這些「追求者」反而讓她明白了一件事實，那就是男人在追求女人的時候，有能力誠懇得讓人無從判斷。所以馬蘭拒絕判斷，她嚴厲地拒絕了以這個名義接近她的所有追求者。

二十歲那年，馬蘭突如其來決定嫁給當時村子裡的一個捕魚維生的年輕人，沒有人看到他們怎麼戀愛的，只是馬蘭在忙完一天的農作時，都會到海邊坐到天黑，一開始都是馬蘭一個人，後來就是馬蘭和「那個」人。

威郎的父親是第一批從宜蘭移民到村子裡來的漢人，他們挑著行囊，沿著一開始僅容一人通過的古道，從一個港到下一個港，從一個市集到下一個市集，邊走邊賺盤纏，邊賺錢邊打下地盤。他們帶著家鄉的神像，在落腳處找到可以奉祀土地神的地方，建起了小小的土地公廟。

海豐村的漢人不多，他們每年都去迎接從南澳而來的媽祖，但卻沒有廟讓媽祖暫歇，因此只得看著媽祖繞境而過，停在鄰村。這對小村子裡的移民來說，是很失體面的事。當時海豐國小的彭校長，便在一次跟其他人泡茶聚會裡提出來：「為什麼我們不自己蓋一間土地公廟？我出一點錢，你出一點錢，廟不就蓋起來了嗎？」於是他請人從蘇澳找了一個有名的雙眼失明的堪輿師探地，堪輿師相中了一塊地，那正是威郎父親的家，幾乎是村子裡最小最小的一戶。村子裡的人說：「土地公真正貼心（tah-sim），毋敢揀傷大的地理。」大家各自募集了一些捐款，買了另一塊地跟威郎的父親交換後，就把威郎父親的家拆了，改建成海豐村第一間土地公廟。落成典禮那天，大家輪流上香，但抬頭看著土地神時總覺得哪裡怪怪的，正看反看才發現梁柱似乎是歪斜的。

眾人找來施工的師傅抱怨，但是他堅稱有用拐尺仔細量度，拿來一看，原來那根老拐尺壓根就是歪的。正當大家氣憤不已的時候，威郎的父親說：「師父叫啥物名？」

「歪喙明仔。」

「是囉，揣歪喙明來起廟，當然合理是歪的嘛。只要咱誠心，神明袂見怪啦。」眾人擲筊連得六個聖筊，於是這間梁柱歪歪的土地公廟，遂在小村子活了下來。

威郎的父親是個勤懇的捕魚郎，他出海前都會到土地公廟上香，回來時把最好的魚拿去供奉。當馬蘭去看海的時候，他就會遠遠地坐在另一塊石頭上，離開時留一袋魚給她。

大家都不理解，兩人為什麼會愈坐愈近，直至甘冒流言也無法分離。只有馬蘭自己知道，那是因為他對馬蘭說話時，眼神跟瓦歷斯簡直一模一樣。

部落之花馬蘭嫁給漢人，很多人在背後說了閒話，因為家族不同意，馬蘭的婚禮甚至連一條豬也沒有殺。但馬蘭是那種下了決心千軍萬馬都拉不動的個性，年底威郎便出生了。

就在威郎出生的冬春之交，威郎的父親有一晚去溪口捕鰻苗卻失去蹤影，幾天後在更南方的另一條溪口被找到。這裡的海跟溪就是這樣，每年冬天的時候，它們就聯手用鰻苗來誘惑你，直到你受不了誘惑，熬夜在海邊戴起頭燈，拿著手撈網，隨著海浪的節奏落網起網，然後集中注意力看那些透明的、幾近無色無聲存在的鰻苗。就在你鬆懈的一刻，忘記海水麻痺了你的雙腿，它就突如其來蠻不講理地召來大浪，把你捲入大海，幾天之後再吐回岸上。

那年鰻苗季才剛開始，價格就已經飆到不可思議的高，屍體被尋獲的那晚，海豐溪依然站滿了捕鰻苗的人們，每個十步一盞燈，用廢棄木頭與招牌、帆布搭起的簡易帳篷滿布河床，遠望過去，彷彿海岸夜市。

因此當馬蘭聽到兒子說愛海的時候，她本來想說：「你爸爸被海討回去了，他太愛海了，都忘了回來找我，漂在海上，整個人跟氣球一樣，現在你又跟我說你愛海。我跟你講，海**不稀罕**你的愛。**不稀罕**。」

只是馬蘭看著兒子和丈夫一樣的臉孔一樣的眼神，終究把話吞了回去，只說：「那要來殺豬，我結婚都沒殺豬。」

馬蘭天還沒亮就騎機車到養豬場選豬捉豬，像挑媳婦一樣仔細。當養豬場的人用蹦蹦車載著兩頭豬跟在馬蘭後面，豬哀哀哀地叫回到家門口時，包括那些以前說馬蘭流言的親友都已經等在那邊。

眾人把豬綁好，由威郎從咽喉刺下第一刀。血從豬的脖子流到裝了鹽巴的盆子裡，從鮮紅慢慢變成赭黑。放完血的豬放到旁邊已經生了火的柴堆上烤，一邊有人幫忙用鏟子去 Ubal Babuy（豬毛），棚架下鋪起了藍色的塑膠布，隨即將豬放到塑膠布上，切下豬頭。

馬蘭一邊肢解豬，一邊唱著：「從豬身體裡掏出的是 Tama Baraq（心），往下那一大片是 Baraq（肺），從豬的肚子裡拿出 Rumul（肝）、Qurug（腎）、Rktu（胃）、Iraq（小腸）和 Iraq Paru（大腸）。拿個盆子來裝 Dara（血），然後用一把比較利的刀子切下 Kukuh（腳趾），然後把 Birat（耳）、Qraqil（皮）和頭骨分開。你看看我的手法，你看看我的刀，它把皮和肉分成帶肥肉與油的皮，好吃的 Snbuyu（里肌肉）和 Hiyi（肉塊）。你看看這漂亮的 Papak Buut（腿骨）、

Tkrang（胸骨）、Tudu Buut（脊柱骨）和 Ngungu（尾巴）。這是一頭漂亮的豬。」

馬蘭哼唱著，眼眶閃動，她把刀子交給威郎讓他肢解第二頭豬。但威郎學不來她邊殺豬邊唱，他下刀總下在不對的地方，或者就忘了詞。這時候馬蘭就會重複唱詞，讓他跟上。

兩頭豬都殺完以後，馬蘭和幾個親友將牠們分堆切塊。在一旁聊天唱歌的親友，根據輩分和親疏，一一走到馬蘭和威郎的前面，他們接過塑膠袋，幫忙把眼前的那個部位放進塑膠袋後傳給下一個人，一邊發出喲嗨、喲吼的聲音，感謝馬蘭的溫暖周到，說出祝福的話語。

「山會祝福你平安歸來。」

「你捕魚時會風平浪靜，魚都會跳到你們船的網子裡。」

「每天都要記得祈禱啊。」

「感恩天父，賜福給你們母子。」

「哈雷路亞。」

「祖靈會保護你一路平安。」

馬蘭沒有想到最終是以這種方式跟親友和解，而一旁似乎事不關己的威郎心底深處並不相信祖靈能到那麼遠的海上。

此刻威郎酒氣上湧，他索興把上衣脫了，背上的鯨在昏黃的燈光下，跟著肌肉的運動活靈活現地乘風破浪，就像以一種前所未見的方式與他共生，簡直就要游到他的肩胛骨，然後隨浪而去。

唱了幾首流行歌曲之後，威郎問老闆娘娜歐米卡拉ＯＫ裡有沒有太魯閣語的歌，督砮在旁邊插嘴說：「卡拉ＯＫ機裡沒有我們的歌啦！」

「你自己去做一臺就有。」

「還要去灌唱片才會有。」

「我還真的灌過唱片哩。」督砮說：「不用音樂，我來唱給你們聽，清唱！」

沒有音樂的督砮的聲音格外具有穿透力，每個人坐在自己的桌子前面，各有所思。唱完的時候，娜歐米眼眶發亮地過來跟他說：「你爸爸跟你一樣，都好會唱。年輕的時候我聽他唱歌差一點嫁給他。」

大家起鬨地笑成一團。督砮點了根菸和威郎輪流抽，心底則惦記著早上在車站遇見的那個女人，和她牽著的小女孩。那小女孩長得太像他記憶裡的那個小女孩了，雖然他只是透過火光看過她的臉龐。但怎麼可能，怎麼可能那小女孩還是一樣小？

小美坐在一旁，像個局外人似的。早上帶著學生在街上清理落石時，遇到從山上背著木頭下山的督砮，隨口的一句：「新老師，晚上一起唱卡拉ＯＫ呀。」讓她以為這是一個特別的邀請，沒想到村子裡的人常常這麼邀別人，現在她根本只是被晾在一旁而已。

「來，點一首歌我們輪唱。」威郎看出小美的心思，走到點歌的機器前面，他點了一首〈夢醒時分〉，那是當時在臺北很流行，很新的歌。於是一人一句，麥克風最後由督砮遞到小美的面前。

「妳臺北來的一定會唱。」

小美看著遞給她麥克風的督砮，不知道該不該接手，想說所謂的時光靜止正是如此吧。

歪脖子尤道感到累了，他第一次在海風卡拉ＯＫ待到頭昏。早上「他們」又來提起那件事了，「他們」說話的聲音揮之不去搞得他連唱歌都不安寧。

他推開門走了出去，低著頭對自己的影子喃喃自語地說：「要怎麼做呢？祖靈會要我們怎麼做呢？」跟在後頭的周傳道聽不清楚，聽成了：「聖靈會要我們怎麼做呢？」於是他直覺地答了一句：「要祈禱、要祈禱。」

這時候卡拉ＯＫ裡的年輕人們已經換歌了，可能發現周傳道已經走出去了，他們正在唱一首讓他們暫時把煩惱都拋在一旁的「歪歌」：

你可以戲弄我，也可以呀不理我
就算你不再愛我，見面也該說哈囉
你也可以欺騙我，也可以呀利用我
就算你不再愛我……。

第四章　仲秋

洗腳的時候，他注意到了麵包樹上有一隻Puurung（貓頭鷹）「呼，呼，呼呼——呼，呼，呼呼——」地叫著。那聲音像是透過雙手握成的圓弧傳出，透過風產生的回音，讓人聽起來心生疑惑，心生徬徨。督砮對牠說：「你是巨人派來的對嗎？」

藍色海邊的灰色火車站

當督砮把曬乾的木頭用機車載到他藏放物品的地點時，看見那個通常應該不會有人下車的火車站，有一個女人牽著一個小女孩準備走出月臺。女人的身形嬌小，胸部平坦，穿著緊身的衣褲，以至於督砮第一時間誤認是一個削瘦的年輕人牽著一個小女孩。不過督砮很快就發現女人並不矮，只是「感覺上」嬌小。他按了剎車，想掉頭看清楚，卻又怕唐突，一時之間停在那邊，機車的排氣管發出噗噗噗噗的聲音。

本來走到另一個方向的女人因此注意到了督砮，她轉過頭來的時候，小女孩也隨之轉過頭來。她們的面貌是如此神似，就像是兩個不同時間點的「她」同時看著你一樣。

「要去海豐嗎？」督砮趕緊表達友善地問。

「嗯，沒錯。」

「從這條路走，不遠，但颱風剛走幾天，路還是有點不好走喔。」

「沒關係的。」

「來玩嗎？」督砮知道不會有人來這個村子玩的，但他想不出能怎麼接話了。

「沒，來找人。」

女人和女孩都看了一眼他放在機車後座的木頭，畢竟那木頭非常突出而且特別。小女孩突然開口說話：「好奇怪的木頭喔。」

督砮笑了一笑，說：「Hinoki。」女孩的聲音讓他想起很多年前那個在山洞裡遇到的女孩。

同一時刻，女子則因為 Hinoki 的淡淡香味和督砮的眼神，也想起了曾經火柴點燃的微小的火光，和短暫地燃燒的什麼。

山洞裡出來的女孩

當部落的人們從山洞裡帶出的是一個小女孩時，正從另一處搜查區趕回來的烏明・拿難卻不幸失足滑下山谷，一時卡在樹間不能動彈。夥伴用手邊的登山繩讓他縛在腰間拉上來，雖然他堅持不去醫院，但右手臂卻劇痛到舉不起來，只好任由夥伴背上車送去醫院。

那個晚上部落裡的人們議論紛紛，畢竟烏明家的督砮是個男孩，但從洞窟出來的搜查隊卻帶出一個女孩，這實在太奇怪了。於是開始有人說會不會是什麼鬼怪、精靈還是巨人作祟，把男孩變成女孩了嗎？難道，難道是烏明或督砮違背了什麼 Gaya，才會導致這樣的結果？

正當眾說紛紜之時，教會的戴牧師提醒大家說：「說不定督砮還在洞裡，你們有沒有往更深的地方找？」

聽到這樣的建議，帶出女孩的巫茂（Umaw）和勒高（Rikaw）立刻背上裝備再次入洞，他們驚訝地發現，這是一個不可思議的奇特洞穴。洞穴不是單純往內深入的，而是曲曲折折，中間分散出數條道路，甚至部分底部積著水，彷彿有一條祕密河流流淌其中。當他們決定先離開洞穴等待明天清晨帶裝備進來時，卻天搖地動起來。巫茂和勒高倉皇撤退，聽到背後的洞穴深處發出低吼，即使他們都是山上的老手，仍不禁亂了腳步跌了好幾次，直到看見接應的燈光才鬆了一口氣。

從山洞裡救出來的女孩並沒有馬上被送到烏明的家裡——烏明的家裡雖然還有他的妹妹，但他受了重傷，一個人手很難同時照顧兩個人。村長和幾位耆老討論，決定把女孩送到瑟林．郭木（Sring Kumu）的家裡去，由他和他的阿美族妻子娜歐米共同照顧，兩人並沒有孩子，暫時照顧女孩是沒問題的。

女孩雖然虛弱卻神智清醒但拒絕說話，眼神看起來像在夢遊，娜歐米餵她喝了小米粥以及山上採的草藥後便沉沉睡去。大人們並不知道，女孩還在她前幾天的經驗裡躑躅徘徊，雖然她知道進來的應該是那個男孩的村落，但這一切跟作夢沒有什麼差別。她發了高燒，高燒加強了夢境的效果，在那個夢裡小女孩是居住在洞窟裡的公主，她的權杖是一把小獵刀，只要揮動小獵刀，就擁有可以命令夜婆的力量。那些忠心耿耿的夜婆為她採集來果實，在她被反叛者擄走，受到監禁、凌辱與折磨後，聯合那隻有著尖尖嘴巴的小動物，重新把她救回洞穴內。

高燒退了以後，女孩感覺非常失落，她渴望能再大病一場，痊癒讓她失去了自己的法術，失去讓夢帶她跨越睡眠與清醒的能力。

隔天烏明來到瑟林的家裡，看到的是一個熟睡、偶爾睜開眼像在夢遊狀態的女孩。他雖然很想自己再深入洞穴尋找督砮，但無奈醫生判斷他的右腿和右手都粉碎性骨折，只是放他幾個小時的假，「現在你的身體有一半不是你的，好好休息吧。」

午後另一批進入洞窟的民眾退出洞窟，並把壞消息帶到醫院給烏明：「看起來很糟，往裡頭去洞裡霧濛濛的，可能很多地方都塌了。」

洞裡沒有督詧。

女孩雖然聽不懂這對夫妻交談時刻意使用的語言，卻敏感地感受到他們的照顧是真心的。不過在內心深處，女孩仍害怕這一切只是假象，她怕他們也和爸爸一樣，會對逃跑者施予嚴酷的懲罰，她隨時準備好承受任何後果。而在那之前，沉默比什麼都重要，沉默讓她可以觀察，也讓這些陌生人不容易知道自己的心思。

爸爸失去他的手臂以後，即使很小的事件，即使沒有喝酒，他都可能會突然失去控制，所以女孩很懂得觀察人情緒的微妙變化。有一段時間她每天都要幫媽媽在晚餐時煮一鍋湯，把媽媽撿回來的玉米、花生、菜葉、地瓜、馬鈴薯混在一起，再放一把門口種的辣椒。她很喜歡那個過程，耳朵聽著鍋子咕嚕咕嚕的聲響，眼睛看著鍋裡各種蔬菜的動亂，湯開始慢慢變色，蒸氣四散，這讓她能想像自己是一個小女巫。

那天不曉得是什麼原因，湯裡跑進了一隻壁虎，這其實不是什麼新鮮的事，各種昆蟲或小動物就會在某個開蓋的瞬間跳了進去。但爸爸把她叫過來，用盡力氣給了她一巴掌。那並不是爸爸第一次打她，只是那次，爸爸的力量毫無控制地傳達到她的身上，她的鼻血噴濺到牆壁上。但是她沒有哭，因為她知道哭只會讓爸爸更加生氣。

爸爸那巴掌把什麼打破了，傷口在她的心底形成深淵，她把那一巴掌定義為「打破魚缸的一巴掌」。她的記憶開始得很早，最早就是關於那隻金魚。那是兩個姊姊和她在夜市撈回來的紅色金魚，養在一個原本不知道裝什麼的舊玻璃罐裡。有一次換水時姊姊不小心把玻璃罐摔破，魚一開始還在地上活躍地跳啊跳的，她們趕緊找了一個碗把魚裝進去，但不久魚就浮在水面上，散發出一種陌生的氣味。兩個姊姊都大哭，但是她並沒有。也許是那時候，她還不明白死亡是怎麼一回事。

因為打破了，從此以後，她感覺爸爸後來打她們的時候更沒有猶豫，有一股她無法理解的巨大變動力道摧毀了這個本來就岌岌可危的家，就像下了一場大雨後，沒有人能阻止那些從山上一邊發出巨大聲響，一面滾下來的大石頭。她和媽媽，姊姊妹妹只能往前一直跑一直跑。

女孩就是從那時候開始學會「出竅」的。當她決定出竅的時候，爸爸跟她說話的聲音就會變得像是從很遠的地方傳過來似的。有時候她決定讓自己站在某個遙遠的山上，把一個海貝殼拿到耳邊，聽自己心裡的聲音。有時候她讓自己變小，小到別人看不見。

習慣了那樣的生活，眼前的真實就顯得不太真實了。胖嘟嘟的娜歐米在炭火上烤著玉米，話不多長得兇巴巴的瑟林用報紙做的紙捲把玉米接過來後包起來，遞到她眼前用他奇怪腔調的國語說：「吃吧吃吧小老鼠。」

難道那個山洞，真的讓她重新投胎，來到一個新的世界嗎？

娜歐米把她的小背包還給她，並沒有要求她打開背包讓他們看，她也不知道他們是不是有打開過了。下午負傷的烏明由他妹妹再次推著輪椅過來。

「妳叫什麼名字？」這是娜歐米跟瑟林問了一萬遍的問題。

「妳的家在哪裡？」一千遍。

「有沒有遇到一個男生？」一千萬遍。

「包包能借我看看嗎？」

女孩心底有一個聲音對自己說：「說吧說吧，妳不是高高在上的公主，人家說話妳要回答呀。」「高高在上」是從對她很好的蔗工阿德給她的那批被當廢紙回收的故事書裡面學到的詞，在那些故事書裡，公主通常高高在上，女巫有分好心腸的和壞心腸的，動物則有分成擅長說謊的跟不會說謊的。

一旁的娜歐米則注意到她的表情在聽到「男生」這個詞的時候發生了細微的變化，只有一瞬間，然後她又平靜了下來。

當烏明放棄準備離開的時候，女孩哭了出來，沒有什麼能阻止的山洪那樣哭了出來。

山洞裡出來的男孩

當男人把男孩和白狗帶到村子裡時，男孩感覺到一種很難以言喻的氣氛——村子並不像是丟了一個小女孩的村子，雖然男孩也不知道丟掉一個小女孩應該是什麼樣子，但那種「一切如常」的氣氛，讓他覺得奇怪。男孩相信現在整個部落都在找他，Tama 一定把整座山都翻遍了，他好想把白狗給 Tama 看，他收服了一隻獵犬，他會好好訓練牠成為好幫手的，他是一個有獵犬的獵人了。

男孩努力了解眼前的狀態，陌生的植物散發出的氣味、長相不太一樣的房子、顯得有點低矮的雲和山，以及這個想牽他手，被他避開，又強迫性地抓住他手腕怕他逃走的男人。男人穿著印有農藥商標的汗衫，身材矮壯，剃著俐落的平頭，男孩鑽出洞口時，只有看到他一個人。事實上是，搜尋秀子的行動只有他一個人，蔗工都叫他阿德。

阿德自從在蔗田遇到帶便當給爸爸的秀子，就被這個笑的時候眼睛發亮的小女孩吸引，因此每次秀子送東西來，他就會跟她搭話幾句。一次回工寮時，看見收破爛的老婦人的推車上有一箱的書，他便把那箱童書用比廢紙高一些的價格買了下來，每次拿幾本送給秀子。

秀子的爸爸對這是不樂意的，一半是因為他不曉得這個和他同為蔗工的男人的用意，一半是他不太喜歡秀子讀書。女孩子讀書是有害沒用的，到頭來說不定只學會頂嘴，因此他每看見一次就丟一次。秀子於是將她最愛的幾本書藏在米缸底下，那個地方媽媽知道，但爸爸絕對不會去查看。

秀子爸爸自從失去一隻手以後，就從蔗工變成雜工，阿德是少數支持他在工班繼續打雜的人，秀子爸爸因此對阿德的感覺很是複雜。當阿德兩天沒看到秀子，便問了秀子爸爸，得來的回應是：「親戚帶走了，去大城市過好日子了。」但他的口氣讓人感覺裡頭隱隱有一種生氣又不想張揚的情緒。

在這樣小到幾乎沒有人從事蔗農蔗工以外職業的村子，連哪家門口多長出一棵木瓜樹都不可能避開眾人的耳目。因為大家都知道那個聞起來像臭青母的男人來過，因此「秀子被賣掉了」這樣的消息，就在村子裡流傳。

「把妳賣給跟臭青母一樣臭的男人。」小孩間彼此以這樣的恐嚇開玩笑。

「賣掉會怎麼樣？」

「被蛇吃掉。」

大人們當然也會感受到這一點，只是他們不會去談這件事，或者說是沒有時間去談這事。對他們而言，人生就像甘蔗渣，已經榨不出什麼了。秀子爸爸並沒有收到賣掉秀子的那筆錢，何況失去秀子，他還失去了一個幫手，因此秀子的失蹤竟讓他有一種委屈的感覺。妻子曾一度提議四處找找，但嘴硬的秀子爸爸說：「揣轉來也是食了米爾（niā）。」

當阿德到家裡來關心的時候，秀子媽媽趁丈夫不注意，對阿德說：「應該是逃走（tô-tsáu）

去山頂。」

阿德於是想起，那個陌生男人開車離開村子的那天，他正好休工騎著腳踏車四處閒晃，清楚地看見下車買檳榔的男子車上並沒有秀子。阿德尋思秀子可能會去的地方，想起有一次她送便當到蔗田給她爸爸，臨走時跟他謝謝他送她書時，提起了一件事。

「阿德叔叔，我昨天晚上才夢見鑽進去山洞裡，跟書裡寫的一樣。」

「什麼樣的山洞？」

「很小的，藏在草裡面的山洞。」

「那妳怎麼發現的。」

「一隻尖鼻子的小動物，帶我進去的啊。這個跟書裡不一樣，書裡是兔子。」

「那有看到什麼嗎？」

「我沒有進去，會怕。」

「要怕啊，有的事要怕。」

雖然孩子讀了故事書以後，會假想自己和故事書裡的人物有一樣的遭遇是很尋常的事，但阿德決定碰碰運氣，到山上找找。畢竟從村子到山上，像秀子這樣的孩子能走的路應該只有兩、三條而已。

他一面走一面喊著秀子的名字，先在附近的田園邊緣繞，然後走到一條規模不大的產業道路，穿過一片盛開的野薑花，不知不覺走上一條連他也感到陌生的路。他試著每走個二十步就使勁喊幾聲，約莫一個小時後正當他想放棄，草叢的深處卻傳出陣陣狗吠。他走近蹲下去時竟然發現有一個小小的洞口，於是更加大聲喊著「秀子！秀子！」過了一段時間傳來漸漸接近的腳步與呼吸聲，最終鑽出一個男孩和一隻瘦弱的小白狗。

驚訝得說不出話來的阿德給了虛弱的男孩水和饅頭，男孩把食物跟水分了一半給白狗，期間阿德問了他好幾次：「你是從哪裡來的？」「你怎麼會在山洞裡？」「秀子呢？你有在山洞裡見過一個女孩嗎？」

男孩沒有搖頭，也沒有說話，只是用黑漆漆的眼睛望著他，好像想從他身上辨識出什麼。

男孩被送到村子裡後，聽到消息的人不管是否關心都聚到了秀子家。這個村子本就是為了種植甘蔗所形成的村落，生活實在太無趣了，因此「一個女孩失蹤」結果「一個男孩出現」這樣戲劇化的事，讓大家好像節慶一樣互相問候是否知道此事。一些人把這個男孩稱為「對（tuì）磅空（pōng-khang）出來的查埔囡仔」。開門的秀子爸爸面無表情，秀子媽媽則按捺住心底的激動。秀子爸爸說：「炁這个囡仔來遮創啥？」

「雖然伊毋講，但是我想伊知影秀子佇佗位（tó-uī）。」阿德說。

「秀子只是去親情（tshin-tsiânn）兜而已，你莫管人閒仔事。」

人群中有人說：「恁毋是想欲生一个囡仔兄？便便一个。」

「報警，上簡單。」

男孩聽不太懂他們的話，因此更顯緊張。他心底想，替秀子爭取一點時間，至少要確定她的爸媽不會責罵她，才可以說出她的行蹤。他發現現在的情形像是「秀子的爸媽並不想承認秀子失蹤了。」因此他不說話，只是像嬰兒一樣觀察著眾人，特別是秀子的母親。從小就失去母親的男孩，感覺眼前這個女人是想問他什麼的，雖然她始終沒有說出口。

這時有一個從部落來的蔗工，覺得男孩的輪廓和眼神並不像是客家人或閩南人，他以族語問：「Truku su hug？」（你是 Truku 嗎？）

男孩聽到族語，忘了自己給自己下的沉默禁令，不假思索地回答：「Yaku o Truku。」（我是 Truku。）

想要重回山洞的女孩

每天都有不少村民到瑟林家看女孩，包括那些督砮的玩伴。其中一個叫做威郎的小男生，是督砮討論未來要做一個好獵人的死黨，他們經常玩假裝在同一個獵區互相掩護，圍獵山豬的遊戲。他幾乎每天都到瑟林家來報到，跟始終處於似夢非夢狀態的女孩說話：「妳有遇到督砮對吧？那把獵刀是督砮他的爸爸找人專門做給他的，他不會隨便給人的，我知道。」

「他是不是自己跑去獵山豬？這個笨蛋，我聽舅舅說，夢見山崩、土石流才會獵到山豬，山崩或者土石流愈嚴重獵到的山豬就愈大，督砮每次都跟我說夢見山洞，夢見山洞根本獵不到山豬啊這個笨蛋。不過我舅說如果夢到女孩子對著你笑就應該上山打獵，督砮有說夢到妳嗎？他沒有跟我說。」

女孩想對他笑一下，但沒有力氣，也做不到。但威郎的聲音和笑容感染了她，他跟督砮一樣，都是那種自顧自地講話，也能讓人感受到奇妙溫度的人，在沒有光的洞窟裡的時候，女孩就感受到這一點，而願意和督砮講話。

女孩想起自己在那個家，並不是完全沒有光。她的記憶開始得很早，那時她還很小，剛剛學會說話，也非常勤勞說話。當媽媽用國語對她說：「秀子好像有長大一些了」的時候，她回答：「秀子在每個季節，每個季節，每個季節，都長大。」秀子媽媽怎麼都想不出來自己曾跟她提過

「季節」這個詞，她雖然沒機會受教育，卻能知道這個孩子的某種天賦，於是緊緊抱住她，說：「妳哪會遮爾巧（khiáu），妳何必遮爾巧。」後面的這句話，女孩的媽媽說來是哀怨，而不是歡慶的。

女孩剛學會講話，拿了村子裡最尋常，也最容易到手的點心——甘蔗啃，發現自己沒有辦法跟大人一樣享受甘蔗時，對著爸爸說：「爸爸幫你用。」那時她的「我」跟「你」還分不清楚，所有學會語言的人都經歷過這麼一個時期，你就是我，我也是你。

那時候爸爸還會幫她啃出甘蔗汁，然後吐出來用湯匙餵她喝。那時候他就像一般對孩子不算太好也不太壞的爸爸，每天工作讓生活好過一點的爸爸。在植苗季節過後難得的一次無工可上的午後，爸爸帶著她和姊姊去溪邊游泳。姊姊害怕得不敢跳下水，爸爸問她敢不敢。

女孩點點頭。爸爸脫下自己的衣服，再幫她脫下衣服，帶她進溪裡，慢慢托著她游進深處。她的脊背緊繃，手臂呈十字張開浮在水面，水草漂浮在她的頭髮之間。「若像佇咧雲頂懸（tíng-kuân）喔。」到了溪流的一處水波不興的深潭，她覺得爸爸好像「動了什麼手腳」，飛快地瞥了爸爸一眼，看見爸爸高舉雙手，在那短短一秒，她明白了父親的手並沒有在水下托住她。她瞬間失去浮力，驚惶地踢水，卻往下沉，爸爸用手撐住她，對她說：「免驚，我佇**遮**。」幾秒鐘後她憑藉著驚人的直覺，把身體扭轉過來，用她的手跟腳划著水，把頭抬出水面吸了一口氣。她在游泳，全靠自己。但她的信心來自於爸爸，她**就是知道**。

爸爸大聲開朗地笑，跟岸上的兩個姊姊招手，好像過去現在以及未來都必將諸事順遂。直到媽媽又生了妹妹，而爸爸又接著失去那隻手。

剛被帶進這個陌生男女的房子時，秀子第一個印象就是熟悉的霉味。和她家一樣，小小的空間堆滿了各式各樣的東西，但這些東西和自己家並不相同——都是一些樹幹、石頭、蕨類，和各式各樣的什麼鐵條、破招牌……她看不出來這對夫婦是做什麼的。晚上女孩會被遙遠而微弱的狗叫聲喚醒（這裡每戶人家好像都養了一隻狗），讓她想起男孩和他的白狗Idas。

娜歐米不管去田裡工作，或到海邊撿石頭、木頭和貝殼，甚至假日到教堂都帶著她一起。她很快就發現，娜歐米和瑟林有一個賺錢的方法，就是「撿東西」，撿山裡的東西，撿海邊的東西，然後把它們加工成看起來跟外表完全不一樣的東西。兩個人也非常喜歡唱歌，晚上的時候會邊做事邊唱歌。

女孩最喜歡跟著娜歐米到海邊撿貝殼，不管是踩在礫石灘上那些沙沙的聲響，或是腳會微微陷進去的沙灘上都很喜歡。她發現兩個地方能撿到的貝殼種類不太一樣，就像溪口跟溪流中游撿到的石頭和木頭都不一樣。娜歐米會告訴她這些貝殼有什麼不同，當然，也告訴她什麼樣的貝殼比較有可能賣到好的價錢。聽到好的價錢女孩就會更顯得專注，她開始覺得，也許家裡一切的不幸都是少了錢造成的。

當她每天聽著嘶吼的海浪聲時，許多念頭也同時在拉扯她，讓她又再一次跨坐在選擇的邊界上，每當她心情不定時，就會很想讀讀書看看圖畫。但是那些阿德叔叔送她的書，她唯一帶出來的一本送給督砮了，而娜歐米家一本書都沒有。

幾天之後，女孩拉拉娜歐米的手，說：「我叫秀子。」

「哇，太好了，秀子。」

她忍耐住沒有提問這段日子以來千篇一律的問題。

秀子說：「我想再進去山洞裡。」

「嗯。」

「我可以幫你們把督砮叫回來，我去換他回來。」

「他在哪裡？」

「可能在我們村子裡。」

聽了這樣的話，娜歐米差點就掉下眼淚來，她知道這女孩花了很大的力氣講出這些話，因為他們都不曉得，這兩個孩子在山洞裡遇到了什麼。她欣慰又興奮地抱了抱秀子，然後飛快牽著她跑到海邊跟瑟林重述了對話，瑟林聽了之後，直奔烏明的家告訴他這個消息。

「督砮還在山洞裡嗎？」

「沒有，他往另外一個方向走了，另外一個方向，她說有人喊她的名字，督砮代替她，從那邊走。」

那一夜秀子睡得深沉得就像一塊礁石，一枚寶螺，一塊在森林底層的木頭，直到一隻失去腳掌的尖鼻子動物從那塊木頭的後面探出頭來，她才醒過來。

想要重回山洞的男孩

秀子爸爸看著眼前這個男孩，不曉得該拿他怎麼辦。他不願意說自己來自哪裡，不願意透露秀子的下落，而秀子爸爸自己則是不想承認秀子失蹤了，也不想承認眼前的這個男孩知道自己女兒的下落。秀子媽媽在一旁看著她的丈夫，流露出一種沒有感情的表情，讓人看不出她是恐懼、著急還是渴求。在丈夫面前，不知道是因為恐懼還是可憐，她愈來愈怯於表達意見。

一開始阿德和他們夫妻僵在那裡，光是人沉默地站在那裡，就讓人受不了。

「你叫什麼名字？」那個蔗工又用太魯閣語問。男孩顯然聽得懂，卻拒絕回答。

幾秒鐘，或許是幾分鐘的思考，秀子爸爸終於開口說話：「小孩先留我家，還是有誰想帶回去的？」

圍觀的人們面面相覷，沒有人想莫名其妙家裡多一個小男孩吃飯，還要煩惱是不是後續會有什麼困擾。

秀子爸爸的心底很清楚，不能報警，至少暫時不能報警。他得先想出一個讓警察不會找麻煩的謊言才行。

「狗咧？」阿德問。

「Idas 一起。」男孩從眼神讀出了阿德的意思，搶著回答。

秀子家的房子是個方正的空間，進屋子以後大概走十步可以到牆壁那樣的大小，廚房連在一起。房子裡只放著一張沙發、木桌子，和幾張板凳，以及一臺縫紉機，旁邊堆放了許多雜物，空氣裡散發著一種沉沉的霉味。另一頭有一道門，應該就是房間。男孩的眼光往廚房望去，很快地看到塞在角落的大型餅乾桶，那應該就是秀子說的米箱，那應該就是秀子說的藏故事書的地方。

秀子爸爸要他坐在板凳上，自己則坐在那張破舊的沙發上用國語問：「你叫什麼名字？」

「黃家輝、督砮。」

「我不問秀子去哪裡了，你要說不說隨便你，你要住下來，就要工作。」

「這个囡仔看起來才五、六歲的款，欲做啥物工課？」秀子媽媽終於鼓起勇氣開口。

「秀子的代誌就予伊來做，到秀子轉來為止。」

秀子爸爸好像又想到什麼，冷冷地對他說：「如果警察來問你，就都說不知道。」

天快黑了，窗外路燈好像忘了亮起來，也許這一夜都不會再亮。督砮跟秀子的兩個姊姊把碗盤、房子裡的東西都收拾好，繼續幫秀子媽媽分頭剝玉米粒、去綠豆殼、紅豆殼，再把它們裝進小包裝的袋子裡。秀子媽媽則在窗邊的縫紉機前「噠噠噠噠、噠噠噠噠」地踩著。

不曉得過了多久，不知道去哪裡的秀子爸爸醉醺醺地回來，就躺在客廳的沙發睡了。秀子媽媽因此要幾個孩子魚貫地到房子外邊洗手洗腳，準備進房間睡覺。秀子的兩個雙生姊姊似乎刻意讓督砮先洗，督砮始終覺得她們和秀子不太一樣，不光是長相不一樣，而是她們明明比秀子年紀大一點，卻只能說出簡單的句子，甚至也沒有特別跟他問起秀子。

洗腳的時候，他注意到了麵包樹上有一隻 Puurung（貓頭鷹）「呼，呼，呼呼——呼，呼，呼呼——」地叫著。那聲音像是透過雙手握成的圓弧傳出，透過風產生的回音，讓人聽起來心生疑惑，心生徬徨。督砮對牠說：「你是巨人派來的對嗎？」Tama 告訴過他，山上的巨人會派貓頭鷹或是其他的鳥來村子裡打探消息。

Puurung「呼，呼，呼呼——呼」地回答他。

秀子媽媽給他的碗裡裝了一些水和一根玉米，他把玉米折成兩半，一半餵給了 Idas。

督砮被安排睡在秀子媽媽左側，右側則是她的三個女兒，雖然已經是秋天了，但天氣還是很溼熱，蚊子一直嗡嗡地叫著，秀子媽媽在窗外點了一種草，燒出淡淡香香，讓人暈眩的氣味。

Puurung 還是有節奏地叫喚著，牠的聲音像蚯蚓一樣鑽進督砮的心底。督砮想，牠應該會回去跟山神或者是巨人報告自己的行蹤，剛剛應該對牠說些話，讓牠帶回去的，山神或巨人說不定會託夢給 Tama，Tama 就知道他在哪裡了。但旋即又想，這麼一來，秀子就會被帶回來，她不想回來，回來她一定會被揍，說不定又被賣走。這樣他就害到秀子了。

督砮被自己的矛盾折磨到掉了眼淚，漸漸覺得傷心難抑，嗚咽了起來，他翻過身去避免被秀子媽媽聽到。他有點後悔幫助秀子，流落到這樣一個陌生的地方，這樣的情緒逐漸超過他對秀子的同情。

這時候一隻手過來環抱了他，不知道是誰的手，不管是誰的手，督砮牽著那隻手，忘情、放聲地哭了出來。

再一次交換

周傳道站在臺上，為教友們宣讀著祈禱文，臺下族人的祈禱神情讓他感動，這是他帶領祈禱時最滿足的一刻——他發現人只要閉上眼睛，雙手在胸前交叉，就會顯得比平常更聖潔。他也注意臺下的兒子是不是專注地看著他在臺上的一舉一動，兒子必須記住每一個細節，未來才能接手傳道這個職務。

在這個新的教派裡，很多「傳統」都是被建立起來的，像是周傳道的 Tama 當時還不叫傳道。教派剛從那些洋人面孔主導的天主教堂分出來，再由漢人傳到部落裡面來。

「就像一條溪流從一條溪流裡流出來一樣。」周傳道的 Tama 說：「Truku 對上帝的信仰是自然而然的，不是宣教的結果，我們教會跟原本的基督教或天主教的教會最大的不同，就是我們能在上帝和 Utux 之間做溝通。我們可以保持聽到 Utux 的聲音，也可以聽到上帝的聲音。」

他看著周傳道專注的眼神，知道這個孩子未來很有可能會繼承他的衣缽，繼續說：「以前如果出草勝利表示 Utux 是站在我們這一邊，我們的所做所為是 Utux 所支持的，這麼一來，敵人的 Utux 也會轉化成我們部落的保護靈。但跟日本人打仗以後一切都變了。日本人殺了我們很多人，又禁止我們出草，不能出草部落靈的力量就會愈來愈弱，當部落的人因為傳統的信仰不再能執行而產生猶豫的時候，正好基督的福音傳來了，好像對 Truku 伸出手一樣。上帝讓我們不用出草也能繼續讓部落獲得祝福。」

周傳道聽過他的 Tama 轉述過他聽族裡的老人家描述過的出草。勇士馘首成功後，將人頭帶回部落，請巫師選擇一個適當的日子，他們會穿上特殊的服飾和 Towrah（紅色菱形胸兜），並且戴上 Marung（貝殼做的勳章）以示對人頭的尊重。參加馘首的勇士會一起走到放置人頭的棚架前面，張開雙臂左右擺動吟唸咒語。領頭者右手持頭顱，一一在低頭蹲跪的馘首隊面前，由下向上以弧線揮舞頭顱，所有參與的勇士就會跟著頭顱的節奏仰頭。最後，每一個勇士在大家的注視下，右手持斟滿的血酒，左手握頭顱，和人頭共喝同一壺酒。

人頭會繼續擺在棚架上，每天傍晚老人都會跟人頭一起喝酒，小孩子則會拿東西去餵人頭，因為他們相信，在整套儀式完成之前，人頭的靈魂仍未離開。巫師會在祭祀時對著人頭說：「請把你的家人都帶來，如果頭顱彎向另一邊，那就表示不肯。」

如果人頭繼續把他們部落的人帶來，他們就能繼續出草減弱敵人的力量。

「如果不肯呢？」

「敵人也是人頭的親人啊，人家不願意也是應該的。」

周傳道還是孩子的時候，聽聞從前這樣活著的人跟死去的人能自在談話的場景被深深吸引，但這又跟《聖經》裡的一些道理沒辦法完全融合。Tama 是這樣回答他的：「要相信，不要懷疑。你 Baki 的時代，信基督的人不再怕日本人，他們勇敢殉教，而且後來日本人失敗了，這都證明了 Truku 重新找到和 Utux 溝通的方法。所以，你要對族人的渴望、祈禱做出適當的回應，你要為他們伸出手，扶持他們的靈魂，讓他們相信上帝。」

周傳道從帶著秀子同來的娜歐米神情知道她需要一雙手，在做完禮拜之後，他等著娜歐米過來，靜靜地聽她把秀子開口的事從頭到尾說了一遍。

「後來她有再說什麼嗎？」

「她說想回山洞裡。」

「我想她是想回家，不是回山洞吧？」

「不過，我想她這麼說，好像是有原因的。」

「喔？」

「她不說回家，我感覺是有原因的。但她說想回山洞，用意是讓督砮回來，她告訴我見過督砮，和他在山洞裡遇到的情形了。她希望督砮回來，但她不想回去。」

「所以她知道督砮在哪裡？」

「我猜是在她住的那個村子，好像是他們兩個人交換了方向走。」

「小女孩有說出村子的名字？」

「現在還不願意說。」

「但她應該不知道督砮是不是安全到她的村子，有沒有人救他，對吧？」

「是啊。」

「那就先試著讓她講出村子的名字，派人去交涉吧，看看督砮是不是在那裡。」

「好像只有這樣了。」

「這是 Utux Tmninun（編織萬物的神靈）的安排。」周傳道看著娜歐米，說：「煩惱會阻礙妳的判斷，祈禱，妳要祈禱，Utux Tmninun 會給妳決斷的智慧。」

秀子坐在小小教堂的祈禱椅上，她的臉望著山，但眼睛似遠似近地搜尋著什麼，好像在玻璃窗前，用額頭頂著玻璃看著外面世界。她還沉浸在剛剛所有人一起唱聖歌的震撼裡。那歌聲通過耳朵進入她的身體裡，然後搖撼她小小的身軀，雖然是這麼小的教堂、這麼小的身體，但讓她覺得自己的肉體就像一個樂器輕輕地顫抖，那顫抖跟過去不一樣，並不是出於害怕，而是激動。

秀子看見娜歐米正從教堂窗戶透進的一大片陽光裡走來，相對地，在娜歐米的眼中，坐在長椅上，黑漆漆眼珠的秀子就像沐浴在光裡的天使。她被這個有著超乎想像成熟的小女孩深深吸引，特別是很難形容她的長相，從每一個角度看好像都是一個新的人，就跟這個村落總是從山移動到海上的雲一樣。

娜歐米走到秀子旁邊，在她眼前揮了揮手，她才回神過來。她突然開口說：「大仁。」娜歐米知道那是秀子村子的名字，眼淚滾了下來。

他們一同回到家的時候，幾個人在門口等著，有坐著輪椅的烏明、他的妹妹，和一個穿制服的警察。

秀子直覺地縮到娜歐米身後，瑟林過去跟警察打了招呼。那個年輕的警察是隔壁部落的人，娜歐米認得。因此她用手握了握秀子的手，表示沒問題。

「Dakis（達奇斯）。」年輕警察看到娜歐米自我介紹，兩個人互相點了點頭，他的眼光很自然地落在秀子的身上。

瑟林說：「秀子說出她家在大仁村了。」

「那太好了。」

「但是很奇怪。」

「大仁村很遠很遠啊。」

「對呀，真的很遠。」

「如果說是那個山洞可以通到那個村莊，那是不可能的事。」

「要穿過好幾條河啊，即使是瑟林的腳程，恐怕也要兩、三個小時。」

「怎麼可能？所以督碆真的在那裡？」

「我馬上請局裡的同事打去問。」

十幾分鐘後，達奇斯的無線電給在場所有焦急的人興奮的回音。

「找到了！」

「找到了！」

經過一個晚上的溝通，達奇斯隔天又和烏明來到瑟林家，把瑟林和娜歐米拉到一邊說：「都說好了，他們那邊的人也會帶督砮回來。怕又有什麼麻煩，我們不會讓雙方家長和你們和小孩子彼此見到面，所以我們送過去，他們那邊的警察送過來。」

娜歐米點點頭。一個小女孩從一個洞穴穿過好幾條溪流那麼遠來到這個村落，一個小男孩從一個洞穴穿過好幾條溪流去到另一個村落，然後再讓他們交換回去。

這就是 Utux Tmninun 的決定嗎？

當兩個管區警員敲門時，秀子爸爸還宿醉未醒。因此秀子媽媽開門時，看起來較資深的那個禿頭警員就朝著裡面大喊：「林金順，他媽的睡到這麼晚啊，那個你家住一個來路不明的小孩也沒跟我講，你想死啊。還好阿德跟我們講啊，小孩就在你家。」

秀子爸爸趕緊跳了起來，要秀子媽媽拿菸來。

「不用了。講講就走，要趕快處理了，那個人家來找人了，從海豐村來的。」禿頭警員還是把菸點上了，秀子爸爸又遞上一根給年輕警員。

「就這個小孩？」

「嗯。」

「海豐村來的。那個然後妳的女兒現在在海豐村。」

「秀子在海豐村？」

「對呀。」

「怎麼可能那麼遠，火車都要坐好幾站哪？」

「對呀，見鬼了。上面打電話來，我們把男孩送回去，他們也會把女孩送回來。你怎麼回事，女兒不見了也沒報警？」

「沒啦，想說是跑去親戚家玩。」

「騙鬼喔。趕快，那我們今天就去把這件事搞定。」

督砮坐在牆角，他半是期待半是緊張。「我要回海豐了嗎？會見到秀子嗎？秀子還會被打嗎？」不知道為什麼，一股勇氣從他小小的身軀升起，就像他往愈來愈深的洞穴鑽，只為了帶出Idas時的那種感覺，他拉拉秀子媽媽的手，在她耳畔說：

「秀子回來，不要打她，可以嗎？」

秀子媽媽捏了捏他的手，她的眼神不像是答應了，也不像是不答應。

很多人以為縱谷的天空只有一種顏色，就是接近無限透明的藍，但這很可能是沒有靜下心來，或者只有短暫到東部度假的誤解。事實上，縱谷的藍會在午後消逝，因為高山那頭凝聚的對流雲就開始旺盛起來，陽光蒸騰的水氣緩緩聚集，形成雨雲。不管雨有沒有落下來，縱谷會陷入一片灰濛濛裡，山風海雨，才是這片大地的本色。

這一天午後，各自坐在往南火車與坐在往北火車的秀子和督砮在那一刻都正望向窗外，督砮看到的是太平洋，而秀子看到的是奇萊山。這天的雨雲，就在列車的天空上凝聚，就快要落下來，但還沒有落下來。

第五章　乾季

想到這裡，巨人的心臟突地跳了一下，他聽見一個聲音：「我們到達的就是曾經離開的，我們失去的就是我們想追求的。」

消亡

有時巨人會想，這世間有任何事物不懼怕消亡嗎？消亡不是死亡，死亡是個體的概念，死亡的恐懼是由個體產生的。如果從群體角度來看，那樣的恐懼就不存在了。一隻繡眼畫眉的死僅僅是一隻繡眼畫眉的死，群體的繡眼畫眉仍然朝群體的目標奔去，群體對死亡的哀傷並不長久，也不能長久。群體並不對死亡過度惦記。

對死的長期哀傷則是人類變得和其他動物不完全相同的理由。它讓活著變得猶豫、躑躅、充滿牽掛。有時候人怕的是消亡，而不是死亡。

消亡則是一逝不返。

雖然哥哥 Dnamay 死去已久，但他始終沒有在巨人 Dnamay 的記憶裡消亡。要等到有一天他自己不再想起哥哥，消亡就會真正來到。消亡不一定跟隨死亡之後，有時也可能來得比死亡早。那些失去存活動力的生命，會覺得語言無用、文字無用、記憶無用，消亡便近在目前了。

巨人有時會想，那些對他而言很重要的記憶，對已經不存在的巨人族群，對浮現的島，對漂移的陸地，以及這個藍色星球都沒有太大意義。至少巨人目前想不出什麼意義。它們很可能在他想出來之前就消亡了，沒有墳塚，沒有墓碑，沒有漣漪。時間洪水般洶湧地貫穿每一種生命的生活，連紀念消亡的儀式本身都會消亡，繡眼畫眉告訴他的所有故事，終究會是吱喳鳥語，隨風而逝。

為了抵抗消亡，人們會在山中挖墓穴、在海邊挖墓穴，甚至在活著的人住的房子裡挖墓穴。人以外的其他動物沒有消亡的觀念，因此，動物們都對人類會挖墓穴、造墓碑這事感到驚奇，偶爾還會加以嘲弄。

巨人真的想過為自己的哥哥立墓碑，又覺得這太蠢了。這個巨人唯一的墓碑，很有可能也會變成自己的墓碑，因為那必然被人類發現這世界上還存在著巨人。知道之後人類會對他做什麼？巨人沒有把握，也沒有概念。

這些年來巨人為了避免被發現，因此很多事他靠鳥、蝙蝠或者土撥鼠這些多事又有移動欲望的動物來到耳畔碎嘴，對於此地人們會讓過世的人在家裡的墓穴蹲著入葬，就是從土撥鼠那邊聽來的。這表示他們雖然畏懼死亡，卻也親近死亡，才能接受生者與死者共處一室。房子是墳塚，墳塚也是居室，這點倒是獲得了許多動物的認同。

當巨人發現有一隻受了傷的食蟹獴躲到他的眼皮附近時，他刻意在眨動睫毛時放輕力道，這是他對受傷的食蟹獴的一點善意。他沒有打算施展什麼神通，事實上巨人也沒有什麼神通。巨人的頭髮凝結露珠，淚溝旁有一條大雨後才會出現的野溪，剛好讓食蟹獴能較不耗損體力地捕獲魚蟹。更湊巧的是，巨人眼窩的旁邊恰好有一整叢的刀傷草，食蟹獴在無意識間因為飢餓的本能嚼食這些藥草，再嘔吐在自己的傷口上。巨人濃密的睫毛則掩飾了牠的行蹤，讓掠食者暫時沒有發現。始終半夢半醒的食蟹獴用剩下的那三隻帶著蹼的小腳划動著，好像自己仍在某條小溪裡泅泳覓食，讓巨人的眼睛感到微微搔癢。

這個生命的生死是如此「近在眼前」，也讓巨人對牠的命運產生了好奇。只是此刻，一個句子從他的心底浮起：

「不要想念任何事，不要渴望追回什麼東西，不要期待奇蹟。」

你就可以看到鹿

巨人心頭浮現的那些人類所寫的字句，有些他很同意，有些則不以為然。無論他的感受如何，那些文字在他心上葉生葉落，無法迴避。

關於奇蹟的這段文字，巨人覺得很有道理，他認為正因為奇蹟不是期待得來的，才夠資格喚為奇蹟。

巨人跟人類最大的不同，在於巨人的世界裡沒有發生過巨人對巨人的戰爭，這也是一個奇蹟。因為相對之下，人類的歷史幾乎都是由戰爭為主旋律來陳述的。在人類發展的歷史裡，沒有主動發動過戰爭的族群已不存在。巨人沒有戰爭並不是他們格外良善，根本原因是，他們是依靠想像而獲得存在的。一個生命的想像即使和另一個生命的想像產生了衝突，也不必非把對方消滅不可。

巨人依靠的不是個體的想像，而是群體的想像。必須有一定數量的群體共同想像巨人，巨人才能夠抬起他的腳，踩出一片臺地。因此當人類認為巨人族已亡，多數人也不再需要傳誦巨人的故事時，巨人的活力也隨之下降。

所以巨人自己也不清楚，究竟是自己不希望被人類發現而躺在這裡隱身，或是人類已不再關注導致自己只能躺在這裡。他只知道自己已經很虛弱了，說不定，說不定明天就不復存在。總之，這段時間他最常做的事就是靜靜躺著，回憶前塵。那個世界上還充滿著愛惡作劇的巨人的時代。

惡作劇的起源常常是「如果這樣的話會怎麼樣」的想法，有時候惡作劇確實會帶來實行者也不知道的傷害，它和真正的惡的差別，僅僅在於動機。

巨人最近的一次惡作劇，便是躺著完成的惡作劇。他張開嘴巴讓一個常常在心底和他對話，追逐一隻白狗的男孩誤入他的嘴巴；同時讓一個讀過各種神奇故事，逃家的女孩從他肚臍進入他的身體。只是巨人沒有想到男孩會如此鍥而不捨地走到那麼深的地方，也沒想到女孩心底的陰影會讓她如此意志堅強地往那麼深的地方走去。

兩個孩子在巨人的身體裡相聚，相識，當村民也循著那樣的通道進入的時候，巨人趕緊在兩個孩子被帶出後將通道封閉。只是啊只是，「有些地方，只要人踩進去了以後就不會安然無恙。」

有一刻巨人被兩個孩子在分離前在他身體裡的「交換」打動了。交換是生命確立關係的重要活動，它們建立於互惠，但其間的天平非常微妙。有時候用一顆小石頭換得一句歌聲，有時候用一生來保護另一個人只是為了獲得瞬息間的微笑，天平的兩端完全由交換者來衡量。當「我」把自己一部分交給「你」，「你」也把自己的一部分交給「我」，死亡或消亡便不那麼可怕。禮物的交換，可以說是一種避免自身消亡的儀式。

巨人也不禁想起，巨人族群和人類共存的默契，某部分也是因為「交換」這個儀式而破滅的。交換的初始有可能是純潔、無欲的，就像這兩個孩子一樣。但漸漸地人們會對交換有所欲求。交換會帶來期待，那個天平很容易因為欲念，而讓其中的一方不甘心。

想到這裡，巨人的心臟突地跳了一下，他聽見一個聲音：**「我們到達的就是曾經離開的，我們失去的就是我們想追求的。」**

是吧。巨人與人類一開始的相處是遙遠的關係，人類集體塑造巨人的形象，巨人因而不只獲得和人類相似的形體，也得到情緒、情感以及欲望。但生活在自然界的人類和鳥、蝙蝠、食蟹獴一樣，會遇到洪水、旱季、山崩或颱風，會競爭、傷害、爭奪以及產生獨占的欲望。他們也不可避免地與巨人產生了衝突。

巨人比較不明白的是，人們想像巨人也是有索求的，因此他們認為巨人必定會索討獻祭。人們將大自然運行時所帶來的苦歸咎於巨人，祈求巨人寬恕，宣稱「回應」了巨人的索討，但巨人對此從未回應。不過當巨人因為惡作劇和人類發生衝突時，人們也會毫不遲疑地詛咒、追殺他們，就好像祈禱與獻祭時的愛與崇拜已不存在。

「愛跟暴力就像是那些兩面顏色的葉子，它們背對彼此，但是風一吹動的時候，它們就會成為彼此，不斷交替出現。」巨人 Dnamay 想起他的哥哥 Dnamay 心底曾經出現過的一個句子，哥哥把這個句子捏在手上，然後遞給弟弟，弟弟把它放進嘴巴裡反覆咀嚼，感受著。

Dnamay 又一天醒來的時候，由於正躺在海岸山脈上，因此右眼可以看到海上，左眼則看到山的一角。他想起哥哥在海上沒頂的那一天，自己也是像這樣仰躺著。當時自己睜著的右眼目睹自己的哥哥被追殺，當哥哥的鼻梁慢慢沉沒在海上時，弟弟雖然翻身坐起（因此引發了一場地震），卻被巨人的天性所限制，不敢衝突，也不願衝突、不能衝突。只是左眼慢慢流下淚來。

巨人 Dnamay 的哥哥死去後，緊接著這個島嶼進入了少見的漫長乾季。乾季裡，沒有水做為中介把沙子跟沙子黏在一起，四方陷入濛濛霧翳。

而此刻，巨人的另一隻眼，已經看到了未來另一個乾季的到來。一群水鹿想到溪邊尋找水源，卻被大霧迷惑了方向，牠們仰著頭，想嗅出水在何方。

巨人心底為此浮現了一個看似不相干，卻又好像有關聯的句子：「一旦你可以忘掉本來極其明顯的事物，並且建構明顯的假造事物，你就可以看到鹿。」

自由輕如鴻毛，未知沉重如鐵

由於身處於生死之間，三隻腳的食蟹獴全身感官都因為內分泌的運作而開放到極致，在那一瞬間，牠感受到了巨人的存在。

當巨人安靜地隱匿自身時，眾生棲息其上，泅泳其中，築巢掘土，潛藏蟄伏，一切如常。或許可以這麼說：眾生看到的巨人形象就是世界的局部。人類在傳說、故事裡所提及的巨人形象，得力於人類會在大腦裡建構、創造出如真的視覺經驗，因此能把巨人從樹、岩石、水流、動物們隱藏起來的輪廓發掘出來。

這隻在生死之間徘徊，在巨人眼淚裡泅泳，吃下從巨人的皮膚裡長出的藥草的食蟹獴，傷口漸漸結了痂，牠撿回了一條命，雖然已經成了三隻腳的食蟹獴。

這一天，牠在巨人濃密的體毛裡無意間發現他身體上的孔竅，有些竟能進入巨人的身體裡，食蟹獴於是一一探索。巨人的血管和山上的水脈、平地的地下水層相連，這使得三隻腳的食蟹獴找到了活動的捷徑，牠失去的腳掌雖然讓牠的步行能力損傷了，卻僅輕微地傷害了牠的游泳能力。三隻腳的食蟹獴在巨人的身體，和這個地下充滿水脈的島嶼東部，自由來去，反而顯得比過去更為自由了。

在日復一日泅泳的過程中，三隻腳的食蟹獴接收到了部分巨人的心思，發現自己似乎正在感應到巨人語言和食蟹獴語言之間的流動方式。這種流動不是經過喉嚨發聲，大腦解讀，符號轉譯；更像是象群用隱隱的低鳴來聯繫、鯨豚以重複卻無可預期的吟唱來求愛、或是蝙蝠以超音波來觸摸空間。

牠還發現了在巨人身體裡有一個奇妙的地方，那裡長著一棵大樹，每天兩回，大樹都會落盡樹葉，並且重新冒出新芽，重長出新葉。

在葉落與葉生之間，食蟹獴聽到各種聲音，多數是牠不能理解的。比方說：

「被巨人吞下去的會變成山的一部分，被巨人吐出來的會變成能理解山的。

沿著地下溪流，你可以找到螃蟹，也可以進入巨人之心。

在未來的日子裡，自由輕如鴻毛，未知沉重如鐵。」

第六章　暖冬

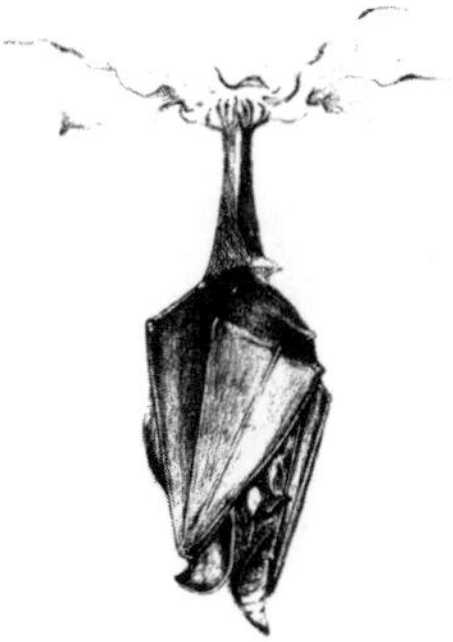

Tama好像從他的眼神裡看出疑惑，說：「我只是喜歡上教堂。」

Tama頓了一下，補充說：「年輕的時候，發現有些信上帝的人認為自己比其他人更好，我覺得很奇怪。我喜歡上教堂是因為教堂是一群有信念的人蓋起來的。」

星影のワルツ

歪脖子尤道騎在路上搖搖晃晃的，因為他剛才在鄉長家喝了一些酒，但並不是因為喝了酒他才搖搖晃晃，而是因為他剛剛聽到的事情。

騎到路口他停著等紅綠燈的時候幾乎睡著了，不，是真的睡著了一下下，甚至還作了個短短的夢。夢裡他騎著車到了一個永遠都有岔路的地方，每當他選了某一條岔路騎下去，岔路就會懷孕出新的岔路。

尤道就從那樣的短短的、瞌睡的夢裡醒來，眼前還真的出現了兩條岔路。

尤道是他這一輩少數到城裡去讀完高中再回家鄉的，因為國中成績很好，尤道考上了花蓮的高中，成為村子裡的高材生。當時人人都登門恭賀，說是尤道繼承了他的 Tama 的聰明，日後也注定是要當村長的。

小學的時候尤道的數學老師就發現了他很有數學天賦——不是會算帳那種數量能力，而是他好像有一種用數字去解決問題的能力。當數學老師把他的發現告訴尤道時，尤道心底小小的虛榮了一下。但隨即想到的卻是他拿數學題目去問 Tama，Tama 看了之後露出不耐煩的神情說：「學這個要做什麼。」

「好玩啊，而且學校要考試。」

「數學沒有用啦，部落不需要超過一跟二以上的數字。」

「為什麼？」

「因為數數不用超過二十啊，超過二十表示你得到的太多了，太多就要分享。如果你不會也不懂分享，就不適合部落。」

「為什麼？」

「笨蛋，就不適合啊。」

尤道反覆思考著當年 Tama 對他說的道理，想著到底要跟著部落的 Gaya，還是跟著他到花蓮以後所看見的另一種。如果一直生活在部落裡，就會自然長出和部落共生共存的方法，就跟時間到了長出陰毛和鬍子一樣。但進到學校一段時間後，他也知道了 Tama 的道理和部落的 Gaya 沒辦法放進書包帶到學校去。他想，Tama 的聰明是另一個世界的聰明，Tama 的原則或固執也是另一個世界的原則和固執。

尤道喜歡數學，很可能是因為數學問題的樂趣在於「就是這樣」：所有設計出來的問題都會有個讓人放心的答案，答案錯了就表示「不是這樣」。直到他上了高中，學到數列和隨機變數，當時的數學老師再一次調整了尤道的世界觀——萬物固定且變動，而變動中自有規則。尤道特別擅長解座標變換的問題、空間的問題，還有各種假設性的物理和度量衡問題。

尤道的高中數學老師很快發現尤道的數學天賦，他看著半天時間就會長出鬍渣的尤道說：

「沒想到山地人也會有數學天賦，我還以為你們只會跑步跟唱歌。我說啊，如果你一直保持這樣的成績，也不要放棄那些背的科目，搞不好有機會上國立的哩。」尤道當年還不完全明白數學老師的話中帶著可能是無意的歧視，他把它當作是一種餽贈，因此不但接受了還害羞地笑了笑。

數學老師指了指他的下巴說：「鬍子要刮乾淨，我放學後五點到六點有空，你有問題可以問我。」老師讓他坐在對面總是要準時回家煮晚餐的國文老師空位上，然後用廢棄紙的背面寫幾個題目丟給他，寫完之後換尤道提出問題來回問老師。漸漸老師覺得尤道提出的問題愈發難以應付，常常緊張到白襯衫都濕成透明，後來就取消了尤道提問的環節。

高中即將畢業的那年，尤道的 Bubu 生了一場大病，在病榻上不忘告訴他得去大城市學點有用的東西。尤道問數學老師什麼是有用的東西，數學老師想了想嘆了口氣說：「你的天賦的話，當然要去讀數學系，但我也了解你媽媽說的有用是什麼意思。要不你就填會計系吧。」

聯考過後，尤道成為村子裡第一個上臺北的大學的人，村民興高采烈地來找他喝酒，說果然這個出過村長的家族的後代就是不簡單。整個家族的人都期待他學成之後回來競選村長，擊敗那個大舌頭的漢人。

大二的時候，Bubu 謎一般的病情急轉直下，輕到只剩下一把骨頭，幾乎爬不起身，家裡的經濟就像破了洞的麻布袋。為了減輕留在部落照顧 Bubu 的妹妹的負擔，尤道偷偷休學回到部落，騙 Bubu 說自己已經畢業。尤道在 Tama 的地上種植，和叔叔一起到山上學放陷阱，把捉到的山羌肉拌稀飯給 Bubu 吃，維持住了她的體重。

過了一年，妹妹決定嫁給一個因為社團活動來到部落教輔導課時，每天來光顧雜貨店的臺北大學生。暑假結束後回到臺北，那個大學生記下了雜貨店的住址，每天寫信給妹妹。

妹妹等郵差等到靈魂都沒有待在店裡頭了，即使 Bubu 的重病也沒有影響她想跟著那個男人離開的決心。無奈的 Bubu 答應了妹妹的婚事，根據部落裡的 Gaya，外來的男子應該到妻子的故鄉，和即將結婚對象的 Tama 相處一段時間，以便學習在技術與情感上的相處之道。由於 Tama 已經不在，尤道為了讓準妹婿這七天的生活充實而特別，準備好了一張功課表，不過第一天溯溪準妹婿就扭傷了腳踝。在溪石旁休息時，看著一大群在溪畔吸水的蝴蝶，尤道問：「你娶了我妹妹會住在這裡嗎？」

準妹婿說：「其實我一點都不喜歡這裡，我不習慣這裡。」

「我看得出來。」

「我想娶的是你妹妹，不是這裡的生活。」

「嗯，我知道。」尤道幫準妹婿固定好腳踝，當晚背著他到一處獵寮過夜，隔天又背他回到部落。尤道跟來開門的妹妹和躺在床上的 Bubu 說：「他已經合格了。」

婚禮是在臺北辦的，因為準妹婿堅持不採用 Truku 的婚禮儀式。Bubu 一開始不肯，但是晚上丈夫來託夢說：「妳沒有辦法讓石頭屈服的。」尤道帶著 Bubu 北上，走進那間地板發亮的飯店。那天妹妹穿的是西式的新娘白紗，而尤道和 Bubu 則完全不合時宜地帶著慎重的家族禮服，在飯店的廁所裡換上。婚宴結束的時候，Bubu 不發一語一手當梳子梳著妹妹的頭髮，一手拉住妹妹的手，緊靠著自己的手腕。然後他們一起拍了一張照片，在照片裡，他們三個人笨拙而幸福地笑著。照完相的時候妹妹卻哭了。

Bubu在妹妹婚後，奇蹟似地度過了難關，只是腿腳無力，沒辦法站起來了。尤道既要照顧雜貨店，也加入了親友之間的獵團，把家族的地租給漢人耕種。那年春天尤道經過叔叔的認定，可以一個人上山布置陷阱，擁有自己的獵區了，他懷著興奮進入山中，想像自己將成為真正的Truku，沒想到被熊打了一掌，成了歪脖子尤道。

尤道變成歪脖子尤道之後的某一天，一個宣稱是過去Tama工作上的夥伴來敲門拜訪。尤道記得他叫沈先生，在Tama還在的時候，常常找Tama一起去海風卡拉ＯＫ喝酒談事情。沈先生瘦小黝黑，總是穿著一身黑好像烏鴉。尤道不知道該和他聊什麼，突然間他把一只手提箱推到尤道的面前，用手指頭敲敲上頭暗示他打開。

尤道不曉得這是什麼意思，沉默地看著他。

「林貴方，你爸爸是好獵人，他還有好人緣，他一直都幫老村長做事你是知道的。林季順當村長的時候，就是我們在後面出力。」他拿了雜貨店裡的一包五香乖乖吃了起來，一顆一顆丟到嘴裡。「我們不喜歡現在的村長。」

「……。」

「我們希望你爸爸的好人緣會留給你，林季順那邊的好人緣我們會帶給你。」

「為什麼找我？」

「你是你們村子裡難得上過大學的人，雖然你最後沒有拿到學位，但我們可以幫你。而且你們家族人多……你們山地村，家族人多就會贏。」

「……。」

「如果你願意的話。」沈先生的身體前傾，雖然很像鞠躬的樣子，卻不是鞠躬的意味，像推一把刀子一樣把那個箱子往前推。尤道聞到了他身上有點熟悉的味道，想了很久，才想到沈先生身上帶著一種母豬在生下胎位不正的小豬的時候，掙扎在糞尿之間的氣味。

沈先生離開以後，尤道把他來談的事情完完整整地告訴了 Bubu，因為沒有收下手提箱，所以他略過不提。

尤道的 Bubu 說：「兒子，你自己決定，你 Tama 幫老村長的時候，幫了村子裡的人很多的忙，當然，也有些人討厭他。我知道那個沈先生，我不喜歡他。但你 Tama 跟我說過，這個世界上有好的壞人，也有壞的好人，有這個想法的，有那個想法的。只要做事情，好的跟壞的都會加在一起。各種的事情都要有人做，村長就是其中一種，村長不是特殊的人，不是地位比較高的人，村長是做事的人。如果你答應了那個，你就要記住這些。」

在紅綠燈前睡著又醒來的尤道想起「好人緣」這回事，他花了很多時間，才理解 Tama 的好人緣跟沈先生說的好人緣不是一樣的。部落裡的好人緣就像 Tama 說的，「不能太會數數，不能數超過二十，多的就要分享。」沈先生說的好人緣是另外一種。

他催起油門，任憑直覺往前。剛剛在王鄉長市區酒店VIP房辦的聚會時，他遇見了滿滿一桌很像沈先生的人，不是長得像沈先生，而是聞起來像沈先生。這些年他從雜貨店老闆、獵人、歪脖子尤道，然後變成歪脖子尤道村長，愈來愈熟悉這些人的味道。一開始總覺得有點不太習慣，久而久之竟然也就能跟著坐在一起，一起唱歌一起喝酒了。他懂得怎麼在這些人之間維持「好人緣」。

在那個大圓桌上，所有人先喝了一輪威士忌，接著再喝一輪啤酒，一個長得像狸貓，鬍子長滿嘴邊一圈的人終於開口講了正事，把「即將發生在海豐村，讓海豐人都變得有錢有工作的計畫」講了一遍。

他沒有讓歪脖子尤道發問，接著說：「我們事先跟村長說，當然是跟村長商量。」然後頓了一頓，強調語氣地說：「說是商量也不一定，畢竟這種事，很多時候是沒得商量的，這是政策，政策。國家的。」

坐在一旁的劉祕書打了個酒嗝，主動代他回答：「當然當然。」劉祕書是沈先生安排在尤道身邊的人，這些年來可能劉祕書是最能掌握尤道行蹤的人，劉祕書幫尤道選舉時募款、掛布條，當選後排行程、選擇和誰認識……劉祕書甚至還陪著尤道一起上教堂，和村民一起禱告，並且建議尤道禱告時可以更大聲一點，「要讓整個教堂的人都聽到。」

只是不曉得為什麼，幾個月過去了，尤道發現自己並不是很能適應村長這個工作，始終有一種好像吃到沙子的那種討厭的感覺。為了避免這種討厭的感受，尤道叮嚀自己至少要當個好學生，多了解村子。他去臺北曾經讀過的大學印回來村子的資料，有很多都是日本人寫的。有一套叫做《太魯閣族調查事項》的文件，列出了從清朝到大正三年的各種措施和沿革，其中《太魯閣族方面氣候概要》這一冊更讓尤道百感交集——日本人為了攻打 Truku，研究了 Truku 的語言、雨量、氣溫、雨天天數，甚至連哪一年有打雷閃電的日子都寫得一清二楚。

「所以這就是你們推我當村長的原因嗎？」尤道用只有劉祕書聽得見的聲音說。劉祕書沒有回答他，只是夾了眼前的一顆鳳梨蝦球塞到嘴巴裡。

Tama 還在的時候，常常提起那個在日本時代也擔任過村長的 Rudan（長輩），也就是 Tama 輔佐的老村長。在他很小的時候，Tama 曾經跟他說過，日本人離開臺灣以後，老村長常常一個人去海邊，Tama 覺得好奇，所以就偷偷地跟著。結果發現老村長走到溪流出海口的一片樹林後面，站在石頭灘跟石頭灘夾著的一處沙灘上，面向大海，唱著日本歌。唱完日本歌以後，老村長從口袋裡拿出一本書，像要跟海浪比聲量似地大聲地念書。

「什麼書？」

「國民學校的課本。」

「為什麼要讀小學課本？考試喔？」

「強迫自己學『國語』啊，因為他不會說國語，就沒辦法在村子裡的人跟政府那個衝突的時候幫忙，如果不會說國語人家也不要他出來選。」

只是，什麼才是村民要的幫忙呢？歪脖子尤道問村長尤道，村民要的幫忙包括接受那個「即將發生在海豐村的計畫」嗎？

尤道看到黃燈，下意識地停下了機車。「好想唱歌喔。」他想。Tama在他小時候也很愛唱歌，其中一首他印象深刻，叫做〈星影のワルツ〉（〈星光下的華爾滋〉）。尤道完全不知道歌詞的意思，只是聽Tama唱的時候，跟著Tama的發音，一句一句自然地記下來了。

他不由自主地又哼起了這首歌，剛好那個不同尋常的黃光竟還會像陀螺一樣轉呀轉的，簡直就像配合著音樂的旋律似的。他把機車熄火隨手放倒，不知是醉是醒地跳起舞來。

唱完以後他酒有點醒了，定神一看，才知道那不是海風卡拉OK的舞臺燈光，而是幾個警示燈。

只是這裡為什麼突然出現警示燈呢？

醉醺醺的歪脖子尤道想：該不會我真的醉了吧？他揉揉眼再睜開看，才發現自己好像騎到往山上的路，而眼前停了一輛山貓，一條小路已經被開了頭，不知道要通往什麼地方。

最好不要再用 Murata

督砮獨自走在空無一人的獵道上，不時用手上的獵刀清除雨後比念頭還雜亂的灌木和芒草，以至於他的鼻息中都充滿了各種植物汁液的味道。「還好路還沒有開到獵徑這邊來。」他蹲伏在地，仔細判斷獸跡，一隻貓頭鷹無聲地掠過他的頭頂，讓他瞬間寒毛豎了起來。

因為周遭太過於安靜，他的耳邊響起了 Tama 吟唱的古調。Tama 在教他很多狩獵的概念與禁忌時，都是用吟唱的。兩個人一前一後在山間走著，很像是用唱歌來調整呼吸的節奏，古調只有四個音，但音的長短和排列很自由多變，把想說的話「唱」出來，督砮很喜歡這種感覺，用唱的比用說的讓他不覺得害羞。

「Giril（假毛蕨）是山豬最喜歡躲藏的地方，Rmala Bbuyu（烏毛蕨）是山豬最喜歡躲藏的地方，這是被壓扁的草告訴我的，這是被壓扁的草告訴我的。」Tama 一句一句領頭，督砮跟著輕聲地唱，就好像在上一堂課一樣——「這是被壓垮的草告訴我的。」

督砮想起在城市的那段期間，當工作告一個段落，和朋友們喝了酒以後，半夜才跑去那間隱藏在陳舊大樓的錄音間錄音。他陸陸續續錄了十幾首的教會歌曲，還有幾首他用流行歌曲的曲子，自己填上詞的，然後會穿插一、兩首 Tama 留在他腦海裡的古調。

「這個的話不要多錄了啦，沒有人會聽的。」

「……。」

「這個多錄一點，用流行歌改的這個。」

「好。可是那個，我唱那個，又不會占多少帶子。」

「我老闆還是你老闆。」

「你老闆。」

「那你還說？」

追蹤許久的督砮，終於遠遠看到草叢間發亮的綠火，他讓全身肌肉緊張而不緊繃，拉住身體不發出聲音，緩緩把裝填好一發彈藥的槍舉起來，屏住呼吸以後，朝著綠火的方位開火。

「**磅**——磅——磅——磅」聲音去而復返，在回音還沒有傳到耳朵前，督砮隨即放開步伐，朝開火的方向飛奔過去。

督砮端著那把Murata，正確的說是「一八年村田銃の猟銃」，那是Tama在他回到海豐村後，某回兩人一起上山打獵後親手交給他的。那也是他們父子最後一次一起上山。Tama在回程時若無其事地提到這把槍是在日本人撤退後，政府為了換回族人手上持有的槍，他用一把日本「三十年式小銃」換來的。至於那把「三十年式小銃」怎麼得到的，Tama就沒有多說了。

「為什麼要換槍？」

Tama 解釋說，Murata 銃是栓動式的單發槍，這種槍沒有自動上彈機構，因此一次只能裝填一發。「這樣的話，才不會有人拿這槍去搶劫，你開一槍就被撲倒啦。而且這種槍啊，打不準，愈打愈不準，校正也沒什麼用，這就是政府為什麼要換這種槍給我們。有一天即使一頭山羊站在前面，開這個槍可能死的是我們自己。說不一定有一天啊，不是沒有人當獵人，而是獵人被這種老的爛槍害死光了。」

「那為什麼把這把槍給我呢？」

「我給你這把槍，是讓你記住我是獵人。你當不當獵人都無所謂了，時代變了。」

槍的通槍條藏在槍托裡面，小時候督砮最喜歡看 Tama 在晴朗的天氣，把槍橫放在兩膝之間，然後從槍托取出通槍條，再把槍直立夾在兩腿之間，用通槍條夾上一塊乾淨的布伸進槍管裡。白色的布拉出來的時候會沾滿油垢和火藥變得黑黑的，因此要反覆換新布擦拭，直到布變得乾淨清白。

「膛炸是很可怕的，最好你以後不要再用 Murata 了，如果真要用槍打獵，想辦法去弄到另外一把槍。」不過督砮沒有把 Tama 的話放在心上，今天他又帶著這把槍上山了。

督砮記得第一次 Tama 讓他對著獵物開槍的時候，他的心頭好像有一頭山羌就快要跳出來。Tama 不斷在耳畔告訴舉槍的他：「近一點再開槍，再近一點，近一點，忍住。」

時機最重要。督砮看過許多次 Tama 開槍的姿勢，看過他在開槍後放下槍的眼神，身體會不自覺地模仿。Tama 說：「手再往上抬一點，這樣子彈散開才廣。」

回想起來，Tama開槍的時候很少長時間瞄準，這跟當兵的時候督砮在部隊裡用的五七步槍的經驗很不一樣。Tama要直覺到動物的方位、距離，要盡量貼近獵物，要持續讓槍口朝向那個方向，要在感應到動物即將釋放緊繃的肌肉準備竄逃的那一瞬間扣下扳機，然後盡快拉槍機，裝進子彈壓下托彈板，把子彈往膛室推。這是重點，準備好下一發子彈才往獵物的方向走，才能預防獵物受傷突然發狂所發動的絕望攻擊。

Tama說：「圓頭的子彈，射出去以後爆開，裡頭的鋼珠唰唰唰散出來，範圍很大，這樣動物受傷的機會大一點，不過傷害不會很強，所以遇到生命力很強、脾氣很壞、跑得也比你快的動物，像是山豬就要小心。這世界上最危險的就是颱風過後的山和受傷的山豬了。」

Tama的身上散發著火藥的氣味，哀傷的氣味。槍聲迴盪在森林裡。

督砮知道打中了。他尋找獵物的時候，無意間來到一個看得見遠方隱蔽在林隙間村子的平坦臺地。以前他印象中這條路還挺寬的，但現在被植物要回去了。

難道是走偏了？或者是獵物負傷還跑這麼遠？督砮修正了搜尋的方向。路變得難以預測，上一步踏到堅硬的地面，下一腳就踩進軟泥裡。草高及肩，他猜想那頭水鹿應該中槍了。沒錯，應該是一頭鹿，他直覺到鹿的痛苦。

一開始學打獵的時候，Tama曾經要他為一頭中彈的小水鹿劃下最後一刀：「不要讓牠害怕太久，這是為牠好，也是為我們好。害怕太久的動物，肉也會變得不好吃的。」那天督砮下山的時候既興奮卻也悶悶不樂，Tama 好像看出他的心思，說：「督砮，你覺得這些動物活得開心嗎？」

「哪些？」督砮沒有意料到 Tama 會這麼像一回事地跟他聊起打獵以外的事。

「山上的這些。」

「開心吧？」

「被我們殺死也開心嗎？」

「不知道。」

「那他們自由嗎？」

「自由？」

「嗯，你小學作業簿後面就有寫的啊，自由。」

「不知道。」

「自由」、「開心」、「殺死」這幾個詞督砮都懂，但兩個兩個合在一起他就覺得猶豫了。

「真正的自由包括很多的，說不定也包括死喔。人不一定都贏的。」

多年後督砮在火車上想起了這段往事。那時他正要決定，是繼續留在臺北還是回到村子裡來。什麼是自由？在臺北的這段時間自己算是自由的嗎？如果是的話也是相當空洞的，那是流浪漢或野獸所享有的自由。如果他享有自由，就像他現在的情況，那麼他搭的火車也是自由的，空空的便當盒也是自由的。

只有行動才算數，只有決定才算數，其他都是水、霧、雨。

「Tama，戴牧師說我們受造是為了神，那，開心也是為了神？自由也是為了神嗎？」

「我雖然聽你 Bubu 的話，要帶你上教堂，可是我自己對教堂裡聽到的話，說出的話沒有完全相信的。因為我想很多事我也還在想，因為那個我想喔，有可能喔，可能上帝也還在想。」

「上帝的想法不是都寫成書了嗎？」

「你怎麼會相信書！我們 Truku 是沒有書的。只有記得的事跟不記得的事。誰知道那個書是不是上帝寫的。」

「那，上帝都是對的嗎？」

「誰知道我們祈禱的，是一個會寬恕的上帝，還是會記恨的上帝？」

督砮很驚訝，他一直以為 Tama 是有信仰的。

Tama 好像從他的眼神裡看出疑惑，說：「我只是喜歡上教堂。」Tama 頓了一下，補充說：「年輕的時候，發現有些信上帝的人認為自己比其他人更好，我覺得很奇怪。我喜歡上教堂是因為教堂是一群有信念的人蓋起來的。」

鹿躺在草叢裡，還沒有斷氣。督砮摸了一摸牠身上冒出血的洞，剛好是小指能進去的大小，很是溫暖溼潤。牠的舌頭向外吐，好像有什麼話要說似的，黑色的眼珠在月光下還發著光，閃爍著恐懼。牠掙脫他的手往前跳動幾下，但那四隻細瘦的腿已經背叛牠了。

督砮把手上鹿的血往地上用落葉擦了擦，手指因此夾雜了泥沙和樹枝樹葉。他把手靠近自己的鼻子嗅了一嗅——不知道從什麼時候開始的習慣——他喜歡動物身上剛流出來的血，帶著鐵鏽與硫磺味，那是一種清白的氣味。他拔出獵刀，一手按住牠的頭，往牠的喉嚨一抹，鹿血噴濺而出，督砮就著月色，一刀劃破肚皮，溫熱的內臟隨即嘩啦一下流了出來。因為這次他想待在山裡久一點，可能還要好幾天，他沒有要把整隻鹿背下山。為了讓鹿能在山裡不要腐敗，待會得先找清水清洗牠的臀部——最後的幾下踢腿讓牠失禁了。他得先採一些 Kdang（石菖蒲）塞進牠的身體裡。

「這樣屍體就不容易腐爛。」烏明唱。

「這樣屍體就不容易腐爛。」督砮唱。

斷氣前鹿咳嗽起來，他想起這幾天 Tama 也一直咳嗽，咳到滿臉通紅，就好像喝了太多的高粱一樣。督砮幫他拍背，一拍才發現他輕得像草。因為躺著肺部會痛，督砮把家裡所有的衣服墊在他的身後讓他斜斜地休息。**老**原來是這樣的。昨天督砮要出門前 Tama 突然驚醒，問正在準備打獵器具的督砮外面是不是有什麼？

「沒有。」

「沒有嗎？」

「沒有。」督砮並沒有往外看，現在 Tama 講什麼都不會引起他的好奇跟反應了。

「海上好像有一隻很大的鯨魚。」

圍牆外面

小美進去月臺的時候，跟唯一的站務員打了招呼，這班車之後，站務員也會坐上車回去花蓮，這裡就變成無人小站了。她顯得有點興奮，因為今天她是來接人的。

來海豐的這段期間，和村子裡的人聊天表面上都很愉快，但奇怪的是，每天晚上睡覺都得要面朝牆壁那面側睡才睡得著。

白天的時候小美打起精神來當她的小不點老師，短短幾個月，她發現這些學生外貌上的改變讓她詫異，因此晚上回家洗澡的時候，小美更頻繁地照著鏡子看看自己。圓圓的、曾經象徵年輕可愛的臉已經下垂，靈活的黑眼珠已經露出疲態，她發現自己正在飛快地喪失什麼。

由於月臺太過安靜，因此她遠遠地就聽見軌道滾動聲，當火車停下之後，一看見人影她就快速地奔跑過去，只有一個人下車，不會抱錯的。

「阿樂！」

留著俐落短髮的阿樂是小美的高中同學，大學時彼此選了不同的科系，但兩個人同樣加入了一個叫做「共濟社」的社會服務性社團，才慢慢熟稔起來。對阿樂而言，嬌小皮膚白的小美是看似柔弱、性格卻跟河蚌一樣固執的臺北女孩；對小美來說，阿樂是強悍、帶點粗壯、皮膚蜂蜜色的客家女孩。那一年她們一起參加了救國團的中橫健行隊，下山的時候隊伍一路唱著〈萍聚〉時，她們正好走在一起。

不過更積極地參與不同社團的阿樂，很快地就加入了當時具有政治批判色彩的「草原文學社」，她當時已經認為救國團辦的活動就是為了麻痺年輕人的。小美對這樣新奇的意見似懂非懂，她更熱衷於參加那些到養老院或育幼院的活動——她覺得自己適合做一個陪伴者。「天秤座的嘛。」

當初小美告訴阿樂自己將到海豐國小的時候，阿樂嚇了一大跳，因為自己才是花蓮子弟，她出生在花蓮一處客家村裡，為了上好的高中寄宿在北部親戚的家裡。阿樂想了一想說：「有一天我也會回花蓮工作。」

「哪一天？」

「看這次戀愛是死是活。」

對小美來說，阿樂總是談那種「飛蛾型態」的戀愛。阿樂這次的戀愛對象是一個有婚姻的黨外人士，她毅然決然地投入全部時間幫他助選。每次和阿樂談話時小美總有一種感覺——對阿樂這樣的女人來說，愛不只是愛，還是一種可能隨時爆發的、翻天覆地的力量，足以和颱風、地震一樣翻轉原本狀態的力量，那力量大到可能產生另一個生命系統、另一個宇宙。當然，這樣談戀愛，無論是愛人或被愛的人都得戒慎恐懼。她的愛不只是對著她愛的人，還對著他感興趣的各種議題，一般的男人，是沒辦法承受的。

但這種狂熱退潮時也是絕不回頭的，上周她和阿樂通電話，提到海豐可能有些地要被徵收開發水泥廠的時候，她立即回話說：「那我下星期就回花蓮，先住妳那裡，我再找工作。」

「那他呢？」

「分了。」

「分了？妳幹嘛不回家住？」

「我哪時回家住過？」

「妳是因為要回來花蓮才分的？」

「妳傻囉，妳剛剛才跟我講海豐的事，我**剛剛**才決定要回花蓮，早分了啦。」

放下電話的小美苦笑了一下，她想起自己來這裡教書時和男友分手的事，剛剛電話裡講的不就是她自己？說不定自己和阿樂終究是同一種人也不一定。

阿樂一跳下車就把小美抱得喘不過氣來。阿樂過去只有在火車上看過海豐，每次她從臺北回到花蓮時，看到窗外的海豐海灣時，就知道故鄉快要到了。

「這是我第一次下這一站哩。」

「以前都沒下過？」

「以前都沒下過。」

「對了，現在六點，還來得及。」她拉著阿樂的手，一手幫她拉一個行李箱，兩人加快腳步走進村子裡，轉進小路，從海豐國小的側門進去，越過操場直抵司令臺。

「坐這裡，特別座，今天應該還有，我猜還沒出去。」

「看什麼？」

「噓。」

過了十幾分鐘，小美指了指前方校門口的幾棵蒲葵（被老丁糾正過幾次後，她已經不會講錯了），樹葉的剪影正在簌簌抖動。沒有風、沒有地震，但每片葉子都像是幻化成精靈一樣，各自變化著不同的形狀，然後一個一個黑點飛出來融入了夜色。

「鳥？」

小美搖搖頭。「Nonono，蝙蝠啦。」

一隻隻縮著翅膀的蝙蝠剪影順著葉子往下爬，到了葉尖後，張開牠小小的翼膜果決地飛走。第十隻，第五十隻，第一百隻，第三百隻……彷彿一列一列整齊的隊伍，每片葉子都飛出了蝙蝠。沙沙沙沙沙沙，在那瞬間，空中都充滿了快速飛行卻不相妨礙的黑色翅膀，然後漸遠漸疏，歸於平靜。

「這椰子樹嗎？」

「蒲葵。一開始我也以為是椰子樹或什麼棕櫚樹。」

「媽呀我都起雞皮疙瘩啦，妳幹嘛我來第一天就帶我來看這個。」

「我怕明天看不到了啊。來這邊的一個研究生，跟我們學校的老師說，這是一種很特別的蝙蝠，跟候鳥一樣有季節性的。妳上星期說要來，我就每天都在注意，想說如果妳回來的時候蝙蝠還在，就是一種象徵。」

「什麼象徵？」

「一種象徵嘛。煩。追根究柢耶，妳。」

兩個人笑了一陣，漸漸安靜了下來。風吹了過來，那些樹與樹的影子隨之搖曳、分離、聚合。在風裡隱隱聽到有人在唱：「你知道我在等你嗎？」

小美對阿樂說：「海風卡拉ＯＫ開了，妳把行李放好，我帶妳去。」

如果在這裡開一間酒店的話

秀子躺在床上，回想起六歲那年的那場遭遇，只是當她重新回到家時，並沒有和「與她交換」的那個男孩見到面。爸爸用僅剩的左手狠狠地揍了她一頓，媽媽在廚房煮地瓜粥並且咳嗽，掩飾她的眼淚。秀子從此以後痛恨吃地瓜和任何滾燙食物在鍋裡發出的波波聲響。

隔天醒來後世界又變得「正常了」，媽媽帶她去撿拾菜葉，而爸爸到市場等待打零工的機會，幾乎都會喝了酒才回來。秀子喜歡他有工可打的日子，因為那意味著那天他會拿到多一點的錢，可以喝多一點的酒，這會讓他睡著，大家可以喘息到隔天中午，最怕的是他的錢或別人請的酒只夠喝到半醉。那段時間她習慣在清醒的世界裡繼續自己的夢，讓夜晚與白晝連成一個世界，以至於偷撿花生回來配飯，撿林投樹葉當柴火，到溪邊打水時都彷彿在夢裡。她看不到這個家、這種生活有任何改變的可能性，有一天，不，爸爸肯定會再次找來那個聞起來像臭青母的男人。她能做的只是比平常更努力工作，因為只有自己是「有用的」，才不會被賣掉。

媽媽會保護她嗎？不知道。她什麼都不知道。

開始上學後她想過**再**一次逃走的可能性，現在她又大一些了，因為讀書的關係，她知道搭火車可以到大都市，也更懂得在山上生活的道理。自己也許可以像那個叫督砮一樣的男孩弄條狗，躲在山裡摘野果、野菜、種菜豆。她知道只要一袋的菜豆，就可以種出一片菜豆。

但日子一直繼續，沒有性格、沒有變化、沒有奇蹟地繼續。秀子想自己可能不再有機會，也許也是沒有勇氣逃家。這種情形很奇怪，人好像會習慣，特別是當妳的嘗試失敗了以後。秀子上學的途中，會經過一間矮矮的、蓋在老茄苳樹下的土地公廟。樹的腰上綁著紅色的帶子，她總是會停下來雙手合十拜拜，希望大洪水淹沒村子，把她家沖垮，淹死爸爸。小時候餵過她奶的阿美族阿姨曾露出她黑黑的牙齒說很早很早以前，整個世界都被洪水淹沒過。

「以後還會嗎？」

「有來過的事情總是會再來的。」

那就趕快來吧趕快來。

秀子睜開眼睛，適應了好一會兒，女兒沉睡的臉才在她的眼前明晰起來，女兒長得像她，也像那個男人，像是兩個影子的交疊。她搖搖頭，她原本是不肯想起他的，她很早就決定一點記憶的空間都不留給他，只是人不能選擇在記憶裡單獨抽掉一個人，每個人站著，他旁邊的人、他背後的景色、他站的土地、土地上面的天空、天空裡飄動的氣味，會同時出現在你回憶的畫面裡。這不是可以拿捏、可以取捨，像栽種一片菜園選擇哪些活下來、哪些連根拔起丟到一旁的事。

窗外月色明亮，她看著自己的小鷗，已經不再是那個精靈一樣，總是拉著自己的裙子，跟在後頭的小女孩。好像她一眨眼，女兒就走丟了，那個長睫毛下有著黑色大眼珠，嘰嘰喳喳講個不停，不經大腦思考，忽左忽右，忽右忽左，像小狗追著尾巴跑的女兒，現在已經比她逃離家的年紀還大了。

她帶著小鷗四處流浪太久了，也許這次來這裡會是她最重要的決定，如果可以落腳這裡，至少接下來小鷗就能在一個穩定點的環境長大、讀書。而自己也能賭一把，看看能不能賺到足以安頓一生的錢。

秀子非常欣慰當初把她塞回肚子裡的決定，她的生命裡可以沒有男人，但絕對不能沒有她。即使這個女兒是這麼不同。

一、兩歲的時候，秀子就發現小鷗很少發出哭聲。生氣時她都不哭不鬧，就是靜靜把東西丟下床。她會注意秀子是不是看著她才丟。當秀子用愈嚴厲的眼光看著她時，她就會愈發決絕地把東西丟在秀子面前。

當時秀子在歌廳駐唱，行程滿滿，有時候秀子唱到深夜時段已經太累，回到宿舍時發現小鷗還睜著雙眼，看到她回來的時候，好像終於逮到機會似地在她面前把一個又一個的玩偶扔在地上。

秀子沒有力氣跟她纏鬥——而且她發誓過，絕對不打孩子，她不走父母的老路。但她的手終究是無意識地舉起來了，只是這麼一來小鷗就會開始哭，哭到震天震地，無法停止。有一次她實在太累，竟在小鷗的哭聲裡睡著，醒來的時候她還在哭，像缺氧的蝦子一樣蜷縮扭曲，臉色發紫卻堅持著。

後來她發現解決的辦法就是使勁擁抱她，要非常用力，像是恨對方那樣，把對方的骨骼都擁抱到碎裂那樣程度的力氣。秀子想起把她塞進肚子裡的那一夜，差一點她們就永別的那一夜，她幾乎要在呼吸到空氣的同時死去，也許是這樣吧，她需要雙臂，她需要能讓她感覺到大於一切的力量，讓自己知道呼吸不會變得枉然。

此刻秀子抱著熟睡的小鷗，又不爭氣地想起那個男人。想起當初他抱她的時候，食指在她腋下造成痛感與溫暖，以及身上的菸臭味，還有他講過的一切，那些曾經讓她迷醉的話語。

國中的時候，秀子開始跟著村子裡的一些人去附近的幾條溪流撿拾可以磨成玉的石頭貼補家用，沒有同齡的女工可以像秀子一樣從潺潺流水裡一眼辨識出可以磨出綠色玉石的原石。那時溪床中段都是礦區，礦場會用火藥爆破來開採。當時大量的石頭被切割成方方正正方便吊運的石塊，用化學藥水洗過之後運離白石村到港口的廠區加工，沒幾年，大型原石都被開採殆盡，隨意排放的藥水使得溪水生機盡失，工廠把廠房一扔，留下只用簡單鐵柵欄封閉的「礦嘴」，和一些毀損的機器設備。

村子裡的採玉人則憑著經驗和腳力，跋山涉水尋找那些沒有被處理到的，噴濺或滾落到溪底的零星原石。當地人說，「腳骨軟」的人沒辦法拾玉，沒有「目色」的人也沒辦法。秀子就是腳骨勇、目色明的拾玉人。

由於秀子太過出色，很快地收玉人便不知不覺地改叫她「玉子」。玉子靠撿拾玉石漸漸改變了家裡的生活，同時也改變了拾玉的生態。附近村子的年輕人，都喜歡到白玉溪來撿拾玉石。他們的收穫很少，但如果能跟玉子說上幾句話，就算是豐收的一天了。

玉子就是在那時候邂逅他的，只不過他不是附近村子的青年，而是遠從臺北來的大學畢業生。那時光靠「大學」這兩個字就會讓很多鄉下的父母願意把女兒遠嫁，但他讀的並不是「有錢途的」那種。這個瘦骨嶙峋，有點未老先衰，像是染了肺癆的男人宣稱自己是藝術家，未來會拍一部偉大的電影，他住在一個廢棄的石礦坑裡，常常帶著畫具在溪邊寫生。

「我覺得這個世界愈簡單的人，會適應得愈好。像我老爸是大學的哲學系教授，會六種語言，卻連一根釘子都釘不好。他會用非常不可思議的話來解釋一個簡單的事實——為什麼我們需要錢，或者，為什麼我們可以為了理想不需要錢。他是馬克思主義的信徒，妳知道什麼是馬克思嗎？他年輕的時候，馬克思這個名字是不能提的。」

不像附近村子的年輕人，他的語言對她來說太新鮮了，連罵自己的父親也是，新鮮到她好像來到一個新世界一樣。在他的筆下山跟溪流好像被重新設計了一遍（有意思的是，他從不畫海的方向），明明看著他把畫板架在那邊寫生的，卻就是和眼前看到的景象不一致，但又覺得就是看著這條溪畫出來的。最特別的是，即使她沒有看到他在哪裡寫生，只光看畫，玉子依然能準確地猜出是哪一條溪、哪一個角度的山。好像他把那些景色的精神留下來了。

他也常常表現出獨當一面的決心。「我從大學開始，就不打算跟家裡拿一毛錢。面對世界，藝術家不能軟弱。」

這一切都讓玉子沒有抵抗能力。只是現在的玉子可能會這樣問他，軟弱不好嗎？拿錢有什麼不好嗎？會比你後來對待我的方式更不可恥嗎？

隔天早上，玉子牽著小鷗，走到對面的「立ＯＫ」的小招牌下面。這趟回來她從電話簿上找到這家海鷗旅社的電話，但她完全沒有想到，海鷗旅社就在瑟林和娜歐米家的對面。

昨天下了火車走到旅店時，沿路就聽到唱歌的聲音愈來愈大。她以兩個教堂和小學的所在位置作為參考方位，走到當時暫住的「家」門口時，她探了探頭，發現裡面坐滿了唱歌的人，但沒有看見娜歐米或瑟林。

她並不記得當年有沒有海鷗旅社，但肯定是沒有「立ＯＫ」的。這使得她一度以為娜歐米可能已經搬家了。不過當她看到那些漂流木、不同型態和不同大小的貝殼散布在這間店的每個角落，連天花板都垂滿了一條一條的貝殼串鍊時，她就肯定自己並沒有走錯。

「海鷗旅社」四個字似乎是最近才又用紅漆描過，因此每個字都有著重影。她牽著小鷗進去，拉門聲吵醒了趴在櫃檯睡覺的老婦人，老婦人抬起頭來，過了一會兒才開口說：「汝就是敲（khà）電話來彼个（hit ê）？」

看到玉子遲疑了一下，老婦人接著說：「啊，臺灣話汝聽有無？」

玉子說：「有啦。」

老婦人在桌上摸索了一會兒，拿出一把鑰匙，改用臺語腔的國語說：「三樓，大房間。」

三樓也就是建築的最頂樓，這是村落裡少數的三層樓高的房子。她拖著行李往三樓走，老婦人沒有要幫忙的意思，就跟在她們後面走。

「妹妹好可愛。以前來過嗎？」

「來過，二十年前。」

「二十年前？彼陣阮頭家可能猶未開。」她又轉成臺語，顯然說國語不太習慣。

「是喔。」

「開旅社是因為公路。當時為著開路，有一寡工程師蹛遮，阮頭家就決定佇遮開一間旅社，租長期的。無騙你喔，彼時陣逐間房間攏滇滿滿。而且這條街仔頂，總共就開五間旅社。但是公路開通了後，除了一寡欲蹈山（peh-suann）的人來蹛，就無啥生理囉，旅社一間一間關，落尾剩阮這間。講起來這間店，予我共六个囡仔飼大漢。」

終於到了三樓，玉子趕緊把行李放下喘口氣。

老闆娘用她手上那串鑰匙，幫她開了門。「我叫秀英，有代誌就揣我，我攏佇樓跤。」

「借問，對面彼間卡拉OK底時（tī-sî）開的？」玉子問。

「足久矣喔，個頭家死彼年，為著生活才改的。」

所以瑟林死了？「頭家娘叫啥物（siánn-mih）名妳知影無？」玉子怕說不定娜歐米也不住在這裡了。

「我攏叫伊歐米。」

玉子放好行李後，打開旅社朝向海那個方向的窗戶，今天的海平得像一幅畫，全都是霧、沙和灰色的水。雖然已經是年末，卻沒有冬天的氣息。不知道暖冬的話，候鳥會不會提前回去家鄉？小鷗開始整理她的小包包，把包包裡的東西都擺出來，有幾本故事書，幾個兔子、企鵝、貓咪布偶，還有一把媽媽轉送她的小獵刀。

她在想這趟回來算是什麼樣的選擇？也許不是好或壞的選擇，而是「應該怎麼樣」與「可能會怎麼樣」的選擇。她一直討厭各種穩定的算計——包括在金門的時候那個結了婚的少將的「求婚」。現在的她已經不再相信命有定數。她知道那些鬼魂根本不知道自己怎麼了，該去哪裡，未來會怎麼樣，死人說不定比活人更迷惘。

隔天一早，她看見卡拉ＯＫ的鐵門不知道什麼時候拉高了三分之一，就帶著小鷗走了下去，兩個人蹲著從那個大腿高度的鐵門縫看進去，裡頭空無一人。玉子環顧房子，現在她才看清楚這房子了，沒有一個柱子是直的，沒有一面牆是平的，它們的隨意是這麼親切。玉子輕輕走過自己的回憶，那些瑟林和娜歐米的「作品」，也許因為時間久了，木雕都露出類似骨頭的顏色。那扇用漂流木釘成的，通到後面的木門，則是重新粉刷成白色。差別在於大廳多了一些桌椅，角落擺了一臺電視和一套卡拉ＯＫ的機器，上頭吊著沒有在旋轉的彩色亮片球。

娜歐米從那扇漂流木釘成的木門裡走了出來。

「妳是？」

玉子記憶裡的娜歐米是一個豪爽矮小肥胖的女人，而現在她的嗓音薄得像紙，雙頰凹陷，目光溫和，已經變成一個削瘦的中年婦女。

她牽著小鷗說：「我是秀子，秀子。」

娜歐米哇一聲哭了出來，玉子曾經練習過各種娜歐米可能的反應，就是沒有猜到這種。她原本最希望的是娜歐米客套地請她坐下，然後招待她一杯茶。

玉子往前輕輕地抱住了她，她反過來狠狠地回抱。

「妳這些年過得怎樣？」

「妳要聽短的還是長的？」

「都要。他們要我們都不能跟妳聯絡，妳知道嗎？」

「我知道。我知道。」

「妳女兒？這妳女兒？」

玉子點點頭，小鷗一下子閃到她的身後。

「跟妳小時候長得一模一樣，我一眼就看出來。」娜歐米急忙遞上應該是瑟林自己釘的板凳，從冰箱裡拿出兩瓶蘆筍汁。

「怎麼終於想到回來找我。」

「我在金門遇到 Gabaw。」

「她在那邊做什麼？」

「一言難盡，她也許也會回來喔，如果我的計畫順利的話。」

「什麼計畫？」

「她告訴我，這裡要蓋水泥廠了，會有好幾千的工人會來這裡。」

「她怎麼會知道？」

「難道你們都不知道？」

「也不是。只是不是很確定，好像大家都自己在講而已，沒有公開。」

「所以我想來這裡開一間店，跟妳這個有點像，妳的店嗎？」

「對，我的店。」

「有點類似這樣的卡拉ＯＫ，但也不完全一樣……我真的沒想到，妳後來開了卡拉ＯＫ呀。」

「對呀對呀，後來開的。」

「昨天晚上我想了一夜。」

「什麼？」

「如果妳願意的話，我想加入妳的店，妳願意給我工作嗎？」

「那有什麼問題，所以妳要搬來海豐住？」

「嗯。」

「那這間店妳來做啊，我剛好退休。」

「這間店有店名嗎？」

「沒有啦，不過這個位置風大，所以大家都叫它海風卡拉ＯＫ。」

「海風這個名字很好啊，但是也許不要叫卡拉ＯＫ。」
「那要叫什麼？」
「酒店，海風酒店。」

第七章　雨夏

「大雨怎麼會跟大火一樣？」毛蟹問。

「很多東西到變成很厲害的時候，都是一樣的，太大的雨就像大火，太大的火就像大雨。」

不用怕，我們有山刀

當村民聽說早上有一輛豪華轎車停在歪脖子尤道家門口的時候，他們各自從自己的家門口或田地出發，有些人甚至手上還拿著剛剛除草的鐮刀，或是隨手採來的野菜。一路上沒有交頭接耳，沒有人刻意看別人一眼，每個人周遭都自帶一個奇妙的漩渦，空氣中瀰漫著踩碎青草和小花的氣味。

他們來到歪脖子的門口，看著那輛黑亮如瓷釉打造的黑夜般的大車。他們的聲音夾雜煩憂、興奮以及好奇，三三兩兩散布在房子附近的小路、草叢或坐在樹底下那些村長用樹幹截斷做成的椅子上。這樣的距離最恰當地表達了他們對「在屋子裡發生的事情」的驚慌懷疑，同時保留他們對村長的尊重。

督砮、小美、阿樂和威郎也陸續來到現場。對督砮來說，這是他回鄉後第一件關係整個部落的大事，因此一聽到消息就匆匆綁上頭巾出門，這是他的習慣，每次他要面對一些自己認為重要的事情時，就會綁上頭巾。小美本來覺得自己不是村民，等著聽消息就好了，但阿樂馬上拉著她的手一起出門去了。

最早到達、已經觀察了好一陣子的威郎，穿著一條從他下船後就好像都沒有換過的牛仔褲。看見督砮和小美、阿樂的時候，他們彼此點了點頭，因為海風卡拉ＯＫ的關係，他們很快就彼此認識了。急性子的督砮很快就決定不要在外面乾等，他繞到村長房子的後面，爬到那棵部落最大的茄苳樹上，從這裡可以遠遠地從氣窗看進村長家的裡頭，又沒有站在人家窗戶旁邊偷窺的愧疚感。

透過沒有窗簾的窗戶，他認出半張臉的歪脖子尤道、瘦得像黃鼠狼的劉祕書——而他們對面是看不見臉的灰髮灰西裝中年男子，一個半個背影就幾乎要遮住整個對向人身影的胖子，以及時隱時現走動來走動去，城裡人打扮的長髮女子。

督砮跳下樹，說：「看起來好像在討論什麼。」

「所以什麼事？」一個部落裡的長輩走過來問。

「蓋水泥廠。我猜一定是為了這件事。」

「好像還有港口。」

「還有火力發電廠。」

「說好幾次了。」

「聽說了。」

「嗯。」

大家陸續圍攏過來，因為對事情的了解太少，話很難彼此搭上。

「水泥廠怎麼蓋？」

「聽說要挖山，把土送到工廠處理，加工以後再運出去。」

「那關我們部落什麼事？」長輩問。
「好像說要我們搬家。」
「要挖山呀，要挖山。」
「我們就住山上啊。」
「而且管路會通過。」
「那有什麼，電線還不是會通過？」
「不一定啦，你。」
「不一樣啦，水泥那個管路好像很粗的。」
「還要工廠和港口啊，那個水泥工廠還要燒東西，所以要瓦斯、水什麼的。」
「土地是你們的，怎麼能說搬就搬。」阿樂突然開口，村民們都嚇了一跳，多看了幾眼這個打扮不像是村裡人的女孩。

剛到的小林則遠遠地站在一旁，掏出他的黃長壽抽了起來，一下子他那包菸就被旁邊過來搭話的村民要光了。督砮抿著他直又硬線條的嘴唇，他有一種神祕又清晰的糟糕預感，但是他不想把它說出來。

屋子裡的人不出來，外面的人也不知道怎麼辦，只是想著如果歪脖子尤道出來問問他。正當大夥猶豫是否要再等下去的時候，一陣大雨突然落下，毫不容情地打散了一些人。雨下得太快太大，很快地草地出現一灘一灘軟軟的水窪。村長家是一間日本式的建築，剩下的人於是站到門簷下避雨。有些人站得靠近窗戶一些，使得他們終於可以正大光明地放開耳朵，盡可能地捕捉從屋子裡傳出來的話。

國有地沙沙沙權利沙沙賣沙沙賣沙沙沙沙日子沙沙沙公司沙滅沙沙沙沙好事沙沙沙沙沙沙煤沙沙打獵沙沙沙沙沙沙沙沙。但從房子裡傳出來的聲音，好像要跟他們的耳朵捉迷藏一樣，被雨聲不斷打斷。

大雨並沒有要停止的意思，雨大到連海都變得朦朧，終於喀啦一聲有人從屋子裡走了出來。站在門兩側偷聽的人，正好和劉祕書左右張望的臉對上，他們也不尷尬。劉祕書跑到車旁打開車門，拿出一把大黑傘，回到門口接屋子裡的胖子、灰髮中年男子和長髮女子。灰髮男子從容地對著每一個他還能看清的臉孔笑了一笑，這讓督砮覺得很不舒服。

「笑屁。」他啐了一口暗暗地說。

當女子為灰髮男子撐著傘，幾乎是用跳的走進那輛黑得像瓷釉的黑頭車離開的時候，不知道是誰環顧了一下四周，說：「不用怕，我們有山刀。」

「對對，我們有山刀。」眾人稀稀落落地呼應了這句話，講完了以後，才想說不知道為什麼要這麼說。不過就那麼短短的時間，他們變得不太敢看旁邊人的眼睛。也許是直覺到這場大雨跟以前的雨不盡相同，也許是發現那輛車雖然已經走遠了但剛剛的引擎低吼聲仍在他們的耳邊揮之不去，而他們自己說話的聲音卻被雨聲沒收了。

大火

大雨持續了一段時間，不，是一天、兩天、一星期，然後兩星期，大雨變成時間，也掩蓋了時間的計算方式。由於雨實在太大，部落裡的人幾乎無法出門。沒出門就不能去卡拉OK唱歌，也就沒能交換彼此對那輛像黑色瓷器閃閃發亮的大車來了之後的相關情報。

上了年紀的人在大雨連續第七天的時候，喚起記憶裡祖先從Truku Truwan（托魯灣）往東走的那趟旅程所遇到的那場大雨，他們都望向窗外，沉迷於自己的心事。

「這麼大的雨，簡直就像大火一樣。」毛蟹的Tama巴騰（Batun）說。

「大雨怎麼會跟大火一樣？」毛蟹問。

「很多東西到變成很厲害的時候，都是一樣的，太大的雨就像大火，太大的火就像大雨。」

「聽不懂。」毛蟹說。

「以前我們的父母也遇過一場大雨。」毛蟹的Bubu吉米（Gimi）開口。

我們的祖先住在托魯灣，時間久了，人一多，獵物跟土地就不夠了。那時候有一個叫巴圖．烏帽（Batu Umaw）的人在夢中聽到聲音，說：「起來以後就往東方走，不要回頭！帶著狗朝東方走！」醒來後他不顧妻子的問話，獨自一個人帶著他的獵犬從Sqrxan（希卡拉汗）走到Raus（茗西），然後進入到一條美麗的溪谷，那就是砂卡礑。

那真是很長很驚奇的一條路，後來部落的人問他怎麼走了那麼遠？他回答說：因為我有一條好狗陪。一個男人有一條好狗陪伴，哪裡都去得了。他的狗是一隻黑狗，黑狗通常都很勇敢。

一個人一條狗到了砂卡礑溪後，巴圖發現一個青翠的谷地，那裡的石頭有一種美麗的紅色，就好像山在流血，也很像颱風要來的天空。他住了幾天，把附近的植物和路都摸熟了，才原路回到部落，一路上他綁上隨手割下的血藤做記號，以免日後忘記怎麼走了。到家後，巴圖告訴迎接的妻子和五個孩子說：

「我已經老了，有一天你們沒辦法住在托魯灣了，東邊是子孫可以繁衍的方向。」

沒多久，巴圖真的死了，那年很久很久沒有下雨，獵物都冒著危險徘徊在溪邊，等水從更遠的山、更高的天空流下來。風一吹就漫天風沙，植物的葉子跟枝條都變得很脆，一掰就斷。巴圖的五個孩子名字分別叫伊畔（Ibang）、伍道（Udaw）、白楊（Payan）、卡拉希（Krasi）、卡侯伊（Qahuy），他們想起 Tama 的話：**往東邊走**。

看著窗外的大雨，威郎全身都痛了起來。從船上下來以後疼痛就如影隨形，只要天氣一變，受過傷的地方就像有人拉緊了筋肉一樣。他背對著鏡子扭頭看背上的刺青，海上的幾幕流過他的腦海。

馬蘭因為大雨沒辦法到山上照顧她的菇寮，悶悶不樂地坐在桌子前面做手工。這次村子裡常常發包手工的庫姆（Kumu）發給大家的是「中國結」。馬蘭到阿霧家，學了老半天才學會，現在自己拿回來做，還是常常打錯。

「Bubu，你記得小時候跟我說過祖先在下雨的日子走到東邊來的故事？」

「對呀。」

「那時候妳都會唱一首歌。」

「是啊。」

Dawin dawin lita kana lita kana（朋友們，大家，我們都一起走吧）
Rimuy yug, maku win.（親愛的朋友）
Ga dgiyaq gaga nniqan rudan ta,（在山的另一邊祖先居住過的地方）
Tblnga ayug, bi mlawa tnan,（溪谷的聲音呼喚我們）
Mgrig ka rnaaw meuyas ka yayung（森林起舞，溪流歌唱）
……

歌詞威郎不太記得了，但當時 Bubu 說了一句話，威郎倒是記得一清二楚：「路很美，但美麗的路都不好走。」

好幾個家族組成的隊伍在兩天後遇到驚人的大雨，把樹淋得抬不起頭，把石頭淋到滑落溪谷，把人淋到沒辦法前進。

有人想，雨這麼大，托魯灣的大旱應該也因為這場大雨而解決了吧？那樣的話，也許回故鄉好。此時回故鄉的路程是可以估算的，到東方的路程卻是未知。巴圖的五個孩子和他們帶領的跟隨者一起開會，卻怎麼樣都沒辦法決定，因為反對的代表跟贊成的代表人數一模一樣。幾天後雨停了，山谷變得很新，路卻變得陌生。族人都知道大雨過後，山會變得不安定，有時候會發狂，都十分憂心。

這天早晨，有一個孩子跟自己的母親說了夜裡的夢，夢中一個很老很老很老的老人來到他的面前，拿著一支用 Harung（松木）做的火把，朝著前方旋轉了兩下，樹林往旁邊退開，出現了一條路。

「那個火把就像鑰匙一樣嗎？」小時候的威郎問。

「就像鑰匙一樣。」

「太厲害了。」

「是很厲害沒錯。」

「我也想有一把。」

大家朝那個小孩子夢裡指出的「門」的方向試探性地往前走，在樹林的後面竟然出現一塊平坦的緩坡臺地，就在他們被大雨困住的轉角不過五百步的距離，竟然之前都沒有人發現。看見那麼美麗的地方，有一些族人就決定住下來了。那個地方蛇很多，而且都長了一種叫做 Huhus（赫赫斯）的大樹，所以就叫這個地方赫赫斯。

馬蘭對威郎說：「你要記得，樹很多的地方蛇都很多，蛇很多的地方都是美的地方，會有青蛙、有鳥；有青蛙有鳥就會有水，有水有樹就會有很多獵物，有獵物人才能餵飽肚子，活得好。那個做夢的孩子叫做拿難．高勞，他是我的哥哥最好的朋友和打獵的指導人，是你好朋友督砮的Baki。他們都是那趟旅程到了新部落的人，他們後來也都失蹤了，好像有著共同命運的雙胞胎。」

在一個黃昏裡，督砮的Tama剛剛睡醒。他看到的督砮小小一個，就像小時候喜歡騎在他肩膀上的大眼睛小男孩，最喜歡他用Brunguy（背簍）背著他，上山去清理獵寮埋伏陷阱時，一路講故事。

拿難．高勞，他是指出森林之「門」，在大雨之後藉由夢兆指出通往赫赫斯之門的孩子。是我的Tama，你的Baki。

我們的家族當時選擇了赫赫斯，赫赫斯比起托魯灣更靠近海，往山下走，到海的那邊就有漢人的村落。那時族人偶爾會到山下一個叫做Alang Paru（新城）的地方，拿野獸的角跟漢人換來外國船帶來的槍。你Baki在成年禮後就成了一個好獵人，不但槍法準，還有野獸一樣的直覺，也有神奇的好運。他做的陷阱和周遭景物融為一體，獵物都會迷迷糊糊地把腳放到裡頭，他還有非常好的獵運，有一次甚至用一顆子彈就打死兩隻山羌。

有一天，他下山去交換子彈時，常跟他做生意的漢人說日本人來了。漢人想賺錢，所以我們知道他們要什麼。但是我們不曉得日本人從哪裡來，他們要什麼？一開始的時候族人還相信能跟日本人相安無事，但終於還是發生了衝突。

你知道，堅強是活在山裡最重要的事，Truku 從來不怕與別人發生衝突。當時部落裡面有一個叫做哈魯閣．那威（Haruq Nawi）的勇士，帶領包括我的 Tama 在內的勇士，用從漢人那裡買來的武器對抗日本人。日本人不習慣在山裡戰鬥，所以始終沒有成功，不久就開來大船，用船上的大砲打我們。

族人很震驚，從來沒有看過威力那麼大的武器，砲彈就好像那個巨人一腳把山踩出一個洞，再一腳踩平一片樹林。不過還好大砲不是很準，通常沒辦法直接打到房屋。樹倒了很快會再長出來，房子被打倒，大家就合作一起把房子重新蓋起來，蓋在大砲從海上打不到的地方。日本人用望遠鏡看到我們還是提水、工作、煮飯，好像過著日常的生活一樣，快氣死了，他們想，這樣下去把砲彈打完了還是沒用。

所以他們決心派軍隊進到山裡面來，從 Bsngan（玻士岸）、Tpdu（天祥）、Rusaw（洛韶），然後進到 Kbayan（古白楊）。我們的勇士光著腳，無聲無息藏身在樹林裡，用藤揉成的繩子綁住大木頭和大石頭，等日本人通過斷崖的時候就割斷繩子。石頭就呼呼呼飛下去打到日本人，有的被嚇到滑下山谷，山谷很深，跌下去的時候，慘叫聲啊啊啊要很久很久才傳回山上來。

雖然日本人也是很勇敢，但任何人聽到那樣的喊聲，都會感覺恐怖。他們每天都沒辦法睡著，一睡著就做噩夢。為了解決這種羞辱，他們抓走或者殺害那些腳程比較慢，或者落單的男人、婦人和小孩，打擊我們。所以族人要女人帶著小孩一起躲到 Lhngaw（岩洞）裡，因為有些岩洞是有祖靈跟山神在的，躲在那樣的岩洞裡，日本人會看不見。

有一回你 Baki 和朋友去 Tpuqu（陶樸閣）的時候遇到日本警察，日本警察拿了酒給他喝，想打聽附近每一個部落的位置，你 Baki 沒有回答。但是他知道日本人遲早要攻來了，就回部落警告大家。

日本人這次從西方翻山進入 Seraoka（西拉歐卡），帶頭的是一個叫做 Sakuma（佐久間）的官員。山把日本人累壞了，我們的勇士猜到他們會走比較輕鬆的路，就在一條樹林裡的小路設下埋伏，等著日軍進到這個大陷阱裡來。

日軍一進到裡面，就像山豬一腳踏進陷阱。埋伏的族人從樹林裡往帶頭穿著漂亮軍服的幾個人開槍，其中一個就是 Sakuma。日本人架起機關槍還擊，噠噠噠噠那個樹身上都是洞，鳥和野獸很多都聾了，埋伏的勇士們見沒辦法依照 Gaya 取下他的人頭，趕緊撤退。

是的，沒錯。那個叫 Sakuma 的官員，死在你的 Baki，我的 Tama 拿難．高勞的手上。雖然說法很多，但這個是他告訴你的 Payi（祖母），然後再告訴我的。據說拿難的眼睛很乾淨，很有自信，在開槍前對祖靈祭禱說：「日本人侵略我們 Truku 的家園，侵犯我們的土地，殺害了許多族人，前面來的正是日本軍隊的頭目 Sakuma，如果可以，就讓我的子彈穿過他的身體。」

所以子彈聽了祖靈的話穿過 Sakuma 的身體，他雖然被救走，但不久就死了。

只是日本人沒有那麼容易退縮，Sakuma 的死沒有阻擋日本人太久，日軍改從木瓜溪谷，從 Dowmung（銅門）翻山來到 Pratan（三棧），再一次進到古白楊。另一方面，他們把往山下的路封鎖起來，我們快要沒有子彈，也沒有吃的了。

那段時間我們不害怕，卻很憂愁。

就這樣有時候打，有時候停，很多日本人死了，很多族人也死了，血從山谷流下來到溪裡，把溪水染成紅色，然後不回頭地流進海裡。這時候日本人派了一個早年就下山生活，後來甚至到日本留學的女性族人姬望（Ciwan）來遊說。族人都覺得不能再犧牲下去，死的人比出生的嬰兒多很多，只好跟日本人談和。

說是談和，事實上就是放棄了。日本人把我們從漢人那邊買來的，可以打十五發子彈的槍收了回去，給每把槍的主人二十元。很多人因為心情不好，把那個二十元都拿去買酒喝了，酒喝完了錢也就沒有了。

所以如果要打獵的話就只能跟日警駐在所借槍，但一次只能借用七天，一次只給三顆子彈，回來還要展示 Urung（角）或 Mirit（羊）給日本人看。遇到比較貪心的日本警察，還會要你留下脊椎肉。聽說要把槍繳回，Tama 把他從日本人那裡奪來的一把「三十年式小銃」藏在一個祕密的山洞裡，要打獵的時候才去取出來。那時候他有一個像弟弟一樣跟著他一起打獵的人，他們的獵場在一起很靠近，就是你的朋友威郎母親的哥哥瓦歷斯。

繳槍之後，日本人還利用族人為他們背沙包、做工程、打獵砍樹，最後最後，為了讓 Truku

澈底沒有反抗的實力，他們叫我們離開家。

日本人跟頭目們說：「你們住在山裡很不方便，你們到平地找地，我們用那塊地跟你們交換，喜歡哪裡都可以。」他們載這些頭目到處去看，還到了臺北。但頭目們一看，臺北連山豬都沒有，是要怎麼生活？西部海邊的話太陽太大，水太淺，他們也不喜歡，所以選擇了縱谷裡靠山邊的平地。他們把哥哥遷到一個地方，弟弟遷到另外一個地方，在不同的時間，遷往不同的地方，家族就這樣散開了。只有一部分的人，被日本人留在山上替他們種蔬菜。

那個夏天，被迫離開故鄉的族人背著孩子與竹籃，竹籃裡裝著地瓜，一邊流眼淚一邊唱 Sika Bari（祈風語），肚子餓了就吃地瓜，歌裡的意思是跟祖先索討風的靈，是一首祈求風的歌。唱了之後，風就吹過來了，稍稍安慰了被迫離開家鄉的族人的心。

日落症候群

黑色瓷器般的大車來到村長家的那天晚上，督砮生了一個奇怪的夢。他和許多人——認識的人、不認識的人，扛起裡面不知道裝了什麼的麻布袋，排成一列往山上走。到了途中，人漸漸變少，可能是每個人選了不同的路吧，他猜。他跟著 Tama——從小腿知道是 Tama——走上以前常走的獵徑，到了 Tama 常常帶他去吹風的那個地方。毫無預警，Tama 把肩上的東西往一個深不可見的洞穴裡扔，接著揮了揮手，暗示他也把肩上的東西往下扔。

「為什麼？」他依然只能看見 Tama 的小腿。

「因為太陽下山了啊。」

「我們現在站在哪裡？」

「巨人的睫毛上。」Tama 吸了一口氣，笑著說：「你不覺得站的地方有點不穩嗎？」

督砮醒來以後試著解自己的夢。然後他自嘲地笑了一下，這個夢根本不用解，因為黃昏的確是他一天裡頭最怕到來的時間。

在黑色大車走的隔一天黃昏，午覺醒來的 Tama 打開窗戶，雙手交疊低著頭對著窗外禱告：

「感謝主，祢使我們感受到祢的存在，在祢底下我們喜樂，求祢寬恕我們的罪過，如同我們寬恕別人一樣，不要讓我們陷入誘惑，我們將一輩子虔敬地服事祢，阿門。」

「Tama，在說什麼？」

「早禱啊。」

「現在是黃昏啦。」

「怎麼可能。」烏明回過頭來看他：「傳道，您說現在是黃昏？」

「我是督砮，你的兒子，不是傳道。」

督砮看著烏明，在背光的室內，他顯得格外瘦小，就好像被淋溼後小一號的飛鼠。覆蓋著黑色鬍鬚的臉頰，和濕地般深陷的眼圈，包圍著他疑惑的眼神。烏明身上有一股既難聞又熟悉的味道，好像房子很久沒人住之後的氣味，只是那房子又是督砮從小住到大，熟悉的、習慣的。

Tama 不見了，但又像還在。

在很短的時間裡，真的太短了，Tama 就變成另一個人。這使得督砮根本沒辦法想起來這個過程，也不知道**還要多久**。最早的是有一次他黃昏回家的時候，在真理堂前面看見 Tama 的身影，Tama 的腳步拖拖拉拉，用族語喃喃自語。他追了上去，在背後喊「嘿，Tama、Tama」，烏明卻都沒有轉過頭來。督砮繞到他前面，卻看見他的眼睛好像盲人一樣沒有聚焦，就像是醒著夢遊一樣。督砮放慢速度，在後頭跟著。烏明依然能順利避開路人和房子的轉角，一個騎三輪腳踏車的孩子差點撞到他，他居然還靈巧地閃避了。

等到烏明走路回家後，卻對跟在他後面進來的督砮說：「回來啦。」好像剛剛是一段時間，現在是另外一段。

接著是督砮發現烏明吃飯的時候很容易掉食物，家裡到處都可以撿到結成硬塊的稀飯、肉乾和魚骨頭。一開始督砮撿拾、擦拭後不免向烏明抱怨，烏明有時有點尷尬，有時候則完全不在乎，有時還會生氣回嘴，覺得兒子誣賴他。

「你自己掉的不要誣賴我，都幾歲了你。」

督砮並不是特別愛乾淨的人，有時候他也只是把掉在地上的食物踢出去，已經瞎了的 Idas 會撿去吃。但還是會有殘餘的食物引來蟑螂、老鼠、螞蟻。有一次督砮半夜醒來，看見牠們在烏明身上找東西吃，就好像覺得這片土地依然豐饒，還是值得搬運、啃食、消化。

接著烏明開始把兩個人「關起來」。

有一次烏明拿卡其色的膠帶把門窗所有透光透風的地方都封起來，直到那卷膠帶用完。一開始督砮不以為意，膠帶沒了就再買一卷。直到有一次督砮因為去南澳那邊幫忙蓋房子，回來以後太累了躺著睡覺，醒來的時候發現 Tama 把他們都關在屋子裡頭了。

督砮因此拒絕買膠帶回家，但這個沒用，Tama 自己去漢人的雜貨店買得到，去歪脖子尤道他媽媽開的雜貨店也買得到，他們還會多送他哩。慢慢督砮發現一個規律，Tama 會封鎖家門通常是在黃昏左右的時間，就好像落下的太陽是一種訊號。

半夜督砮會聽見烏明在黑暗裡講話、翻身，用兩條腿和那隻還有氣力的手揮舞，好像跟一頭熊搏鬥，滿臉汗水。他知道他在作夢。

海豐的潮溼是一種深入骨髓，帶著鹽分的潮溼，督砮斜躺著通過沒有關上的門看著另一個房間裡床上的 Tama，他感覺到的不是疲憊，而是真的像面對深淵般的恐怖。

上星期夜裡 Tama 過來站在他的床邊，對著半夢半醒的督砮說：「這樣是不對的。」督砮問：「什麼不對？」那雙黑暗的，沒有完全睜開的眼睛說：「整個都不對，都不對！」

督砮這才看見他手裡拿著那把 Murata，正對著躺在床上的他，一瞬間冷汗直流，趕緊滾下床從下面把槍搶過來。

對督砮來說，Tama 好像變成兩個人、三個人，好像有時候十歲，有時候三十歲，有時候六十幾歲。回來跟 Tama 長時間相處以後，他才發現自己並不瞭解 Tama，正如 Tama 也不瞭解他一樣。他想想 Tama 不知道他在臺北的那幾年發生了什麼事，也從來沒有問過；他也不知道 Tama 發生了什麼事。

就像現在，烏明就自己坐在窗戶前面，自顧自地唱起歌來。督砮仔細聽著歌詞，聽出來一首是 Bubu 對 Tama 說話的，另一首是 Tama 的弟弟對 Tama 說話的。督砮當然知道，這兩個人都到天上了，Bubu 很年輕的時候聽說因為骨頭痛了半年，醫生判斷得了癌症以後，在家裡愈來愈瘦死掉。Tama 的弟弟則是喝了酒騎機車摔落山谷的。歌詞裡有一句是：「我在山谷底下等你來喝酒，不要忘記拿一個新輪胎來給我。」

督砮決定出門去買一些泡麵回來，他出門的時候沒有叮嚀烏明，因為他知道今天家裡應該沒有膠帶，沒想到回來的時候門還是推不開。

督砮敲了幾下門，發現門縫夾了一張油印的傳單，他抽了出來：

增加就業機會

完善汙染防治設備

興建國小、醫院、停車場

優厚的土地徵收補償金

對施工區域加強防塵設施減少住宅區落塵量

先建後遷開發社區住宅，供居民自由選擇

設置隔離綠帶，阻隔噪音對住宅區干擾

規劃水土保持工作防止邊坡土石沖蝕流失和視覺景觀的維護

他朝上面啐了一口痰，隨手把傳單揉成一團丟到草叢裡，開始繞房子檢查窗戶。他發現門跟窗戶推不開的原因是 Tama 用木板和釘子把它們釘起來了，從玻璃窗看進去，釘上的木板很像是他家裡的椅子拆開來的。

督砮走到靠廚房那邊的窗戶用力一拉，哐啷一聲打開了一條縫。「還好這個能開。」開了窗後他熟練地跳了進去。

雖然房子裡黑暗一片，但督砮認識這個房子就像認識自己的身體一樣，他把重心往右避免弄倒灶旁邊那副掛著山豬牙、山羌腳趾和幾副山豬頭骨的木架。不過就在他的身體在半空中的時候，眼角餘光瞥見一個黑色影子，他嚇了一跳，直覺地往後一倒，結果還是把整個架子都撞翻了，骨頭碎落一地。他抬頭看見一個赤裸男子，站在廚房連通的客廳中間。

「你知道溪邊怎麼走嗎？」是烏明。

「啊？」督砮站起身來想摸燈的開關。「什麼？你在幹嘛啊。」

「溪邊啊。我想去溪邊洗澡。」

長滿黃杞的地方

大雨過後的這一天，天氣變得格外炎熱晴朗，陽光把每個人的眼睛照得都睜不開了，村民們紛紛打開門，開始清掃屋子或者去察看作物。

小林騎著他的摩托車北上到國家公園的服務處，找到那個剛整建不久的步道口。這是他早已準備好的計畫，由於手邊關於海豐礦區的調查計畫已經告一段落，只剩下寫報告的階段，小林想趁這段時間尋找自己未來能長期研究的題目。於是他想起了黃昏市場裡那個阿婆跟她提到的部落，以及不斷「往上走往上走」的那條步道。

第一次在黃昏市場看到阿婆的時候他特別留心，她的攤位會賣一些鳳尾蕨、廣葉鋸齒雙蓋蕨、山蘇之類的野菜，偶爾也會有一些少見的中海拔蘭花。

此外，滿頭白髮的阿婆，在嘴角的四周延伸到耳朵處，有一道U字型的花紋，額頭上則有數道直紋。小林很是好奇，卻也不好意思一直盯著看。每回小林去跟她買幾把野菜的時候，都藉此能有幾秒不尷尬地和她眼神接觸，觀察她的文面。文面的花紋由數道平行的細線條組成，中間的線條交叉因此呈現菱形，就好像某種美麗的蛇的鱗片，也很像有無數的眼睛看著他似的。

幾次之後兩人稍微能聊起天來，阿婆跟他說她來自一個叫做赫赫斯的部落，到山下看孫子、孫女才會順便帶一些菜下來賣的。

「赫赫斯多遠啊？」

「公車，坐到那個公園，國家公園有沒有，然後走步道，走路，兩個半小時，大概喔。」

「妳背這些東西走那麼遠啊。」

阿婆開朗地笑起來，文面好像波浪一樣。「很近。」她說。

小林從剛成立不久的國家公園管理處問到往赫赫斯有兩條路，一條是順著溪往上走，一個就是管理處後面的步道。他選擇了管理處後面的這條，因為這條是部落的舊道，另一條路是為了發電廠而蓋的。簇新的活動中心座落在山谷的臺地上，據說這是這附近部落的人被遷移到平地時的第一個據點，現在只有少數人住在這裡。遊覽車會載來遊客，因此看起來有了各式各樣的小商店，有賣炒麵也有賣山胞的食物，像是個小小的市集。

小林把摩托車停好，找到幾無人煙的步道後就往上走，很快地就氣喘吁吁，因為路比想像中還陡。路很單純，就是單向地往上，沒有岔路。他問阿婆怎麼走的時候，她就是這樣回答他的：

「就往上往上，往上往上。」

一開始他還會回頭看峽谷的風景，把看到的野花和聽到的鳥聲記錄在筆記本裡，但漸漸地他就只能調整呼吸，因為陡峭的路讓他的身體缺氧，腦袋沒辦法有效運作了。這條路都是巨大的岩石以及眾多的碎石，兩旁都是高崖，有的路的陡峭程度甚至將近六十度，得用繩索攀爬，就好像走在某種巨大生物的背脊上似的。

兩個多小時後，他終於半走半爬到阿婆告訴他的流籠處。「到那裡，就快到赫赫斯。」流籠位於山的突出點，但小林探出頭去看不到底下的溪流，因為山谷已經被淹漫的霧籠罩了。看來大雨雖然過去，空氣中的水分還是很高。從旁邊幾包待運的物資看起來，這個流籠的目的是把山裡砍下來的木頭運下去，也能把一些物資運到赫赫斯。此刻他只看到兩條鋼索通往雲霧深處，往下隱沒。

嘩啦啦樹的屍體運下去，嘩啦啦斧頭鏈鋸食物運上來。小林速寫了流籠的造型，並在空白處寫上自己都知道有點蹩腳的句子，雖然讀的是生物系，小林總是喜歡畫東畫西，並且在旁邊寫一些「好像詩」的東西，這讓他在同學裡變得更孤單一點。他喘口氣後抬起頭來的時候發現，後面一叢金石榴正開著白色的花。

小林想起那天那輛豪華轎車開進村子裡的情形，就好像一隻毫不在意的猛禽輕飄飄地降落在樹林裡，整個林子的鳥類一時失措，不知道什麼樣的回應才是適當、安全的。站在村民裡，想盡量讓自己變得不顯眼一點的他，覺得格格不入，還摻雜了一種奇怪的愧疚感。

「我們有山刀。」這句話雖然不是對他說的，但他默默地背起他的 Nikon 相機，離開了村長家。不料愈走雨勢愈大，回到寄居的旅社已經全身溼透，他趕緊把揣在衣服裡的相機擦乾。

旅館只有他和一對母女住著，飲食倒是沒問題，旅館的店主秀英婆婆都會煮飯。由於一樓也兼賣一些雜貨雜物，加上對面卡拉OK的店主也常來聊天並且送一些她煮的食物過來，所以時間一晃眼就過去了。

期間他一直在期待雨停後走一趟赫赫斯。「反正報告都交出去了。」

小林又走了一段路，接著依照路標下切山谷，穿過一片桂竹林，霧愈來愈濃，到後來竟然連自己的腳步都快看不清楚。為了避免失足，當隱隱約約看見一幢房子的時候，他想應該到了吧，就把背包卸下來，靠著牆閉上眼睛等待霧散。

睜開眼的時候，一個白髮的矮小老人就站在他的面前，笑著看他，因為無聲無息，讓他嚇了一跳。

「一個人？你自己？」

「對。」小林站起身來，下意識地拍拍身體。

「這裡很少人上來。」

「您住這裡？」

「跟我太太。」

老人邀請他到家裡坐一下，小林跟在他的身後，看著他微駝、O型腿的身影，覺得自己好像在跟隨著什麼精靈似的。這時霧已經散了，他回過頭去，才看清楚剛才他休息的那幢水泥建築，雙斜頂的尖端立著一個十字架，下面寫著「禮拜堂」。

老人帶他到不遠的一間房子，倒了一杯熱水給他暖身體。雖然是夏天，但起霧後的山間寒意刺骨。

「我剛剛燒了柴，剛好有熱水。」

小林仔細端詳了這個屋子，它的主結構是用較粗壯的孟宗竹搭成，四面牆與屋頂則是採用桂竹對剖交錯的方式排列——剖開的竹子上下顛倒，交錯扣合成為一個平面。小林想，這真是聰明的排水方法。有些地方則覆蓋上桫欏葉，既能通風也能在一定程度上防雨。牆面則用燻黑的木板——他分不出來是什麼木頭——排列成鱗片狀。

「請問，不好意思，不曉得您的大名，可以拍照嗎？」

老人聽出了他不知道怎麼稱呼他的猶豫，說：「拍，沒關係，不要拍我就好。你叫我伊祭（Ici）就可以。」

「這屋子多久了？」

「多久？不記得，我十歲的時候爸爸蓋的。」

「自己蓋的嗎？」

「親戚都會來幫忙啊，那時候部落還很多人。現在都搬走了。那時候蓋大概七、八天就好了。現在的話我蓋半年都蓋不完。」

老人開朗的語氣感染了小林，讓他慢慢放鬆了。

跨出屋子，小林看到門上貼著一個橫聯，寫著「基督是我家之主」。屋子兩側用石頭圍成小菜園，種著蔥、蕗蕎、山芹菜、芋頭、金針、胡瓜、玉米，和幾棵高大的木瓜樹以及刺蔥。在房子的一側，則用鐵皮和木板、箭竹圍起一處雞寮，竟然還養了七、八隻雞。

旁邊的電線桿上也貼著一張紙，破碎而淡淡的筆跡依然可以認出來寫的是：「神愛是人」。小林想想這錯字錯得滿有道理的。

「有電嗎？」

「沒電。以前有一段時間有。」

「怎麼不住到山下？」

「住山下還要借錢哩。十年前那個叫『政府』的又來叫大家搬到山下，因為學校、衛生所，什麼機關的都在山下。那沒辦法，年輕人都到山下找工作了，現在孫子的小學在山下，不可能回來了。我不想搬啊，也沒錢搬。住這裡什麼都有得吃，這些菜啊，還有動物。」伊祭在小小的田園裡東指西指，接著說：「你看，這裡的土裡有上帝，菜長得那麼好，種的東西都不管還長那麼好。」

房子後面還有一個工寮，裡面放滿了太空包。小林知道那是培育香菇用的，這裡的氣候似乎很適合培育菇類。他想起了黃昏市場的阿婆，說不定她和這個老人有什麼關係，畢竟看起來附近只有這家還有人煙的感覺，但一時之間不太好意思問。

「這種菇用的嗎？」

「以前種很多，現在一點點而已。」小林摸了摸那些木頭段子，好像有些是栗樹，有些則是殼斗科的植物。

「現在菇的價錢變便宜了，老闆一直把價錢調低，以後我們就種自己吃的，剩一些賣就好了。」

菇寮的外面有一張長凳，上面放了一組很像是大大小小竹筒排列起來的樂器，還有一個竹片做成的像是口琴的東西。

「您一個人住嗎？」小林還是不好意思直接叫老人名字。

「我老婆，她去找蘭花和金線蓮。」然後拍了拍自己的腿：「我腿受傷了，沒辦法跟她一起去。」

小林提到了他在市區黃昏市場遇到的老婆婆，還沒開口形容，老人就說：「那是她沒錯。」

「賣給誰呢？我好像沒看到婆婆賣菇。」

「廣播裡面有人在賣啊，有人收去用廣播賣。他們會到山下跟我們收走。」

從老人的房子門口，可以看到不遠處禮拜堂的十字架。山上的氣候瞬息多變，常態性地又飄起細雨了，迷霧沉沉，遠方的山與海都失去了重量感。那座十字架，也像是飄浮在空中似的。

「前陣子山下下了好久的雨。」

「好久嗎？不會啊，不久。」

「禮拜堂還有人做禮拜嗎？」

「有啊，等等我們去，你要一起去嗎？」

「很多人嗎？」小林覺得不可思議，他環顧四周，似乎沒有看到其他人活動的樣子。

「今天應該有五個人，」老人說：「連你算進去。她回來了。」

小林自認眼力不錯，卻沒辦法從老人眼光指向的山徑裡看出人影，只是隱隱綽綽地看見桂竹林的邊緣聳立的臺灣黃杞，層層疊疊地掩住山徑。

夏候鳥以及分開的故事

當小鷗在睡夢中把手和腳搭上玉子的身體時，玉子很自然地回抱回去。玉子的唇正好在小鷗的眉上，這一刻她驚訝於孩子長大的快速，剎那之間產生了一種滿溢的感受，她必須壓抑自己的情緒，才不至於因為太用力而傷到孩子。所有的母親都會在生下小孩後才體會到，百分之百毫無機心的擁抱是什麼。

玉子在小鷗成長的過程中，花了很多的時間抱她。小鷗很喜歡把頭放在玉子心臟的地方，可能是這樣會聽到她的心跳吧。孩子時的玉子沒有機會，媽媽幾乎在她三歲以後就沒抱過她，這種欲望一直延遲到了青春期。十幾歲的她第二次逃家，和他一起住在山上獵寮時，她總是需要靠在他的胸口才睡得著。她需要聽到他睡著時低沉的喉音，聞到他身上散發出的淡淡霉味。

當玉子成為村裡最好的採石人的時候，只有玉子自己知道，她為什麼能在溪谷間，甚至是穿透溪水判斷出原石所在的位置。這是一種很奇妙的，人跟石頭間的聯繫。她不敢跟別人說，她甚至好像聽到了石頭叫喚她的聲音。玉子開始採石的時候，已經是這幾條溪流玉石時代的尾聲，但她還是幫家裡賺了一筆錢，否則失去一條手臂的爸爸，幾乎沒有什麼打零工的機會。這雖然換來爸爸沒有再把她賣走的念頭，但父女倆的情感卻也沒有恢復。

那天玉子又到溪裡採石，正好他就在溪邊寫生。他在溪岸上問玉子能不能畫她？玉子並不瞭解什麼是「畫她」，於是不置可否地微笑了一下，就逕自做自己的事。

漸漸地她接受了他的搭話，直到有一天，他把畫她採石的那幅畫拿給她看。她從來沒有認識過這樣的世界，她從來不知道有人可以用這樣的方式生活。他把一套全新的語言帶來給她，甚至讓她使用他的畫具。

當玉子第一次畫畫的時候，他從後面靠著她的聲音說：「我就知道妳有天賦。」一種微妙的氣息從她身體的角落、凹處、孔穴散發出來，連她自己都感覺到了。他坐到旁邊來，兩個人在大石頭上，兩旁山谷青翠的綠色沿著山脊而下，好像伸手就可以觸摸到似的。

「諧調」、「氣息」、「韻味」……這些她家鄉的人從來都不會使用的詞，從他口中講出來，把世界都翻新了一遍。那些詞會在她眼前形成一小團霧氣，接著往外擴散，填滿了他們身體間的窪地。

她曾經那麼相信他，包括他說的每一句話，他的話幾乎可以動搖她任何念頭。於是他們一起離開，但結果是他離開，留下她和她。就在她最絕望的時候，遇上了西畔．巫茂（Sibal Umaw）。西畔把她當成自己的第六個女兒，並把她生下來的小鷗當成第七個女兒。

西畔一家在部落裡也很特別，女兒們都承繼了西畔的名字，而不像一般人承繼的是男性的名字。玉子沒有特別問這一點，因為即使西畔對她視如己出，她心底仍然覺得自己是外人。在西畔收容她們的那段日子，玉子重拾她撿拾玉石的工作，西畔和她的女兒則教導她撿拾漂流木和採集蘭花的訣竅，假日的時候，她們會把收穫運到市區和平地人交易。玉子跟隨西畔像是重新認識了溪流、山和植物。如果說那個男人用語言帶著玉子認識了新世界，西畔則帶著她「摸」到了山的一切。西畔告訴她說：「我們靠山養育，所以要順著它的脾氣一點。」

西畔的女兒裡，三女兒依帕．西畔（Ipay Sibal）和玉子感情最好，年紀也接近，她從高中開始就在市區的一間餐廳擔任歌手。那時市區開始有臺北老闆下來投資的駐唱餐廳，在同一條街上甚至就有三家。

有一回依帕生理期痛到完全沒辦法起床，她請玉子幫忙代班。玉子到了店裡後，緊緊張張地唱了一首部落裡卡拉ＯＫ很流行的歌，和一首西畔教她的古調。老闆等她一下班，就預付了下次上臺的錢。玉子的美麗與聲音很快地讓客人口耳相傳，下一個周末玉子和依帕同時上臺，接著老闆便讓兩個人各自負責一段節目，成為店裡的雙臺柱。

幾個月後，廚房洗碗的一個中年婦女玉鳳，偷偷摸摸地問玉子和依帕願不願意到「金門」，收入可以比這邊多一倍。玉子雖然常聽說金門這個位於前線的小島，卻對這個地方毫無概念。

玉鳳解釋給她們聽：「有好幾萬軍人在那個地方，他們假日沒地方去，就是到歌廳喝一點酒、聽歌。我親戚在那邊工作，我看妳們一段時間了，去那邊一定會紅，趁年輕多賺點錢，為女兒想。山上跟這裡賺不了多少錢的。還有啊，如果不想去，也不要跟老闆講，都不要講，要不然害我被罵死。」她停了一會兒補充說：「如果去的話，給我一個紅包就行了。」

兩個女孩商量很久無法決定，她們告訴了西畔．巫茂。西畔本想為她們占卜，但最終決定讓她們自己選擇。於是玉子決定去金門，而依帕則到臺北唱歌。

「相信我，那些軍人不管是年輕的還是老的，全部都會衝過來把他們的薪水給妳。」玉鳳聽說她願意去了，興奮得好像是自己在臺上受到熱烈歡迎似的。

離開的前一天晚上玉子才跟三歲半的小鷗說明，彼時玉子還不曉得小鷗能不能完全聽懂她說的話，不曉得小鷗是不是能懂得「離開」的意思。

那段時間小鷗常常會跟她玩一種扮演的遊戲。她跟小鷗說了故事書裡大野狼與七隻小羊的故事後，小鷗總是念念不忘。她對大野狼假扮媽媽去敲小羊的門，為了騙小羊，刻意把聲音變細，後來又把腳掌撲粉的段落印象深刻。她常常跑到玉子的面前「叩叩叩」敲門，反覆演練這段情節。她也會要求玉子敲她的門，這時她就變成了那最聰明的，躲在掛鐘裡逃過一劫的最小的那隻小羊。

「叩叩叩。」

「誰呀。」

「我是媽媽。」

「媽媽的聲音怎麼會那麼粗。」

於是一方就要捏著嗓子，用誇張尖細的聲音重說一遍：「我是媽媽。」

小鷗非常堅持重述她第一次聽到的版本，如果玉子的回答沒有按照這個版本，她就會說玉子說錯了。不知道為什麼，有一回玉子扮演大野狼敲門，準備在打開門的那一刻「吃掉」小羊們，小鷗馬上改口說：「我是妳的小孩。」

玉子說：「可是我是大野狼，妳是人耶。」

小鷗說：「我不是人，我是大野狼的小孩。」

「大野狼的小孩是誰？」

「嬰兒的野狼。」

於是玉子推想小鷗是為了避免被「吃掉」，想到了這樣的回答，大野狼總不會吃自己的孩子吧？

幾次之後玉子心想，這樣就太沒意思了，於是玉子在一回擔任大野狼的角色時，無預警地把對話改成了「我是飛鼠」，試試小鷗的反應。小鷗一時感到驚訝，但很快地她就接受了這樣的臨時改變，她笑著回答說：「我是飛鼠的小孩。」為了擺脫這樣的固定回答，玉子開始絞盡腦汁想讓小鷗改變她的答案，或無法自圓其說自己的答案。

那我是鹿。

我是鹿的小孩。

那我是蚯蚓。

那我是蚯蚓的小孩。

我是小溪。

我是小溪的小孩。

小溪哪有小孩。

有啊，就小小的溪。

那我是雲。

我是雲的小孩。

雲的小孩是什麼？

就是小小朵的雲。

我是石頭。

我是小小的石頭。我是石頭的小孩。我是媽媽從溪裡撿回來的那種小小的石頭。

這一天晚上，小鷗沒有仔細聽玉子自顧自地說準備帶她到金門唱歌的計畫，她想跟媽媽玩扮演的遊戲。因此當玉子說「我們要離開這裡」的時候，小鷗毫無猶豫地說：「那我是離開的小孩。」

多年後那段從山上走到山下車站的路，在玉子的記憶裡依然鮮活。她甚至記得某顆石頭的顏色、那群正在築巢巡弋的虎頭蜂，以及路旁正盛開的一種白花，一種有別於其他白花的白花。西畔在當時正在翻新的車站送走了她三個女兒。但她沒有說「送走」，她說：「等妳們回來。」

玉子帶著小鷗和依帕搭上往北的火車，在臺北送了依帕下車，兩個人隔著玻璃不斷揮手，然後母女二人繼續搭到高雄換船到金門。小鷗在一天一夜的旅程裡不哭不鬧，睡醒了就問到哪裡了。在灰濛濛的大海上小鷗用饅頭餵了一隻一點都不怕她的海鷗。「小鷗第一次看見真的海鷗。」玉子在筆記本上面寫。

到港口接她們的是玉鳳的妹妹玉蘭，除了頭髮沒有那麼白以外她幾乎是玉鳳的翻版。玉子一樣叫玉蘭姊姊，住進了安排好的小小「宿舍」裡。在宿舍她們和其他三個女孩住在一起，因為小鷗的關係，她們得到了最靠窗戶那張最大的床，兩個人擠在一起沒有問題。

玉子第一次登臺就注定了她會紅遍這個「隨時為戰爭」做準備，到處都是反共標語的小島。這間叫做「上海小吃店」的小歌廳，甚至出現了需要排隊買票的熱潮。許多軍官動用關係來買玉子上臺的票，他們在臺下吃著瓜子、喝茶（以及規定不能喝的酒），著魔一樣鼓掌並且趁機塞給玉子紅包和情書。

玉子已經複習過太多次這種雄性動物的癡迷眼神，玉蘭也一再提醒她：「大部分軍官都是有太太的，妳想著他們的錢，不要記得他們的人。」

唯一一次玉子被打動，而答應私下出門散散步的是一個上尉連長。他送給玉子的信裡，夾帶著一捲錄音帶，錄音帶裡是他自己演唱的，玉子聽都沒聽過的西洋歌曲。他還手寫了一張目錄，把每首歌的歌詞都手抄在上頭。玉子雖然一個字都看不懂，但她被那錄音帶裡的聲音打動了。

就像鬼迷心竅，玉子把小鷗交給宿舍裡的姊妹照顧，和上尉連長一起到了海邊，一條他宣稱是一般人不能去的「祕境」。

海灘上布滿了一種像是鐵條的奇怪東西，朝向大海。上尉解釋那叫做：「軌條砦，用不要的火車鐵軌削尖做的。這樣共匪不容易登陸。」

許多鷗鳥在這一根根的人造物間覓食，據說只有採蚵的人家才被允許進來這裡。鷗鳥一波一波從海上而來，讓玉子又想起了他。多年前他也曾經帶她到海邊，對她說：「妳看這海鷗跟浪一樣。」對玉子來說，海是撿東西、求食物的地方，不是坐下來看的地方。

上尉熟練地帶她從看起來像是毫無空隙的軌條砦間找到一條路，那條路通到一處岩灘。上尉本想趁機牽玉子走上巨大的岩石，但玉子比他想像得更加熟練，就好像她就是一隻北返的鷗鳥一樣。

這時她看到一隻綠色的鳥在她前面的岩石上停下，像是戴著眼罩，有著弧形下彎的嘴。牠飛走的那一剎那，玉子看到牠閃現了一種和海與天空截然不同的藍色。

雖然上尉後來仍提出邀約，也每周來聽歌，玉子卻再也沒有答應過他外出了。她把自己關在小小的「上海小吃店」裡，存下吃飯以外所有的錢，僅有的快樂時光就是和姊妹談天以及對小鷗講故事，看著小鷗慢慢長大，以及心底藏的那個誰都沒有說的願望——回去那個傷害、養育、別離之地：島的東部。

而現在她回來了。她再次吻了一下熟睡中小鷗的額頭，她想明天要跟娜歐米好好談一談未來。她想像的酒店頂樓可以看到海，所以日後在「海風卡拉ＯＫ」頂樓也要擺座位，每個杯子都要擦到刮刮響，舞臺的兩邊安裝最好的喇叭，她可以請人從臺北寄下來。她有錢，她從金門帶回來的錢，那是她的地基、她的賭本。

也許她不想承認的是，她也想再次看看那個男孩，那個把獵刀送給她的男孩。雖然她心底知道，剛剛下車她就看到了。那個騎在摩托車上，問自己要到哪裡的，眼神如火的人一定就是督砮，多年前她在火柴的火光裡看到的那雙眼睛。但她沒有打算和他用這種方式相認。不，也許不需要相認，她不希望他知道自己這些年這樣過的，她不希望他知道自己用這樣的方式回來。最美好的就是你親手埋葬的。

她沒有忘記自己還沒有找西畔。她一定要找一天帶小鷗到山上的部落。西畔的預言總是對的：「妳會回來的。」縱使此刻她對懷中的小鷗仍然有些不安。這個孩子太需要她抱著，被擁抱的渴望難道會遺傳嗎？

她想起晚上睡覺前小鷗跟她講的話，現在小鷗變得更需要故事，各種新的故事。等到一切安頓好，在這裡有了自己的房子，她一定要買各種故事書給小鷗，讓小鷗有一個自己的書架。

「媽媽，今天輪到妳講故事了。」她們約好每個人講一天的故事。「輪流。」小鷗說。

玉子搜遍腦袋，她早就把小時候叔叔給她的那些舊故事書都講完了，因此現在的故事都是她自己編的。

「不要說三隻腳的動物的故事喔。」

「喔，好。」她想起來，幾天前她編了一個三隻腳的黃喉貂的故事，那是因為住山上的幾年，她總是會發現一些因為落到陷阱裡而斷腿的動物。

「也不要講分開的故事。」

「我有講過分開的故事嗎？」

「有啊，妳以前講小木偶那個就是。」

「小木偶哪裡是分開的故事，他跟鞋匠爸爸後來又在一起啦。」

「沒——有—。那是分開的故事。」小鷗肯定地說。

水路

大雨從村長家離開的那天，只有小美身上有傘。因此當她拿出傘來的時候，很自然就跟阿樂一起撐，威郎和督砮則把衣服拉到頭上冒著大雨跑回去。

跑到雜貨店的時候威郎和督砮都溼透了，她們兩個還在路上慢慢走。威郎和督砮都沉默著，他們都還在想著剛剛在村長家旁的一些村民對話。

「挖水泥的話，等於是山上整個讓他們插竹子了。」會這麼說，是因為族人會用竹子來標示自己的耕作地。

「會拿去堆煤。」

「堆煤幹什麼？」

「不是說有工廠？工廠要燒煤啊。」

「水泥也要燒煤嗎？我以為是挖出來就是水泥。」

「怎麼可能！」

「不是啦，不是，還要加工啊。」

「把他們趕出去海豐！」

「趕到海裡！」

「我們有山刀啊。」

「對，我們有山刀。」

「沒有什麼道理一切都在山的那邊發生，而我們就要過著白鼻心一樣的生活，不是嗎？」眾人把眼光轉過去，說話的是林建興，Batun（巴騰）。巴騰是督砮和威郎的小學同學，也是部落裡頭繼歪脖子村長尤道以外真正的大學畢業生，督砮記得他讀的是材料科學。

「所以蓋一個水泥廠，我們就可以跟臺北人一樣生活？」督砮用話頂了上去。

「我們可以跟他們開條件，蓋一個我們**想要的**部落。」

「所以你不想要**現在的**部落？」督砮說。

威郎走了過來，輕輕地把督砮拉開，擋住林建興火燙的視線。

上一次倒是督砮拉開威郎。威郎從小就不是勇於挑戰別人的小孩，他受到攻擊後的反應都是退縮回自己的世界。他會把全身都包緊在被窩裡面，蘊居在一個他什麼都無法穿透的小世界——那些同學嘲笑的聲音無法侵入，爸爸意外的死無法侵入，村民對媽媽的訕笑也擋在外邊。國中的時候他和另外一位同學因為掃地的關係起了衝突，對方嘲笑他的兔唇以及母親是「找有錢漢人的賤人」。威郎回去教室拿了美工刀回到廁所，兩人互相威嚇的過程中劃傷了對方的手。一旁督砮硬是把美工刀搶了下來，但那次讓威郎差一點進了感化院。

不過威郎從此就跟學校無緣了，勉強讀完國中，他就跟另一個布農族的好友阿怒幫南方澳那邊一些大哥跑腿。和威郎的體格正好相反，人高馬大的阿怒漸漸變成幫派的一分子，開始被老大派去到處收帳，但他始終阻止威郎跟他一樣進入幫派。

「不用來混也有工作讓你做，你武的不行啦，我武將哩，你文的啦。」

有一天夜裡阿怒到馬蘭家把威郎找出去，問威郎想不想「坐漁船出去賺錢？」原來他因為吸毒挪用了老大的一筆錢，現在老大要來「處理」他了，他想到的唯一方法就是朋友告訴他的出海去，「愈遠愈好，回來賺了一筆錢，老大也忘記要處理你了。」

威郎幾乎沒有考慮太久，就說：「那我跟你一起。」

當天晚上威郎告訴馬蘭自己想出海，馬蘭看著他，然後別過頭去。

馬蘭在年華最盛的時候，嫁給了來自南澳的一個姓劉名漢民的閩南人。當時劉漢民的家為了蓋土地公廟和其他人以地易地，遂搬到較靠近 Truku 族人的這個方向，得以結識了馬蘭。

那時的馬蘭有許多人追求，但她偏偏愛上了這個務農務漁，年過三十五還沒有娶妻的劉漢民，在當時算是「羅漢腳」，會被懷疑是不是有什麼問題。

馬蘭和他結婚以後，生下孩子的冬春之交劉漢民就因為捕鰻苗被海收走。屍體漂回更南邊的村子那天，馬蘭走到土地公廟前啐了一口口水，說：「我丈夫把地都讓給了祢，祢卻讓他兒子看不到他，祢當什麼土地神！」從此以後她不再走廟前面的那條路。

為了丈夫，她替威郎保持了劉姓，而把 Truku 的家族名威郎改成漢字。「漢人的神沒有保護你爸，所以我希望你留著 Truku 的名字。」她曾經這麼解釋給威郎聽。

當她知道威郎想出海的時候，心中有千百個不願。但她知道威郎的脾氣，只怕沒有死在海上，也要永遠失去這個孩子。於是她假裝毫不在意地說：「那我明天買豬來殺。」

一直到了高雄碼頭，威郎和阿努才知道被介紹上去的是一艘捕魷船，預計航行數個月後到阿根廷捕魷魚。他們僅僅上了三天的簡單課程，就簽了約，編入分組上船出海了。當船從碼頭拖出船尾浪離開這個他們熟悉的小島時，阿努拍拍他的肩膀說：

「我實在太天才。」

因為是海上的菜鳥，他們被分配在靠近輪機區的艙房裡，「幹，就像睡在拖拉庫的旁邊一樣。」阿努說。

他們兩個人和菲律賓、印尼的漁工在同一個小組，帶領他們的班長老蕭是一個話不多、常戴著棒球帽、一口流利臺語的人，聽說是海事學校畢業的。他們的日常工作是除鏽、上漆、維護漁網、清潔以及搬運，偶爾到甲板上學習操作機具。一開始阿努吐了五天，威郎吐了一個多禮拜，吐的時候不能在船艙裡，要跑到甲板船舷旁邊趴著，讓嘔吐物隨海風吹走，落到海裡。燠熱的艙房，藍到可以灼傷人眼睛的海，漫長的等待，趴在船舷邊嘔吐，從短暫的興奮到極度漫長疲憊的歷程……他以為自己不會想家，不會想 Bubu 馬蘭，但他搞錯了。後來威郎才知道，人從小到大，總是搞錯自己。

閩南人叫他跟阿努「番仔」，叫菲律賓人和印尼人「黑番」。他們和一個叫做「凱薩」的黑番感情不錯，但另一些人則顯然沒有把他們當成一夥人。

凱薩是經驗老到的漁工，在船上他常常雙腳站得很開，看起來很穩，一動也不動，就像是在地上生根了，彷彿是整個景觀的一部分。他隨時都帶著笑，手腕上有一只顯然是假貨的黑市交易手錶。偶爾他會叫威郎和阿怒brother，「至少不是番仔。」阿怒說。凱薩的床鋪的最上頭擺著一本《可蘭經》，時間到了他會在床上墊一塊布朝固定的方向祈禱。

「想什麼？」督砮看他發呆，把他喚回現實。阿樂和小美也都到了。

「我們要找時間開會。」阿樂說。

「開什麼會？」督砮和威郎問。

「開會對付那些想趕走你們的人啊！」

看到阿樂這麼激動，威郎倒不知道該怎麼反應，他說：「不曉得，我……。」

「雨一停！雨一停海風卡拉OK見！」

小美和阿樂就這麼撐著傘又走入雨中，督砮拍了拍威郎的肩膀，說：「先走了。」這時遠方傳來一聲非常驚人的響雷，幾個人都被嚇一跳。

小美大聲尖叫：「嚇我一跳。」

「打雷有什麼。」

「才不是打雷，那是巨人跌倒了。」督砮回頭笑了一下，用他的白色T恤蓋在頭上往雨中奔去。

第八章　旱季

巨人之心會依循著日昇日落，每天會有兩次和緩又激烈的律動，說是和緩是因為一切是無聲無息地進行的，說是激烈則是因為每片葉子都會凋落，並且在附近萌生新葉。因此，每天可能都有數千萬個聲音在巨人之心處出生或死亡，周而復始，從蓊鬱到枯黃，再從枯黃回到蓊鬱。

急急，洞，洞洞

黃昏的時候，正要準備休息的三隻腳的食蟹獴被噪雜尖細的鳥叫吸引了注意。牠睜開眼一看，一群繡眼畫眉像繞著一棵大樹一樣繞著巨人的耳朵飛，並且你一言我一語地互相插著嘴。

急急—急，急，噓噓，急，洞，山，有洞，挖。

急，洞，人，碰，很大，深。急急急—急—急急。

急急，很多，人，路，往下，挖，急急急—洞洞。

由於食蟹獴並不能完全聽懂繡眼畫眉的語言，因此牠邊聽邊猜。所有森林裡的動物都知道，打探消息是小型鳥類和各種鼠的專長，但不論是鳥或鼠，都不可能完全聽懂人類的語言，牠們只是把自己觀察到的，用自己理解的方式陳述出來而已。因為任何動物的生活方式都跟人類的生活相差太遠，所以牠們觀察而後轉述的，往往也不是什麼準確的內容，比較像是陳述出**牠們所認為**的事。因此要理解動物的語言，推測與想像是很重要的。

但巨人Dnamay聽懂了。他微微轉身，讓眼睛看得到繡眼畫眉來時的方向，隱隱可以看見一條路循著過去的獵徑開到了山腰略高一點的地方，在一處山坳平臺上，不知不覺已經建成一排的工寮。此刻因為天色已暗，燈光也亮了起來，挖洞的地方掛著三角形的警告旗幟。

人類在山上蓋東西是常見的事，應該也不稀奇吧？當巨人的心念這麼一動的時候，幾隻繡眼畫眉趕緊飛到牠的眼前的左方，另一群隨後從右耳飛到他的眼前，不斷橫向交叉飛行。這種飛行方式，當地的 Truku 獵人都會解讀成——這是個凶兆。

急急—噓—不同—洞—洞洞—噓噓—急急急

很深，洞—急急—連一起

急急噓噓山—急急急—洞—洞洞—不好不好—急急噓噓溪

「急急噓噓山」是繡眼畫眉替山取的名字，這座山離巨人的胸膛非常近，旁邊有一條「急急噓噓溪」流過。最近他的心跳總是覺得不那麼順當，他用右手撫摸了一下自己的左胸，繡眼畫眉因此被一陣亂流打得一陣混亂。

天光漸漸暗下，剛才還興奮鳴叫的繡眼畫眉怕找不到回巢的路，紛紛告別巨人。巨人坐了起來（他都忘記自己多久沒有坐起來了），看著隆起的山脊往下延綿至海。今天海風不大，海面柔如絲綢，正從靛藍轉為墨藍，奇妙的是，在某些角度看起來是黑的，某個角度看起來卻是透明的。月光從雲層緩緩洩出，稀薄卻明亮，海面反射了月光，浪的邊緣閃爍不已。天邊的群星，與天色過於相近，僅在夜空的更深處，才得以依稀見到一點。

巨人複誦了自己右手摸到胸口時浮現的句子：「**這世界所呈現的無盡的混亂和無盡的盲目，不過是幻象。**」這稍稍鎮定了他的心神一些。

食蟹獴歪著頭，像在思考什麼似的。繡眼畫眉的話牠聽懂一點，但巨人這段話牠卻一頭霧水。但沒關係，作為一隻食蟹獴，本來就不需要知道太多的事。牠搖擺著身體，找到最近的一處巨人的竅穴，鑽了進去。大約十幾米深以後，洞穴裡從岩壁滲流出的水源匯積成暗流，食蟹獴划起在水中依然靈活的三隻腳掌，往深處泅泳而去。

巨人之心，語言之葉

三隻腳的食蟹獴從巨人的孔竅鑽出時，一個巨大的深邃直立洞穴就在面前。洞穴周圍為了防止工人們跌落，都用黃色的布條圍繞起來，並且插上紅色的三角旗，晚上角落開著轉呀轉的警示燈。由於天色已暗，身體就要進入休息狀態的食蟹獴搖搖擺擺地沿著那個深沉的洞穴移動身體，用自己的腳步測量那個洞穴的大小。走著走著，牠不禁寒毛直豎——牠從來沒遇過那麼深邃，帶著寓言性黑暗的洞。

牠小心翼翼地走近工寮，因為燈還亮著，也清楚地聽到工人的談話聲音，所以牠只敢貼著牆壁走，避免被人類發現。

當牠豎起耳朵的時候，才發現自己一句人類的話都聽不懂。這讓食蟹獴不由地想起了巨人之心。

三隻腳的食蟹獴在身體漸漸復原之後，在一次很意外的狀況下發現了地面或山壁上的洞穴，有些是巨人身上的孔竅。這些孔竅有些是原本的岩理擠壓生成，有的是水、風或許多奇妙微生物合作的結果，有的則是人類為了某種目的所挖掘出來的。當然當時三隻腳的食蟹獴，並不知道牠第一次進入巨人的身體裡的那個孔竅，就是在太平洋戰爭的末尾，由日本人挖出來的，當作空襲躲避，以及和登陸的米軍玉碎的藏身洞窟。洞窟因為長年沒有被發現，早被落石和植物掩蓋起來，洞口非常不明顯。

食蟹獴在進入後，遇到了一隻看起來自稱是大蹄鼻蝠的蝙蝠。雖然第一時間食蟹獴覺得大蹄鼻蝠看起來有點猙獰，但很快地就發現牠是個好相處而且懂得很多的夥伴。幾次的接觸後，大蹄鼻蝠知道缺了一條腿的食蟹獴也是個「倖存者」。大蹄鼻蝠說自己是因為被小孩子丟石頭受了傷，幸運躲進巨人身上的孔竅療傷，從此住進這個通往「巨人之心」的山洞。

「呼，巨人之心？那是什麼？呼。」

「吱，就是巨人的心啊。食蟹獴的腦袋有那麼不靈光嗎？」

大蹄鼻蝠帶著食蟹獴往洞穴的更深處，漸漸地黑暗裡露出微光。

「喏，這就是巨人之心了。吱吱。」

如果不說食蟹獴還以為那是一棵大樹，它的氣根最粗的地方直逼牠在森林裡看過的千年紅檜，最纖細的地方猶如雛鳥的羽管，根系緊緊地抓握著細小的砂礫與巨岩，聯繫著巨人和大地。那些根系間有些地方流水潺潺，循著流水食蟹獴發現可以更快速地到達在地面上看起來很遠的地方。

令牠意外的是，來到巨人之心的動物，身上或多或少帶著和人類接觸時所留下的傷痕。比方說那隻大蹄鼻蝠，長耳鴞則是曾落入鳥網導致骨折，還有各種三隻腳的動物，牠們多半和牠一樣，是落入陷阱的倖存者。有三隻腳的黃喉貂、三隻腳的黑熊、三隻腳的山羌……由於已失去了一般健全動物的生活能力，牠們就此住在巨人之心附近度過餘生。

但巨人之心並不是動物和平相處的化外之地，在這裡動物仍然循著原本的自然規律按照自己的食性捕食、逃命或繁殖。牠們只是因緣際會，在這裡獲得喘息而已。

漸漸地三隻腳的食蟹獴發現巨人之心並不是牠過去理解的「樹」，是因為長耳鴞告訴了牠「落葉的祕密」：

巨人之心的落葉和一般的樹並不相同，每片葉子上都會記著一些「句子」。這些「句子」以特別的形式儲存在葉子上，要透過咀嚼葉片才能將它們解救出來。

那些句子有的可能是繡眼畫眉語（目前食蟹獴還不太完全聽得懂）、高頭蝠語（非常安靜的一種語言）、腔環蚓語（有點單調）、長耳鴞語（聲音高到讓人受不了），當然，也有各種的人類語。人類語有各種方言，動物語亦然，受過傷的、臨終前的動物來到巨人之心附近，死去的身體透過巨人之心的根系吸收，在那些葉子的發芽凋落間短暫存活，也把自己的語言交付給巨人。至於人類的語言以及那些暫存的句子，可能是巨人曾經有過與人類共存的時光，而遺留在巨人之心裡的吧。

巨人之心會依循著日昇日落，每天會有兩次和緩又激烈的律動，說是和緩是因為一切是無聲無息地進行的，說是激烈則是因為每片葉子都會凋落，並且在附近萌生新葉。因此，每天可能都有數千萬個聲音在巨人之心處出生或死亡，周而復始，從蓊鬱到枯黃，再從枯黃回到蓊鬱。

住進巨人之心後，食蟹獴都會在巨人之心可能會跳動的時分，和一些歷劫未死的動物一起，觀看巨人之心的跳動。當葉子凋落新生的那一瞬間，牠發現自己的眼睛是如此局限、如此狹隘，僅僅能看到一瞬的一瞬。但即使如此，已經使得食蟹獴的心怦怦跳。

三隻腳的食蟹獴離開工寮的時候想，或許牠可以回到巨人之心，只要牠夠努力，或許有一天，牠能聽懂人類想做什麼，牠或許就能為巨人做些什麼。

修復與不能修復的

在一座山裡，鳥可以修復樹，樹可以修復蟲，蟲可以修復花朵，花朵則能修復大地，大地可以修復腐敗的食物。不過修復需要技術、時間、經驗與機緣，何況世間總有完全不能修復的事。

比方說巨人Dnamay想起哥哥巨人Dnamay的時候，他的心底總是在萬千樹葉裡浮現這個句子——「虐待你自己，虐待你自己，……對自己施暴。」

哥哥Dnamay的死亡，變成故事被一群自稱Truku的人類口耳相傳了下來，在流傳的故事版本裡，巨人族已然滅亡，因為最後一個巨人——那個愛騷擾美少年美少女的巨人，陰莖被切成小段，在荒煙蔓草中被螞蟻啃咬；那個貪吃的巨人，吞下了獵人從山坡上滾下去的滾燙巨石；那個愛惡作劇的巨人，被人追捕時逃到海上而沒頂身亡。正是他的哥哥Dnamay。

巨人弟弟Dnamay有時候不知道這是幸運還是不幸，因為這個傳說，使得巨人族在人類的記憶裡留存下來，也使得多數人都認為山上不再有巨人。日後看到巨人的人，都會被質疑看走眼。

巨人不是死掉了嗎？被我們的獵人追到海上殺死了？你看錯了吧。

看錯了吧，眼睛有雲耶你。

看錯了吧，眼睛有霧耶你。

看錯了吧，眼睛有屎耶你。

巨人 Dnamay 因此幸運地這樣存活下來，沒有被發現、沒有被追殺，當然，他也必須下定決心不再和人類接觸，才不會被發現。

不過一代一代過去，談論巨人的人類愈來愈少，連巨人弟弟 Dnamay 都不知道，關於巨人的傳說，還能抵抗消亡的力量多久。

今年的旱季比較長，巨人俯身看了身上的溪流有的都完全乾涸了，溪裡的水族被渴死，許多草都開始萎黃。巨人看向海洋，看看是不是有許久未聞的颱風氣息。當然，渴望颱風只是生命們的一種短暫希望，因為一旦颱風來到，又會成為另一種噩夢。

生命的本質就是如此，甜美的剎那經常是危險的，期待的盡頭失落等待在那裡，隱晦朦朧的清晨總會明朗，而明朗的必會再次晦暗。

只是此刻，他嚴肅認真地想，繡眼畫眉提到的「急急噓噓山」挖洞的事，會是一個可以修補的事件，還是不可修補的事件？

巨人 Dnamay 輕輕搖晃了自己巨大的頭顱，說服自己不要想太多，以免又失眠了。正當此時，不知道是自己的心跳，還是從「急急噓噓山」那裡，傳來了幾聲碰碰巨響。

第九章　夏秋

尤道已經習慣了Bubu沒有回答，他預計她不會回答，只是自己有點徬徨、有點迷惑。但這一次她竟然眼睛閉著回答了：「山可能分成兩個。」她吸了一口氣，鼻子裡好像有鼻涕：「而且中間沒有河流。」

小米長出來了

歪脖子尤道不知不覺走到他的小米田，這片田是他即使當上村長都沒有荒廢的。但最近讓他煩心的事太多太多了，小米田已經長滿了超過一個人高的芒草。

「沒有 Qmpah（泛指所有勞動）就不要吃飯，這是道理，上帝說的。沒有人喜歡懶惰的人，這也是道理，跟 Gaya 一樣重要。」尤道想起小時候 Bubu 常對他這麼說，但是不是上帝說的就不知道了。道理或是 Gaya 到底是不是不能改變？不會改變的？關於這點，Bubu 又有不一樣的說法了。她曾經在他常跟她頂嘴的青春期時說：「道理不是永遠的，你不要跟我說道理，我是你 Bubu，不要跟我說道理。」

「所以道理是要說還是不說？」青春期的尤道總是這麼回嘴。

「道理是這樣的。」老沈（現在他都叫他老沈了）後來三番兩次找他談話：「土地也不是你的，也不是哪一族哪一族的，不是嗎？土地是誰的？上帝的，大自然的。政府跟工廠也沒有要搶你們的地，只是要你們換個地方，地方更大，還有錢讓大家蓋房子，還幫你們把房子蓋好，這樣不好嗎？」

「原來的地呢？」

「不講了嗎？還是大自然的啊？」

「港區一百四十七公頃，廠區兩百公頃，礦區範圍一千四百三十一公頃……」歪脖子尤道對數字的敏感依然：「這麼大的地，農業區變成工業區以後都不能進去種小米了對吧？」

「小米？這邊都有寫，這部分的地，就交給工廠管理。契約精神你知道吧，人家在挖礦你們在旁邊種小米？工廠會補償你們的，現在水泥業是國家的政策，產業東移啊，要繁榮我們東部。大家拿了錢去過不一樣的生活啊，還種小米。」老沈指著手上的文件說。

「你剛剛還說是大自然的。圍那麼大，把獵區都圍進去了。」

「虧你還讀過大學，打什麼獵啊，以後還會有人打獵嗎？什麼時代了，所以說你們這些山地人……蓋了水泥廠，大家也不用鋤地了，也不用打獵了，光是水泥就能養活那麼多人，你們可以去工廠工作啊，那麼大的工廠，需要多少人啊，每年都要人啊，會保障當地居民的工作，你看這個條款。你們想一想，現在有什麼不是水泥做的？臺北，大都市，外國的大都市，溪的岸那些、海邊的肉粽……到處都要水泥。水泥還是重要的軍事物資哩，共匪打過來，要不要蓋港口，要不要蓋碉堡啊。你們這些泰雅，說不通……。」

「一年一千三百噸，山不幾年就被挖光了？」尤道吞了一口口水說：「還有，我們不是Atayal……。」

「所以說你文科生啊，就算是一年一千三百噸，也能挖四百五十年，山很大的，四百五十年以後，人類都還不曉得存不存在哩。搞不好那時候也不用水泥了，挖個一百年就不挖了，我們早就死了，管那個多。」

「汙染呢？村民都很怕水跟空氣……。」

「汙什麼染，從山裡挖出來的東西會有汙染，你有沒有讀書啊……。」

老沈聽到尤道一直站在質疑的立場，所以決定把壓力再增加一些：「我知道啦，你就是不願意幫忙大力宣傳，你這邊不提供村民來簽約，你以為人家就沒辦法？那個王鄉長，嗯，那個誰，陳議員，早就強力運作，上面交代下來了。已經很多人私底下簽啦。你看，那個公墓公園化工程，那個誰，不願意交換土地，還不是強制動工。現在咧，告是告啊，土地還是變公墓……嗯，公園公墓。

人家一家一家簽，講難聽點，你們海豐村才多少人，不到幾個月就簽完了。那對你有什麼好處？業績都給別人了。你只是一個小村長而已，而且這是政府對你們泰雅人的優惠、優待，要不然補助款怎麼會給得這麼多，這麼乾脆？」

「就說了我們不是泰雅，是Truku。」尤道用低低的聲音反駁：「而且一坪才給幾百塊，算多嗎？」他心裡想：原來這也算「業績」？也許自己沒有聖潔到不想要有什麼好處，但也不知道自己是哪裡過不去，他只是覺得，老沈愈說「對你們好」，他就愈覺得心慌。他看了一眼老沈，如果不是為了選舉，他有沒有辦法跟這個人坐在一起吃花生喝酒？

「泰雅人，太魯閣，都一樣山地人，山地人才有這樣的優惠，山地人連考大學都有優惠哩。要不然你考得上？我們只是要你辦聽證會，補足程序而已，又沒有要你去讓他們簽。幫幫忙，這樣我也可以跟那邊交代。」尤道怎麼樣都不覺得老沈在跟他商量。「你想想，如果有一半的人簽了，換地拿補助搬到新海豐，有一半的人不簽，留在舊海豐抗議，海豐就變成兩個了。不是嗎？你要讓海豐分裂成兩個？」老沈轉而用溫柔的語氣說。

「Mhro ka hiyi na da（小米的身體長出來了）。」尤道突然看到雜草堆裡，似乎長出來了零星的，可能是沒收成，自然落籽的小米，心底自然而然冒出這句話。Bubu以前種小米的時候，常會喃喃自語這麼講：**小米的身體長出來了**，好像是對未來有什麼期待的感覺。

她也曾經講過關於小米的故事給他聽。據說很久很久以前，人們在煮小米的時候，會先把小米切成一半，一次只煮半粒，因為當時小米煮了以後會膨脹，半粒就夠一個人吃了。不過啊，有一次一位老人家覺得很麻煩，就一次煮了一粒小米，結果小米膨脹到鍋子「碰」一聲爆裂。就在那個瞬間，還在地上的小米變成一群麻雀，飛上了天空。從此以後，人們無論如何努力流汗種植小米或工作，他們的食物，仍然不夠用，需要日夜不停地努力耕作，才能有一點收穫。

「流那麼多汗，收穫只有一點點。所以，我現在都很小心面對小米，要珍惜啊。」

她一面說一面在播種後的土地四周插上竹子：「你看，這個土的顏色，這塊土地很肥喔，如果你把叉子掉下去，就會長成那個有沒有，挖土的那個。如果你把筷子掉下去，就會長出柱子，讓你蓋房子。所以這樣的地，才會長出好小米。」他蹲了下去，看到在狗牙根、菅芒之間艱難頂出來的小米苗。他問自己：還要幫它拔草嗎？如果土地都要賣給政府、賣給工廠了，就不用拔草了，只要去市場買就好了。那我現在還拔草做什麼？

當尤道遇到無法解決的事的時候，就會去海風卡拉ＯＫ，聽別人唱歌或自己唱歌都好。他進去的時候大家都已經喝嗨了，幾乎整天都在喝酒的烏嘎正在大聲唱著〈熱情的沙漠〉。尤道注意到，舞臺好像改裝過了，四周的木雕刻意重新挑過，牆上也掛了一些畫——不太確定畫什麼的畫，那些筆觸看起來很稚嫩像是孩子隨興畫的，也看起來很成熟像是充滿計畫的畫，後來尤道才知道，那是娜歐米新的合夥人玉子的女兒畫的。

「烏嘎最近每天都來唱歌。」

「聽說烏嘎已經簽了。」老溫對尤道說。

「簽什麼？」

「意願書啊，交換那個，就是搬走，領補助金，搬到那個新海豐。他已經選好要蓋房子的地了。」

「怎麼這麼快。」尤道心底有點失落，他竟然完全不知道這件事。「你也會簽嗎？」

老溫喝了口酒，沉默了半分鐘。一直等到烏嘎把〈熱情的沙漠〉唱完以後，才說：「雖然我不是你們山地人，但我對海豐是有感情的，而且我只有那個小房子，沒差。」

「工業局跟榮工處有關係嗎？」

「我們老兵老了，不會被徵召去做工程了，聽說這次要進外勞。」他再次想起自己在峽谷裡鑿路的光景，其實這些年來，就像每天都在臨終回憶一樣，這些事隨時都會在他心上流過一遍。

由於卡拉ＯＫ的聲音太大，他們講話的聲音也就愈來愈大。

隔壁聽到的周傳道插話說：「有些人聽說那個叫『政府』的要來了，就趕快請親朋好友來幫忙，搭四面牆搬進去，你有沒有看村子尾那幾間新房子？聽說都是那個姓王的鄉代表找人蓋的，還有那個什麼什麼誰的，那些他們找的人頭，根本也不住海豐。」

「還有那些都是鹽的地，突然種了一大堆玉米，那個地方根本長不好。」一旁的人插嘴。

「為了讓那些人來計算的啊，計算損失看賠多少錢。」

「會賠嗎？」

「怎麼賠也是他們說了算。」

「最怕的是，我們抗議來抗議去，最後補助款都被這些人領走了。」巴騰說。

周傳道說：「也許 Mgay Bari（感恩祭）的時候大家可以討論看看？」

「討論什麼？跟他們拚了啊。」

「談判，要談判你懂不懂。」

尤道坐在那裏恍神地吃著花生，一直聽完了大家輪流上臺唱了〈我家在那裡〉、〈忘了你忘了我〉和〈冷井情深〉，才發現最後一首〈冷井情深〉是一個長直髮、穿著一件「很臺北」的碎花洋裝、有著蜂蜜顏色一樣皮膚的女人邀請周傳道一起上臺唱的。周傳道今天唱的竟然不是傳道詩歌。

「表示他平常有聽嘛。」臺下的人說。

掌聲響起的時候，臺上的周傳道也對著旁邊的女子鼓掌，說：「自我介紹自我介紹。」她笑著對麥克風說：「我叫玉子，以後會跟著娜歐米在海風酒店工作，各位大哥大姊弟弟妹妹多多指教。」

「日本名字嗎？」

「不是啦，我很會撿石頭，講石頭不好聽就講玉嘛。」

大家都把手邊的米酒、高粱、小米酒舉了起來。尤道心事重重，竟然舉起了一隻鳳爪。

窗外的貓頭鷹呼呼呼地叫起來了，歪脖子尤道知道自己喝得差不多了，他跟大家一一打招呼後走了出去。走出門口時他下意識地回頭看了一下，看見卡拉ＯＫ的招牌上，那個「ＯＫ」已經打了個叉叉，旁邊用有點秀氣的字寫上「酒店」，上面掉的「卡拉」兩個字則改成「海風」。

七個人的禮拜堂

回到海豐的第二個假日，娜歐米幫玉子借來了一輛野狼，讓她載著小鷗往北去找住在部落裡的西畔以及她的姊姊們。小鷗坐在前座，玉子懷抱著她往北騎，沿途曾經熟悉又陌生的風景流逝而過，玉子有一種看著自己人生的某一幕重演的感覺。

她把機車停在步道口，背包裡裝著水和毛巾，以及娜歐米替她們準備的香蕉飯。她問小鷗有沒有信心能走這段路？小鷗一聲不吭地邁開步子走進了步道，回頭抿著嘴深長地看了她一眼。和另一條路不同，走溪流步道初時平緩，接著就是一段陡上坡，直到午後，全身是汗的玉子牽著小鷗，站在她這幾年魂牽夢縈的木板屋前面。

當玉子和小鷗來到的時候，西畔正準備和她的大女兒烏蘭．西畔（Uran Sibal）盛裝要去早已經沒有牧師的教堂做禮拜。二女兒跟另一個部落的女婿結了婚，又因為家暴而離婚，至今在城市裡帶著兩個小孩獨自生活；三女兒依帕．西畔，也就是那個當時和玉子一起唱歌的，依然在臺北駐唱，假日時會回來；第四個女兒下山去幫忙農忙的農田收割、參與一些小工程打零工，多數時間也住在山下；五女兒目前在花蓮的老人院當看護，她說等到西畔沒辦法自己種東種西的時候就會回來照顧她。這些女兒就像蜂巢放出去採蜜的蜂一樣去去回回，只是她從沒想到這一天開門看到的會是六女兒和七女兒。

山上沒有電話，西畔也不識字，這兩個女兒去了金門就斷了線，她一度以為這兩個讓她常常做夢的女兒再也不會回來了。面對不知如何是好的西畔，玉子放下小鷗毫不猶豫地抱住她，西畔張大嘴，像受到驚嚇的嬰孩顫抖，卻沒有掉淚。

一旁的烏蘭則馬上眼淚氾濫，她用比兩年前要肥胖得多的身軀和小鷗、玉子擁抱，像久別重逢的候鳥彼此用鳥喙整理羽毛。她們的雙腳發顫，但雙手毫不遲疑地表達力量來拒絕那些時間加諸於命運之上的折磨。

彼此簡單地分享了這段時間的經歷，顯得精神雀躍的西畔用她不太便利的腿腳走在前面，四人圍成一個圈圈向 Utux Tmninun 表達感激。她說：「我還在想為什麼昨天晚上貓頭鷹呼呼地叫，原來牠是來告訴我妳們今天會和我們一起出門去做禮拜！」

玉子轉過頭去低聲問烏蘭：「Bubu 以前不做禮拜不是嗎？」

烏蘭說：「是啊，但從去年生了一場病開始，Bubu 說她同時看見了 Utux 和上帝，祂們的恩典編織成一張網，隨時都會接住我們。所以她就開始做禮拜了。」

她們走到禮拜堂前面，正好遇到也來做禮拜的伊祭和他的太太烏來（Ulay），旁邊跟著一個陌生、一臉疲憊的年輕男子。玉子和這對堅持不離開部落的老夫婦熱情地打招呼，然後和這個陌生的年輕人點點頭。玉子一時雖然想不起來年輕人是誰，但卻認定了他們在海豐村曾經遇過。事實上她在村子裡僅僅跟小林擦身而過一次，這是她這幾年來鍛鍊出來的驚人認人能力，認人如認石，沒有客人希望下次來的時候不被認得，他們總會因為妳叫出他們的名字而願意花更多錢在妳身上。

教堂旁的空地上擺著伊祭和烏來拿來曬的綠豆、花生和豆子，他要西畔回去的時候每種都帶一點。西畔拿出伊祭也有一副的禮拜堂鑰匙，推開木門的瞬間，光線從教堂的頂端像雨瀑流瀉而下。

教堂屋頂的天花板是一種有著孔洞的隔音材質，因為被雨水滲透，都變成了褐黃色，但水泥和木造的結構，搭配那樣的色調，別有一種諧調的感覺。由於教會已經隨著人口遷到山下而遷走，禮拜堂實際上多數時間也像一個大倉庫，大堂上方穿過幾根巨大的孟宗竹，上面掛了這幾天兩家人因為下雨而拿進來晾的衣服。

烏蘭先走了進去，拿著竹竿把衣服先往兩邊收，眾人魚貫地跨過光的影子，各自拿了板凳坐了下來。西畔從木櫃裡拿出幾本不同顏色的《聖經》分發給眾人，她把一本紅色硬皮的小開本《聖經》交給玉子和小鷗。

《聖經》採用的是相當古雅的印刷格式，分成兩欄，上面那欄是中文，下面那欄則是玉子幾乎看不太懂的符號。說看不太懂卻也不對，因為那就是小學有學過的注音符號，只是有些符號好像改動過，它們拼出來的也不是上面的「國語」。

坐在小鷗旁邊的烏蘭說：「妳會讀ㄅ、ㄆ、ㄇ嗎？跟著讀就會讀出來 Truku 語喔。」玉子翻回書皮，看到下面小小的一行字：「柯饒富牧師翻譯」。西畔說：「這個柯牧師妳不認識，他叫Yudaw Watan，是了不起的牧師，為了謝謝他用Truku語翻譯了《聖經》，我們給了他族名。」

「外國人啊？」

「嗯，白色的Truku。」西畔說：「今天我來領禱對嗎？」

伊祭夫婦說：「當然。」

於是西畔趕緊閉上閃亮的眼睛，避免讓眼淚流下來，說：「感謝萬能的天父，帶領我們，不讓我們迷失，讓我們住在這個富饒之地，讓土地長出小米、獵物在山上奔跑。感謝天父將迷失的羔羊帶回來，把玉子和小鷗，我的六女兒和七女兒帶回我們的身邊。」

玉子在聽西畔、伊祭輪流上臺分享的時候，分神瀏覽這座當年她曾經經過，卻從來都沒有進來過的教堂，畢竟她一生到現在，從來都沒有正式有過任何信仰。教堂的空氣裡飄動著塵埃，每粒塵埃都像帶著一絲絲的光，讓這座只有七個人的禮拜堂顯出一種幽靜之美。

由於包包裡不斷傳出香蕉飯的氣味，玉子發現娜歐米要她們帶著的香蕉飯還沒有吃，於是在禱告一段落時，拿出來分享給大家。

對玉子來說，她懷念香蕉飯的氣味，也害怕香蕉飯的氣味。這都是那個像是夢中的一場熱病的清晨影響的，從此在夢裡、在現實中她都無法脫身。

當年玉子在生下小鷗，住進西畔的家裡之後，休養不到幾天她就決定幫忙到附近溪流尋找玉石來幫助西畔家的經濟。很快地就像在家鄉一樣，玉子的美貌與擅長辨認玉石的名聲，在漢人和原住民的採石人之間傳播開來。而因為要自己餵奶，玉子也不敢走到太遠的地方，因此，雖然她的能力依舊，但收穫並不能算太好。

有段時間，玉子發現自己的竹簍裡會多出一、兩顆玫瑰石。這種情況並不少見，但多半伴隨的是粗魯的、明目張膽的調情。那些男人會當面拿出他們採到的石頭，提出私下見面作為交換，不過這時候的玉子早已學會毫不猶豫卻溫柔客氣地推辭。

但這幾次出現的玫瑰石卻是「絕佳」品質的石頭，幾乎是附近溪流能找到的、僅剩的好石頭了，而且給石頭的人始終沒有現身，這讓玉子不禁有了好奇心。於是玉子把簍子放在固定的地方，假裝離開採石，卻躲在林子裡偷看，才發現是也常在附近採石的一個阿美族青年比紹偷偷放進去的。

玉子本想現身拒絕比紹，但不知道為什麼，結果卻是在竹簍裡多放上一份香蕉飯，並且在上面用炭石粗粗地寫畫上兩個箭頭，一端畫了玫瑰石，一端畫了香蕉飯，代表交換的意思。幾次以後比紹理解了，他放下石頭，取走香蕉飯。

再幾次之後，玉子刻意沒有放香蕉飯，正當比紹猶豫之時，她從林子裡走出來，親手交給他香蕉飯。

玉子永遠忘不了比紹修長的手指和他的笑容，他具有某種活力、光芒和神韻，那是玉子沒有的。玉子想把傷害過她的一切都從心底的地圖抹掉，那些她帶著逃離家鄉的回憶，那個拋棄她們母子的人，那條河流以及上面的森林，那些她曾經受困、墜落的地方，打擊過她、讓她感覺到痛的地方。只是如果這一切都不存在，她就變成一只鬼魂了。但也因為這樣的猶豫，她不敢真正在比紹面前展現魅力，她始終節制著自己的眼神、呼吸或其他。

颱風季節來的時候，採石人通常都會轉而去採漂流木。最早到的人才可能撿拾到真正的好木頭，不過太早出門始終是危險的，因為被風雨鬆動的溪流隨時可能吞沒在石頭上跳來跳去的採集人。因此，撿拾漂流木，不但考驗著眼光，也考驗對天氣的掌握和運氣。

玉子永遠記得多年前那天她被風推到那段 Hinoki 的面前，它在山裡一定是數十米的巨人，即使此刻只剩一截胳膊，也夠瞧的了。不過很快地玉子發現了比 Hinoki 更吸引她的東西——一塊原本應該不屬於這裡的巨石——被壓在其他滾落的石頭之下，露出半張牛皮大小的面積，在晨光下顯露出不可思議的粉紅色與流雲般的紋理。

玉子走回岸邊，去搜尋足夠結實的兩片木板，以鐵撬把那截 Hinoki 從石頭間撬出來，橫擺在木板上往前滾，在一滾一撬之間將它移到她打算的暫時「藏木之處」，不被別的採集人發現，等到借到貨車就能運走。別人或許會請中間商來直接看貨，但玉子從來不這麼做，因為有些中間商會出一個離譜的價格，等到你拒絕了他們才在晚上偷運走。

所以玉子想著能跟誰借貨車、怎麼挖出那顆巨大的玫瑰石，一面耗盡氣力把那根 Hinoki 挖出來。只是在挖走木頭所形成的深窟窿裡，她看見一隻蒼白的手，像花一樣五根指頭朝向她。她認得那隻手，那修長的、羞赧的，曾經充滿活力的手指。

從那一刻開始，她就認定，絕望可能是她命運的一部分。她不適合任何一種成人之愛，這樣也好，也許人活著本來就不用設定太多的目標，養活自己和小鷗才是此刻得專注的事情。她吞下眼淚，去參加了生平第一場葬禮。

在阿美族的葬禮中玉子想起剛剛開始撿石頭的時候，一次她意外地發現溪裡布滿了魚、蝦虎，甚至是鱉的屍體。她嚇得跑回去跟媽媽說可能有人在溪裡下毒了，媽媽跟她說：「只是天公大旱（hān）爾（niā）。」玉子不會寫「旱」這個字，但這個字的發音，當時從媽媽的口中傳給她時，就帶著一種暗沉沉的音調。

「旱」的時候溪甚至可能乾到一滴水都不剩，如果那些生物沒有在適當的時機跑到上游或是下游某些深潭，就會被困在石縫之間等待乾死。

「欲按怎？敢毋救？」

媽媽面無表情又無奈地說：「就欲死囉，欲按怎？後擺你愛會記得抾一寡較鮮的轉來，猶會使食。」

隔一陣子雨季來臨，溪水又潺潺地流動起來，那些溪床上曾經的死屍又再度復活一般，溪流就像什麼事都沒有發生過。玉子常常納悶，牠們在旱的時候都躲到哪裡去了？牠們是怎麼躲過大旱的？

玉子被伊祭的Qowqaw（口簧琴）拉回了禮拜堂，禱詞之後，便由伊祭伴奏，引領著大家唱詩：

Meuwit meisug bi utux mu.（當我軟弱，我靈魂何等恐懼）
Mqraqil mshjil ku balay.（當遇患難，我的心背負重擔）
Ida ku nii tgluus bi tmaga,（而我依然靜靜地在此等候）
Bitaq miyah tguhuy knan Thowlang.（直至祢來與我小坐片刻）

玉子和小鷗雖然跟不上歌詞，但還是嘴巴一張一闔裝作跟著唱。直到歌聲暫歇之時，小鷗拉拉玉子的裙襬說：「媽媽，我好想畫灰塵。妳看。」

玉子抬起頭來，小鷗也注意到她剛剛看見的，因為光的關係，灰塵在微風裡的飄動痕跡，變得如此清晰。

「好像有精靈騎著那些小白點喔。」

「灰塵可以畫得出來嗎？」

「應該可以。」

小鷗的畫畫天分與天馬行空的想像力，玉子很早就發現了。無論在什麼狀況，只要玉子塞給她幾枝蠟筆和紙張，玉子就能放心做任何事或者出門。跟多數小朋友畫了就丟也不一樣，她很珍重自己的畫，她會撕掉自己認為不好的，留下那些她認為好的，並且央求玉子買給她那種一冊二十四頁的透明檔案夾，她會把畫放進檔案夾裡，邊翻自己的畫，邊編故事給玉子聽。

檔案夾裡的畫並不是永遠固定的，她會定時淘汰一些自己的作品，那些還在猶豫的，就把它藏到其他作品的下面，她也會把畫交換順序，故事就煥然一新。小鷗講的故事通常不是完全原創的，她會改編玉子講給她聽，或者是故事書裡寫的故事。玉子到海風卡拉ＯＫ後，就拿了小鷗的畫給娜歐米看，問她能不能把小鷗的畫掛在店裡面。

娜歐米當然連聲說好。娜歐米對玉子改變海風卡拉ＯＫ沒有什麼抗拒，但對玉子太過遠大的計畫心懷憂慮，像是把卡拉ＯＫ改成「酒店」她就覺得太誇張。對 Truku 來說，把生活過好，和把生活過得太過忙碌是矛盾的。沒有忙碌的生活夠好，生活就是要跟褲帶一樣寬寬鬆鬆才是。她開著卡拉ＯＫ最開心的就是大家一起來唱歌，並不是為了賺什麼大錢。而在瑟林因為肝病過世之後，她缺的就是開心。

不過當玉子提出來把卡拉ＯＫ名字改成酒店的時候，娜歐米一句反對的話都沒有說，她不知道該怎麼反對這個像她女兒一樣的女孩。玉子有玉子的想法，她把這幾年存的錢拿到娜歐米的面前，表示自己不是憑空胡思亂想，她已經不是以前那個踩在雲霧上的女孩。她已經知道，女人在她的故鄉得不到男人的尊重，沒有錢的女人甚至也得不到女人的尊重。所以她告訴娜歐米她想用自己的方式得到任何人的尊重，那就是賺錢，自食其力。她也宣稱要養娜歐米直到老。

「我們會賺一筆錢，賺一筆大錢。」

今天是我們敬拜的日子，感謝主賜予我們生命的氣息。

「我們要搞出一間漂亮的，沒有在海豐出現過的酒店。」

讓我們被聖靈充滿，讓那些魔鬼，那些擾亂我們的靈離開我們。

「我們要用妳和瑟林的作品，還有小鷗的畫，還有漂亮的漂流木和玉石來裝飾它。」

祈求神引導接下來的每一天，並且更新我們自己。

「我們要用愛充滿這間海風酒店。」

阿門。

「但不要讓人家知道玉子就是秀子，好嗎？」

兩座山的中間沒有河流

當那座山可能變成水泥廠這樣的消息已經不再是祕密的時候，阿樂動用了她過去在臺北所加入的一些NGO團體的朋友們打探，知道從「政府」的那一端透露出來的消息是：工程勢在必行。因此，她思來想去，如果要把這一切擋下來，最重要的就是讓它變成新聞，全國性的新聞。

她密集地在小學的宿舍裡跟小美討論，決定先把學校的老師「都拉下來」，然後再透過關係聯繫，請年輕一輩去過城市的村民，打電話給還在臺北的「都胞」。再來就要解釋給村民了解——他們可能面對過戰爭、面對過毫不留情的強制遷移，但卻是第一次面對「法律」——那個可以看起來像是「他們合法」的機制。

「這是要學的。所以，我們要組成一個小組，來研究看要怎麼說。」

阿樂認為應該「搞一個大的」上全國性的新聞版面，把關心環境運動的大學生拉進來，因為大學生「才有時間，也敢搞。」

小美則還在猶豫：「我們外地人怎麼代表村民？」

阿樂用鼻孔哼了一聲，說：「妳住這裡對嗎？」

「嗯。」

「吃這裡，教這裡的小孩不是嗎？」

「嗯。」

「那妳就叫當地人，妳又不是遊客，拜託。」

當她們談到要拉進既有都市經驗，又是原鄉人的時候，兩個女孩異口同聲地說：「督砮！」

完全不用說服，督砮毫不猶豫地加入了她們的「組織」，漸漸地聚會便從小學的教師宿舍，移到了海風卡拉OK最外面的那張桌子。這張桌子就像流動的會議室，擔憂水泥廠會導致失去森林和耕地的村民，有時候會先上臺唱一首〈愛要怎麼說〉，又滿臉憂鬱地聽阿樂他們說明「擋下這個怪物」的方法。也可能討論到一半，聽到有人正在唱自己也擅長的歌，就跑上去一起唱。

不過讓小美十分在意的是說服威郎的時候卻不是那麼順利。

「我再想想。」威郎總是這麼說。

「想什麼？可以跟我說嗎？」小美說。

「我們可以跟他們——那些人討價還價。不讓他們占我們的便宜。」

「這樣啊……。」小美說。

小美把威郎的想法回報給阿樂，阿樂翻了個白眼說：「討價還價？妳要跟他說，討價還價我們贏得過他們？這些人都是賭徒、騙子、強盜、官員耶。」

「那妳去說。」小美委屈地說。

當然，阿樂知道如果小美沒能說動威郎，恐怕就沒有人說得動他了。她認為威郎一定有什麼考慮，至少小美要「套出」他在考慮什麼。

但威郎每次跟小美談到這個話題就變得沉默，他跨上馬蘭的「金旺」，載著他長長的釣竿往海邊去。只有他自己知道，他是多麼想一口答應小美。但他不想跟她承認，他認為這一筆錢，會是他可能可以**去做些什麼**的機會。他不希望小美認為他是為了錢，但實際上又沒辦法說服自己不是為了錢。

這時「自救會」迎來了第一個挫折——一些人在第一次談話就明確地說：「想拿錢把地讓出來，搬去新海豐。決定了，就這樣。」這樣的人比他們想像的要多得多。

阿樂說：「不行，我們要比他們快，把愈多人拉到我們的立場愈好。」

「要怎麼做呢？」督砮問。

「我們要把它變成一個花蓮的大事、臺灣的大事才行。」

「唉。」小美是一個容易唉聲嘆氣的人。

「我媽說啊，人不能嘆氣，嘆完氣就會縮小一號，最後就跟沒氣的氣球一樣扁扁的啦，不要嘆氣了，跟我們意見不同的，除非是那些已經簽名的，我們要一個一個把他們扳過來！」

阿樂和小美開始查詢相關法規，擬定傳單的內容，並且要求村長歪脖子尤道開公聽會。猶豫不決的尤道深怕自己被推上問題的風口浪尖，這些年輕人自己要求開公聽會是最好的：「大家都來說說話。」公聽會那天許多人都來到社區活動中心，除了感恩祭以外，沒有什麼事情可以讓村民來得那麼整齊的，雖然各自帶著自己的想法，但多數人有一種高燒般的興奮感，即使他們也不知道這種興奮感來自何方。因為很久很久，海豐沒有這麼大的事了。

公聽會一開始尤道開了場，然後就請工廠的代表跟工務局的人做簡報。接下來才開放讓大家發言。「自救會」這邊一致決定，這次應該是督砮這個「返鄉青年」上臺，再搭配一個「在地人」。

督砮雖然說自己沒有上臺過，很怕講不好，但上臺之後倒是腎上腺素爆發：

「各位 Baki、Payi，各位長輩、各位朋友。我從小就聽大家說我們 Truku 是多麼辛苦，從山的那邊找到這裡，被日本人攻打、被政府遷來遷去，搞得我們這一代連自己的話都不會說，也都快要忘記怎麼種小米跟打獵了。

這一次難道我們又要再一次學漢人怎麼想？怎麼做？而不是用我們自己的腦袋？我去都市生活過，受夠了他們說我們山地人怎樣怎樣，你們番仔怎樣怎樣，沒有人會叫我名字，我們是花蓮臺東南投新竹綠島蘭嶼什麼地方來的都不重要，你們番仔怎樣怎樣，你們山地人怎樣怎樣，剛剛工廠跟工務局的代表，竟然還說你們泰雅族怎樣怎樣。我們是 Truku，我們住在自己的地方，也不搶人家的也不占人家的土地，你們來了說：喂，我們要蓋工廠，你們讓開，去住別的地方。我們要讓嗎？」

臺下的聲音大喊：「不要！」

「我們要躲嗎？」

「不要！」

「我們現在讓了，以後就更不被尊重。」

小林坐在臺下，抬頭看了督砮，看了阿樂，看了靠在門邊、雙手交叉的威郎，看了小美。小林突然發現自己置身他們之間真是莫名其妙，簡直就跟童話故事裡的蝙蝠沒有兩樣。他在心底告訴自己說：「你調查好了，報告寫好了，交給教授了，工讀金下個月拿到了，沒你的事了。」但卻心頭沉甸甸的。

「我說一點不一樣的意見。大家聽聽吧？」說話的是巴騰。

「我們也是從別的地方搬來的。從 Truku Truwan 搬來的，現在再搬一次家，又有什麼關係呢？重要的是，我們可以領到這筆錢，這筆錢就是政府欠我們的。我的意見就是，現在工廠提出來的補償金實在太低了。我也不喜歡水泥廠，我也不喜歡那些政府的人，還有那個坐黑頭車的什麼老闆。但我們沒有搬走啊，搬到隔壁而已，我們拿他們一筆錢，還要他們答應，給部落的老人、年輕人工作，逼他們給。海豐現在沒有工作給年輕人，沒有辦法養老人。補償金應該給更多……。」

話講到一半，另一個村民老田接過話說：「我們住在自己的家裡，都沒辦法讓我們不做噩夢。那些文件根本沒辦法擔保什麼，那些人的話根本沒有辦法擔保什麼，講了、寫了，你就確定領得到錢嗎？我們被日本人騙、漢人騙，大家被騙得還不夠嗎？」

漸漸地，彼此間的指責就像燕子一樣飛來飛去。眼看情況變得有點失控，阿樂趕緊對周傳道眨眨眼，要他把昨晚「模擬」的那一套上臺說出來。

周傳道於是清清喉嚨，就像他在海風卡拉ＯＫ唱歌時那樣的招牌動作，在麥克風上砰砰打兩聲提醒大家他上臺了：「各位各位，如果可以的話，我來說說話。」

「有一次啊我朋友喝醉了，結果被蛇咬到，我跟他說趕快呀，趕快去醫院。我問他是什麼蛇？他說是百步蛇，沒關係。我說百步蛇很毒怎麼沒關係？他說我從這裡走到摩托車那裡不到一百步，所以沒關係。」

臺下大家都笑了。等到笑聲低了下來，周傳道接著說：「這就是漢人說的掩耳盜鈴。我們搬家也許沒關係，可能你認為沒關係、他認為沒關係，但是以後我們就要住在一個水泥的工廠旁邊，每天砰砰砰炸山，每天都塵土飛來飛去你們也沒關係嗎？這不是搬到隔壁，是搬到礦區的隔壁。《馬太福音》說：『你們雖然不好，尚且知道拿好東西給兒女，何況你們在天上的父，豈不更把好東西給求他的人嗎？』天上的父不會願意這樣的。水泥廠不是好東西，如果今天政府是帶好東西來給我們，我們當然樂意搬家配合，但水泥廠不是好東西。上帝不會這樣對待祂的子民，政府也不應該這樣對待它的子民。」

眼看現場的氣氛被自救會拉了過去，一開始代表廠方公關的那個胖子再次站起來，他操著一口標準的、電視臺主播一樣的國語，如果光聽聲音會以為他長得像戴眼鏡的文弱書生。

「關於合約的問題，你們放心，我們有最好的律師……因為我們是最負責的企業，我們保證。我們未來會繳給花蓮好幾億的稅，可能會占花蓮稅收的百分之十五，你也可以說，是花蓮的稅收多出百分之十五。這些稅都會用在花蓮人的身上，很大部分用在海豐村的上面。海豐村不用再怕颱風，會有很平的馬路，大家還會有一筆錢重新蓋房子。或者，我們現在有一個計畫，如果這個案子通過的話，我們會蓋很好的員工宿舍，等到工程完工以後，我們蓋的宿舍就直接便宜地賣給大家，鋼筋水泥的透天厝喔，跟你們山地同胞蓋的木頭房子、石頭房子不一樣。

還有大家擔心的汙染，別怕，我們用的是最新的技術，叫做『階段式豎井開發開採』，會用每階段十公尺逐階啊逐階水平的往下一段一段開採。礦場周圍還會留高高凸凸的保護坡喔，你們連開採廠區的情形都不會看見，看起來山都沒有變，都不會變。」

「你當所有人都不爬山的啊？大家都站在山的下面看山的啊？從山下看不到，從另外一座山不就看得清清楚楚。」督砮在下面喊。

胖子沒有理他，自顧自地講下去：「我們還會設置最先進的收塵設備，像是靜電收塵機，海豐的空氣甚至會比以前更乾淨；我們還會邊開採邊種樹，我保證，綠油油的，綠油油的……。」

「油你媽的。」督砮說。

當村民從那個冷氣開到最強的海豐村村民活動中心出來的時候，都覺得還是曬太陽吹風好。小美有點缺氧，整個頭就像回音室。阿樂卻覺得腦袋熱辣辣的，她覺得這是一個好的開始，至少也有不少人表示反對。督砮還在想著剛剛的發言「還算帥吧？」周傳道則眉頭深鎖往自己的腳踏車走，他在想，下一次應該要引用哪一段《聖經》。

一輛工程車就這麼從他們面前開過去，雖然一切仍然拉鋸，但他們已經在宣稱是「國家租給工廠的土地」上面蓋工寮了，名目是「臨時宿舍」。

「聽說會招東南亞的工人。」

「不會的，會有一點點而已。我們會以當地的勞工為主。」胖子不知道從哪裡冒出來解釋說。

歪脖子尤道推著幾乎每天都如在夢中的母親走出會場，會推著她，是為了避免太多村民直接走過來問他的立場，推著 Bubu 大部分族人過來變成跟她打招呼，而不是來找他吵架。

他低下身去 Bubu 的耳畔問：「Bubu，妳覺得怎麼樣？」尤道已經習慣了 Bubu 沒有回答，他預計她不會回答，只是自己有點徬徨、有點迷惑。但這一次她竟然眼睛閉著回答了：「山可能分成兩個。」她吸了一口氣，鼻子裡好像有鼻涕：「而且中間沒有河流。」

正當大家準備散去的時候，一旁的草叢傳出騷動，兩條不同顏色的蛇從草叢中翻滾出來。大家定神一看，體型較大的是所有村民都認得的雨傘節，牠死死咬住另外一條大家都不認得的蛇。被咬住的蛇比雨傘節細小，身上相間著紅棕色與黑褐色的環紋鱗片，黑褐色的環紋較窄，外側帶有黃色細邊，頭的後方有一寬而明顯的白色環帶，顯得鮮豔逼人。雨傘節咬住紅棕色的蛇不斷翻滾，牠也被迫隨之翻滾，兩條蛇不同顏色交錯，很像理髮廳外面的旋轉廣告燈，很像彼此配合著在跳一種殘酷又美麗狂野的舞蹈。

一旁的小林認出被咬的是一條很少很少見的環紋赤蛇，趕緊拿出相機拍照。兩條蛇靜靜又殘酷地交纏著，不管是來聽公聽會的，還是來講公聽會的，一時都看得入迷。小村靜靜、輕輕地被海風搖晃著，好像在搖籃裡一樣。

海風酒店Ｉ

公聽會之後，海風卡拉ＯＫ，不，海風酒店的氣氛為之一變，來這裡唱歌、喝酒、吃點小菜閒聊的村民們，無論在公聽會裡有沒有上臺發言，彼此都好像有點知道對方在想什麼，也滿腦子都在想反駁別人想法的話，或者想找到什麼樣的機會改變對方想什麼。

他們一邊點歌，一邊討論著如何不讓這個政府「看小我們」；一面喝著米酒，一面討論如果領補助款的話要拿來做什麼？他們在每次點歌以後換位置，最後會坐到跟自己想法差不多的人旁邊。

「聽說要採那個石灰礦，要先往下面打，用火藥爆，然後用機器鑽。」

「什麼樣的機器？」

「德國的機器啊，那天不是有看到好幾輛車，其中有兩個外國人，聽說就是那個機器的公司派來的外國人。」

「德國人？那這幾天在村子裡怎麼沒看到人？」

「人家薪水高，每天都叫計程車回花蓮的飯店住。」

「德國人跟日本人最厲害。」

「所以我們接下來做什麼？德國人都來了。跟日本人打仗完跟國民黨打，現在要跟德國人打？」

「只是顧問吧。」

「不只德國人，我還看到日本人還有韓國人。」

「不會是觀光客吧？」

「不是。觀光客都去太魯閣，哪裡會來這裡。」

「把路封起來，不要讓人上山。」

「把那些騙錢的中間人抓出來，那些人早就在消息還沒有放出來的時候，就開始買土地了，補償？補你媽的，都補到他們身上去了。」

「以前日本人說的山地保留地，真的是保留地，只有山地人才可以進去，砍木材、種東西都可以。國民政府來了以後，砍樹也不行，種東西也不行，現在就挖礦可以，其他就不行。」

「你有沒有看到那個要我們遷過去的那個十一線那裡，開始蓋樓房了。」

「就是那個胖子說的宿舍。」

「如果拿錢我才不要蓋房子，要就買一輛跑車。」

「你要拿錢喔？」

「我是說如果。」

「喂！那個年輕的外地人。」

小林嚇了一跳左顧右盼了一下，不過現在在海風酒店裡，年輕的外地人只有他一個。

「你是做什麼調查的對嗎？」

「嗯，其實我不真的知道用來做什麼，我**只是**負責調查動物植物，我老闆……我老師要我來的。」

「調查得怎樣？」

「還在研究，還在研究……。」小林苦笑。

忙進忙出的玉子看著這一切，耳聰目明地聽著所有人的談話，她心底想如果真開放東南亞那邊的工人來，現在的店面一定太小了。那些工人來這裡領的錢不會太多，會連聽歌都捨不得給小費，只會喝酒然後睡在店裡造成麻煩。她聽到工程師、德國人、日本人、韓國人這些字眼，心想這才是機會。這些人就跟那些外島的高級軍官一樣，都有家室，只想談幾個小時的戀愛，不太會有麻煩。也許她現在就應該聯絡玉蘭阿姨，問她有沒有管道招募一些小姐，然後把海風酒店真的弄出酒店的樣子，賣更多種酒，貴的，讓他們在叫計程車到花蓮以前多吐出點錢來。這樣也算是為海豐出一口氣。

這些年來，玉子知道自己改變了很多，她不再是那個固執的、心意一決就連懸崖也跳過去的玉子。她已經習慣在面對客人時，心如同月亮一樣轉動，只露出明亮的那一面。有時候客人說一個笑話，她就自然而然笑到劇烈打嗝，只有再喝一杯酒才能壓得下來。當然她知道那是假的，但她已經接受自己假，認同自己必須假，至少在她變成海風酒店的老闆娘的時候她得這樣。

對於海豐的命運，這個當初庇護過她的地方，玉子在心的深處，也不希望水泥廠蓋在這個像西畔那天說的：「長滿樹跟恩典的地方。」但這幾年來的經驗，讓她知道了那個「政府」和那些大公司的老闆是擋不住的，他們有力量讓村民自己瓦解。因為這種人的人生第一為了面子，有面子才有錢賺，他們是用面子賺錢的一群人，即使知道自己錯了，也絕對不會承認的。如果抵抗不了，還能怎麼辦？「那就把他們口袋裡的錢再拿回來。」

另一方面，自私一點來想，玉子愈看到小鷗的天賦，她就愈知道自己可能要準備足夠的錢供應她的成長。她認為一個有天賦卻沒有被培養的孩子，等於沒有一樣，甚至天賦還會成為她悲劇的起點——她自己就是如此。所以雖然她對沒有野心的娜歐米很抱歉，也對想拿著山刀跟工務局的人拚輸贏的督砮很抱歉——她當然記得督砮把獵刀送給她的那一刻，但她已經不是「秀子」了。此刻的玉子心底只有一個念頭，替小鷗賺到前半輩子的教育費，替娜歐米和自己賺到後半輩子的退休費。她想起玉鳳當年對她講的「金玉良言」：「人生在世，心也許不能狠，但一定要硬。」

每天都來海風酒店找人辯論的督砮在加入「自救會」後，白天騎著他那輛野狼到處跑，一面監控山上的單位在一切未確定之前有沒有越線動工，一面在山上的獵寮一對一地接觸部落裡的人，要求他們先不要簽讓渡書。他對「保留地」這個詞非常反感，因此有機會逢人就說：「我們不是動物，叫什麼保留地，這裡就是我們祖靈的土地，有多少人多少祖靈葬在山裡面？他們去挖，祖靈不就飄來飄去？」

不過當獨自一人的時候督砮發現自己就會軟弱下來，而那個讓他軟弱的就是狀況愈來愈差的Tama，還有那本存款愈來愈少的郵局存摺。

每次回家的時候，他就像隔著一道深淵跟Tama說話，一開始的時候他還願意從山崖的這一邊喊他，但漸漸地他們都各自躲到自己的「山的一邊」。他帶Tama去宜蘭的醫院看過病，醫生告訴他，這可能是一種老人的病，一直忘記的病，暫時沒有藥醫的，「說真的，你只能多陪陪他了。」

那一天他騎著機車載著Tama，夜半來到溪邊洗澡。Tama褪去衣褲，像一頭鹿一樣走下水裡。Tama到溪水中央時，背對著他，那脊梁在月光下發亮。突然間Tama回過頭來，用手指頭指了指他手上的Murata，然後指了指自己的頭，好像在下一道命令。督砮滿眼淚水，把他硬拉了上岸。

督砮心底深處也怕面對阿樂、小美和她們拉進來的大學生那類「讀過書的人」。他會投入自救會，一方面當然是他憎惡那些都市裡來的人總是這麼傲慢地替他們決定一切，這些人再一次傷害了他到都市時受創的自信，讓他產生了復仇的渴望，偏偏阿樂和小美也是都市來的人，讀過大學的人。他們會不會在心底還是看不起自己？自己為了想「幹大事」，才把自己拉進來？何況「自救會」最終還是要靠這些都市人，還是要上報紙吸引那些都市人，讓他們來「關心我們」、「拯救我們」，這不是很奇怪的事嗎？

她們書讀得比他多得多，會說一些他不是完全理解的話，他在她們面前好像只有唱歌和打獵的技巧可以挺胸。但誰會在意「獵人」想什麼呢？

那天阿樂在海風酒店對他說：「獵人文化可以是我們對抗水泥文化的一個點，但督砮你要知道的是，獵人文化不只是技術，而是要學習面對這些事情的態度，因為你們現在面對的不是山林，你們現在面對的不單純是自然界，你們面對的是這些人，要掠奪你們土地的人。所以你在這個運動可以扮演的角色，一方面是在地的獵人，一方面也不是……你可以知道以前老人家面對事情的態度，用一些山林上的比喻來教你怎麼做事，來對抗工務局那邊的開發論述，但你要想一套新的，結合傳統獵人文化，新的論述。我們需要你幫我們建立這部分的論述。」

督砮反覆想著這段話，他的頭腦可能、好像、似乎明白意思，但舌頭就是沒有辦法跟上。「論述論述」、「掠奪掠奪」、「對抗對抗」。這些詞彙愈多，就愈讓他的腦袋一片空白，他覺得羞恥、痛苦、憤怒，還有點不知所措。

而威郎雖然拒絕了小美，卻還是忍不住每晚都來海風酒店徘徊一下。「反正唱一首歌只要十塊錢，就當是來唱歌的。」他這麼說服自己，但是大家都知道他不是來唱歌的，他就是來展示自己的憂鬱。

偶爾上臺唱完一首歌後，他會不知道該不該坐在店裡，他無法坐到小美那一桌去，卻也不願意讓她看見他坐到巴騰他們那一桌。他會從冰櫃裡拿一瓶啤酒，然後坐到店外面的大石頭上，把自己的背影朝向吵吵鬧鬧的海風酒店。

這幾天他還在思考怎麼跟 Bubu 馬蘭提起他的想法。他發現遠洋漁船的生涯，並沒有讓自己成為一個更沒有忌諱、更坦然的人，反而常常覺得自己像從沙灘往海裡走，舉步維艱。

馬蘭在威郎出海回來之後，慶幸自己撿回了一個孩子，她認為只要在村子裡開一間小店，威郎偶爾去幫幫工，丈夫留下的土地跟房子就是保障。對她而言，留在舊海豐，或到新海豐都好。只要威郎能娶個老婆，留在身邊就好了，過完一生就好。但其實心底更深的地方，是她對那個叫做「政府」的，有埋藏在心中的恐懼。

她在威郎平安從海上回來後，曾經跟他說過這件事。在威郎還小的時候，有一回她背著他到山上採野菜，坐在一處暗洞旁休息的時候，聽見有人喊她。村民都知道，山上有不少這種小型的洞窟，一些是天然的，一些則是日本軍在戰爭後期挖出來的。老人家都說這種洞不能進去，因為裡面可能還住著鬼魂。

她出於好奇，往那個洞走了進去，不久她覺得不應該久待，轉身要出來的時候，踢到了什麼。她劃了一根火柴：「結果是一個頭骨。那個頭骨上有兩個洞，大概在這裡。」馬蘭用手比畫了一下：「那就是我大哥。」

「妳怎麼知道那是人的頭？」

「我不是說了，小時候我看過人頭啊，人的頭就是跟動物的頭不一樣。」

「那頭上的洞妳就知道是彈孔？」

「我猜是。」

「那頭骨呢？」

「我沒動。」

「都是妳自己猜的，又沒證據。」

「金牙齒。哥哥的臼齒有一顆是金的，那時候很少有人有金牙齒，那個頭骨有一顆金牙齒。」馬蘭嘆了一口氣說：「罪隔絕了我和上帝。所以後來我想，只有悔改信上帝，終生服事上帝，我才能擺脫這些。」

「可是我要出海的時候，妳明明就殺了豬，妳不是說因為殺了豬，大海才放我回來？妳到底信祖靈還是信上帝？」

「大海就是上帝，上帝就是祖靈，都一樣的。」

「跟這些都沒有關係。」

「你說什麼？」

「沒什麼。」

威郎幾乎要告訴她他的海上經歷，想跟她說命運是隨機的，跟 Utux、土地廟、上帝都沒有關係。沒有。

威郎跟阿怒認識的時候，就知道阿怒是那種揮霍生命，只求眼前，什麼都不怕的人，是另一種人。夏天時他們常翹課騎腳踏車到溪裡游泳，阿怒都會從中游「那棵樹」跳下水。「那棵樹」專指一棵巨大的紅楠。那棵紅楠並不算是沿溪最老的樹，但位置非常特殊，剛好從上頭的一條步道往溪谷中間伸過去，爬上去可以清楚看到馬路彎道、火車站和海岸線，下面就是溪谷。較年幼的孩子們常在盤根錯節的樹下玩耍，大膽的大孩子會從樹的中段跳水。而阿怒就像一隻大烏鴉蹲在樹冠幾乎支撐不住身體重量的最高處。

威郎還記得阿怒第一次跳的時候，大家看著他爬上樹，便開始激他不斷往上爬。阿怒就是那種為了想聽大家的驚呼聲頭破血流都沒關係的那種人。威郎在一旁膽戰心驚，滿手是汗。阿怒放開緊繃的樹枝一躍而下，似乎全無猶豫。

上遠洋漁船也是一樣，阿怒看到猶豫的威郎說：「只要我敢，我很快就比那些老鳥要吃得開，你跟著我沒問題的。」上了船以後，確實很快阿怒就比威郎更吃得開，他融入船上，甚至加入了見不得光的，遠洋漁船上做的另一種生意的小團體。

然後阿怒就失蹤了。

日後威郎不斷回想，都沒辦法確認阿怒失蹤前是不是有什麼異狀，這麼多年來，阿怒總是用他的方式，讓威郎遠離他所存在的那個複雜的世界，只是又總是把他拉進麻煩裡。他想起前一天晚上兩個人在甲板上抽菸，阿怒顯得有點焦躁。威郎問：「有麻煩嗎？」

「有。」

「跟我講嗎？」

阿怒說：「陪我抽幾根菸就好。」

隔天清晨，他找不到阿怒，問遍船上的人也沒有任何人回應，就像這個人從來沒有上船一樣。他遠望大海，陽光像是被流放到海上，比天空還要金光刺目，遠遠地彷彿有一截漂流木一樣的東西在海上漂流，不過一瞬間就看不見了。威郎找上了海上觀察員，跟他說有人失蹤了，但對方只是說了：「上岸再說，平安上岸再說。」

到了釣場後，釣繩把魷魚一條一條源源不絕拉上來，在燈光的照耀下就像一種從未見過的長穗花朵。那時威郎一心希望可以回航，但每當漁船滿載之後，隨即會有一些來歷不明的運輸船把漁獲載走，船在海上繼續作業，回程遙遙無期。當船終於回到臺灣的時候，甚至連他自己都覺得阿怒好像已經是非常遙遠的、前世認識的人了。

此刻他已經不想再相信什麼，什麼信念，什麼神，什麼捍衛，什麼對抗，人不會曉得自己的命運是什麼。他沒跟小美說，他希望能領走自己和馬蘭的兩份補償金，賣掉在海豐村的所有，到另外一個地方重新開始。「如果妳想跟我走，那最好。」他說不出口，覺得自己自私卑微配不上他們這種大學生。

而且他愈來愈知道，這兩件事是不可能一起發生的。當他這麼想的時候，只有上帝或 Utux 看到他的表情，只有此刻獵獵的海風，狠狠地鞭打著他。

第十章　深秋

只是很多村民都以為自己視力減退了，有時候他們連對街都看不清楚；衣服不能拿到外邊曬，因為乾的時候同時會積上很厚的一層灰，好像上了漿一樣粗粗硬硬的。他們有的人以前曾經在附近的幾條河淘過金，現在他們恍然大悟覺得自己愚昧無比，因為金就是土，土就是金哪。

「你的這些問題，我年輕的時候，不知道在腦海裡轉過多少次。」小林的老闆頭都沒有抬，一邊繼續寫筆記一邊說：「對大多數的動物來說，遷徙是常態，即使是最頂端的掠食者，也常常因為競爭的關係遠離棲地，遷村不會死人的，搞不好還是這個村子發展的契機呢。而且，就我所知，工廠跟政府那邊已經在調整方案了，有可能不用遷。」

「啊？」

「不用整個遷。我聽到的消息是，為了加快速度，計畫有往右邊移一點點。」

可是，最後我們提供決策的資料，是我們看到的全部嗎？小林沒有問。他只是用眼神做了提問、質詢，但因為老闆沒有看他，所以那也是無意義的。他想，也許正是因為知道老闆不會看他，他自己才敢這麼做也不一定。

小林把老闆的說法轉述給阿樂聽。從他第一次來海豐調查，轉眼已經快兩年過去了，雖然案子已經結束，但他每隔一段時間就會找藉口打電話給阿樂，問運動的進度，只要阿樂一說有新活動，他就找到藉口回海豐。他會等阿樂和抗爭夥伴開會後，邀她一起到海邊散步，聽她講遇到的種種難題。由於總是很晚了，只能藉著微光看清前面的腳步。

「我聽說了，但是他們會徵收靠東邊那裡的原保地，以後還要蓋火力發電廠，也需要很大的堆料場。」阿樂回答。她停了一會兒，轉頭向小林的方向：「你也這樣想嗎？」

「什麼？」

「關於讓地給水泥廠也沒什麼大不了的，像你老闆那樣的想法。」

不管在不在海豐，只要一個人的時候腦海裡就會聽到阿樂的聲音重複著這個問話，就像鬼影子一樣跟隨著他。他不知道該怎麼回答才不會惹怒阿樂，甚至也不知道該怎麼回答才是自己心底的真正想法。他很想理解這個女孩為什麼能這麼執著……這麼不易動搖，至少自己就做不到。

從小他總是怯於說出自己心裡的話，小學的時候，有一次他作文寫得特別好，那是學校在帶大家去阿里山遠足之後老師出的功課。他的文章不只描述了風景，還寫到他在林道觀察到一種指甲大的，琉璃色的小灰蝶。雖然不知道牠的名字，但當時他用那個魔幻的藍光來比喻自己偶爾會出現的一些微小念頭，天馬行空的微小念頭，就像那個藍光一樣，某個角度才看得見。老師把他叫來問：「文章是誰寫的？老實說，老師不會處罰你。」

他一開始沒聽懂老師話裡的意思，過了一會兒才明白。老師卻認為他的表情是默認了，沒等他回答，就說：「下次不要再欺騙老師，知道了嗎？作業就是要自己寫。」他知道解釋了也沒有用，所以索性不辯護了。之後他很少認真寫這個老師的作文作業，因為他想，自己的文章應該符合老師對他的想法——一個胖胖的、長相平凡的，文筆很差，沒有特色的孩子。

跟老闆的對話，他只跟阿樂講了一半，他心裡對老闆的質疑他沒有講出來，因為他怕一說出口就會讓自己也是共犯成為事實。呃，或者說，阿樂有可能會把他視為共犯的可能性。即使這可能性只有一點。因此他總是回答阿樂：「我還在想。」

只是聽到這樣的回答，阿樂一言不發地往前走，把她跟他的距離拉開。

這時空中飄起細雨，迷霧沉沉，山與海都失去了重量感，讓他陷入迷茫。

每次他回到海豐的時候都是中午，會先走一趟當時調查最常走的路段，檢查路旁芭蕉葉的老葉裡是不是有臺灣管鼻蝠，黃昏時再去小學看高頭蝠，晚上住進海鷗。但他再也沒有找到當時在工地附近的洞穴裡，他看過的一種尾部極短，生命力脆弱而敏感的小型蝙蝠。後來他拿了照片去問學校裡的老師，輾轉找到國內研究蝙蝠的專家，知道可能是臺灣無尾葉鼻蝠。他心底想，也許拿到學位以後，可以把高頭蝠的遷徙，或是臺灣無尾葉鼻蝠對生態擾動的反應作為自己長時間的研究議題。那樣也許自己也應該要搬來海豐吧？

回海鷗後小林會到海風酒店前面探探頭，如果阿樂在的話，他就會選擇她附近的座椅坐下。他身上總是背著相機，表示自己只是回來拍拍照。也許只有這樣，看起來比較像是旁觀者，只有這樣，他才能對抗心底那個不斷塌陷的窟窿，掩飾他對這個原本是陌生之地的奇怪愧疚感。

今天阿樂問他能否去一下自救會暫時的「基地」之一——小美的宿舍幫忙搬東西。阿樂說是校長知道他們會在小美的宿舍開會，過去都睜一隻眼閉一隻眼，但上星期突然要求小美要把非公務的物資全部都搬出去，而且不准再有校外的人再進到宿舍裡。

「否則就要承擔行政處分。」阿樂嘆了一口氣說。

小美覺得臉上的青春痘狂冒和這件事有關連，督砮安慰她說：「表示妳變年輕了啊。」小美知道參與抗爭之後，自己好像慢慢哪裡變了，但並不知道是哪裡變了。直到有一天在路上遇到已經上國中的「毛蟹」，把她攔下來聊天，分開的時候「毛蟹」突然回頭對她說：「小不點老師，妳都不笑了耶。妳剛來的時候很愛笑，我們欺負妳妳也一直笑。」

為了和其他環保團體的力量磋商、應付記者的訪問，以及自己的內心需要，小美幾乎把到手的一切關於水泥廠、火力發電廠、原住民保留地、礦業法的訊息一股腦地往腦子裡塞，這些過去對她而言都是枯燥乏味的東西，在消化後成為她的「盾」。她是這麼對阿樂說的：「要不然我會被那些問題射死……。」

沒有人的時候她會對鏡子裡的自己說：那些人只是想看到妳失態而已。不要在意，不要在意。但每一句對方的回話，還是讓她在意到早晨蜷縮在床上不願起身。

「有時候我也會懷疑理性討論這種東西。難道人不能因為感情做選擇嗎？」

阿樂覺得一口氣悶在心底，回答說：「運動裡不能。」

「為什麼？」

「就說你不喜歡，說服得了誰？」

「就沒誰要說服的，就是不想不要不行嗎？」

「妳一個人就行，要鼓動一群人決定一件事就不行。」

初來乍到的時候，小美把自己當成外來者，當時感覺尷尬，卻可以忽略不想。現在因為這個運動，她覺得自己站在小村的立場講話，應該有資格「成為小村裡的一員」了吧？但這麼一來反而跟多數的村民都像是有了隔閡——無論是那些贊成者還是反對者，他們眼神裡都會存在「妳不是海豐人妳不懂」的懷疑。不管她怎麼努力，都會覺得還不夠、還**不夠**。這跟她當初以為來到這個山海之地，從此就能自由自在的想像完全不同。

更何況有些事是真的讓她感覺害怕。幾天前她騎著小綿羊加油的時候，一輛越野機車噗噗噗地在她的前面停下來，趁著加油員去打發票，那個她並不認識的穿著花襯衫的平頭騎士，對她安全帽一側用食指輕輕地彈了一下就騎走。

她動不了。加油員要找給她零錢喊了她好幾次她都沒有聽到。回宿舍後她煮了水，倒進玻璃茶壺裡沖泡姊姊寄給她的香片，最後並沒有把茶倒出來，只是用那個玻璃茶壺暖自己的手。那輕輕的彈指就像子彈一樣，把她的體溫都帶走了。

隔天是區運會的聖火通過海豐村的活動，她帶著五、六年級的學生去海豐溪的橋邊迎接聖火。當舉聖火的隊伍從橋那頭遠遠跑過來，小美揮舞著鄉公所發給學校的區運會會旗又叫又跳，好像她真的認得那些運動員一樣。孩子們看到老師這麼投入的樣子都跟著興奮起來，甚至跳起舞來歡迎聖火隊伍。聖火隊伍沿路遇到的都是虛應故事，被派來出公差的學生，看到這個景象都以為自己真的那麼受歡迎而被鼓舞了。

但只有小美自己知道自己是在掩飾，她怕學生看見她掉眼淚。她自己也不知道為什麼，或許只是突然覺得，很多事都是一眨眼，一眨眼看出去的世界就完全不一樣。來到海豐的那年，從橋這邊看過去的地方只是在地圖上被劃為未來的火力發電廠和港區的規畫紙上的一個色塊，此刻那片海岸樹林已經完全不見了。也許幾年以後，在這裡迎接聖火的孩子們的學弟、妹，揮舞跳躍的那一頭就是煙囪和巨大的廠房。

孩子們喊著昨天訓練的口號：「好山好水好美麗，花蓮花蓮得第一。」只有小美輕輕喊的是她擬的口號。

「水泥強暴花蓮。」阿樂建議小美寫的口號可以改得更強烈一點：「我們到縣政府抗議的時候，比較會引起更大的共鳴。妳知道，臺北人連海豐在哪裡都不知道……。」

小美想表達一下自己的看法，但猶豫著猶豫著督砮就接著開口說：「口號我沒什麼意見，但是我要建議，那天我們帶一些水泥去，五十公斤裝的那種有沒有，事先分裝成小袋，運一車去，到時候撒在縣政府前面，讓他們感受一下住在水泥廠旁邊的感覺。」

「會不會太激烈了？」一個部落的年輕人說。

「你是說用強暴這個詞還是撒水泥？」

「都有。」

「激烈？以後我們都不能呼吸了還激烈。我們撒水泥不是丟水泥塊已經很那個了，很好了捏。」

督砮想，如果 Tama 沒生病的話，可能會覺得這個也太不激烈了吧。半年前開始，督砮每回活動時都帶著烏明一起，這不只是為了湊人頭壯聲勢，還是因為烏明的病情又發生了改變。他認得督砮的時間愈來愈短，但變得愈來愈多話，跟之前把自己封閉在房間的狀況完全不同，他變得熱衷出門，抗議督砮軟禁他，好幾次甚至單獨行動離家。當然，在部落裡每個人都認得烏明，出去逛逛如果真的身體出了什麼狀況大家都會幫忙。只是比較讓督砮頭痛的是，烏明有時會帶上那把Murata。因此督砮把槍用油紙和防水袋包好，藏在院子裡的一處廢木堆裡。

為了看著烏明，督砮只好做什麼事都帶著他，「就好像生了一個小孩。」督砮對小美說。

「很累吧？」

「說真的，我不敢跟別人說，我沒想到他生病以後，還活那麼久。」

「老爸活得久不是應該高興嗎？」

「我不曉得人活得久有什麼好高興的。特別是像他那樣。」

幾次之後，督砮發現烏明很喜歡抗議的場合，有時他會很興奮地問：「這麼熱鬧，什麼祭典？」即使聽不懂口號，他也會跟著舉手大喊，給他雞蛋他丟得比誰都遠。

有一次他吃便當的時候突然問：「這是在幹什麼？」

督砮回答：「抗議水泥廠。」

「水泥廠會怎樣？」

「把山挖空了。」

「對，山不能挖，一挖什麼都不對了。」烏明回過頭來問：「那你是誰？為什麼對我這麼好，要來保護我的山？」
「我是你兒子啊。」
「你是我兒子？」
「嗯。」
「那他們為什麼要挖山？」
「說一百萬遍啦，蓋水泥廠啊。」督砮無奈地說：「別管了，跟著我喊。」他拉起烏明的手——綁著抗議的黃絲帶的手，把大聲公放到烏明的嘴巴前，帶領著烏明喊：「水泥強暴花蓮！」「讓煙囪倒下去！」「財團圖利，山海陪葬！」督砮從來沒有想過，有一天會這樣牽著 Tama 的手，舉起他的手。

阿樂倒是很高興有烏明在。部落裡上一輩的老人家雖然知道要蓋水泥廠，卻對水泥廠是什麼毫無概念，只知道有人要出錢買他們那些種了少少玉米、小米，或什麼都沒有的荒地。每個禮拜都有人敲門要他們簽名，對他們說簽完名就可以領一筆錢，錢愈喊愈高，有些老人家甚至覺得這是「好事」。那些原本被他們說服的立場堅決的，也都開始鬆動了。烏明在隊伍裡的意義就是，他們會好奇同輩的「烏明來做什麼？」所以也會主動問更多細節。

自救會拿另一個在國家公園裡的部落做例子，那個村子的人被水泥廠騙走簽名後，常常都在爆破聲中驚醒——「把山豬都嚇走了。」

阿樂常常回想起第一場抗議的情形。當時他們還不知道要找「誰」抗議好，就當成一次的暖身，糾集了一些大學生、環境運動人士和理念相近的族人到鄉公所門口拉布條喊口號。當時的標語是「尊重原鄉，拒絕迫遷」。因為當時大家商量後認為，談水泥汙染可能很多老人家聽不懂，遷村卻很清楚，就是「那些人又要來叫我們搬家了。」這點會讓這些擁有被遷過來遷過去記憶的長輩感同身受。

那天大概喊了半小時的口號後，理著小平頭的賴鄉代表出來和隊伍對話，宣稱他也反對遷村：「我們的意見都一樣的，我也反對，我會把你們的意見反映上去。」

過了一陣子，她從小林那邊知道，遷村的計畫已經改變，水泥廠的投資者和那些代表們，將計畫做了修改。這麼一來原本規劃為「新海豐」的地方反而變成宿舍和部分廠區，而舊海豐不動，徵收土地的位置往另一個方向移動，這麼一來，就把那些代表、鄉村里長、有力人士這段期間透過關係用人頭買的地畫了進來，真的要遷居的那十來戶已經大致底定，所以他們所在的那個區塊就優先動工，形成了既定的事實。阿樂在想，這會不會本來就在這些人的算計之中？讓他們抗議老半天卻搞錯了重點？

另外讓阿樂最頭痛的就是，許多老人家常常在雙方力量拉鋸時都說「看誰對我好我就聽誰的。」水泥廠找了很多的理由辦「熱鬧喝酒唱歌」的活動，最近的一次是元宵節辦了人人都有獎的抽獎活動，一時之間無論是贊成或反對的村民都跑來排隊了。本來歌唱比賽還要辦在海風酒店，但她說服玉子拒絕掉這個生意。

儘管自救會這邊努力挨家挨戶去說服村民不要參加，但像巴騰就會回話說：「去唱歌有什麼關係？我不但要去唱歌，還要拿獎品，把他們拿到窮了，就沒有錢蓋水泥廠了。最好不要只是元宵節送，什麼端午節也送、婦女節也送、光復節國父紀念日什麼的都送……送死他們。」

「可是送也是送很便宜的東西啊，什麼米、香菇，可是以後你們失去的是乾淨的空氣、水和……。」

「也是有機車跟電視機哩，積少成多啊，以前你們老師也會這樣講啊。我們就去拿，把他們拿到窮，我們也不會一下子就答應嘛。」

雖然一樣住在大花蓮，但也許是自己現在已經是外地人了，阿樂忘了這幾年的臺北學校生活學會的那一套語言，早就沒有辦法對應村子的那一套語言。

自救會不得不把運動的方針和口號重新調整過，變成針對拒絕水泥廠的汙染。這時的難題就變成：村民們沒有人目睹過水泥開採是什麼樣子，他們甚至連汙染這個詞都覺得陌生。會有共感的更多是從城市來支援抗議的大學生、其他環境團體的友軍，以及一些大學教授。於是，就更落入一些地方政客的話術：「帶頭的都是那些外地人，不懂部落的臺北人。」

於是眾人又想，那就順著這個勢，把戰線擴大。但愈是這樣，阿樂便愈直覺，雖然報紙也報導了抗議，但**這邊**的力量卻好像仍然在一點一點的流失中，好像更顯得海豐在整個島嶼的命運裡無足輕重。這種感覺好像踩在沙坑裡，每一道海浪過來就把她腳邊的沙掏空一些些。

為此她變得十分易怒。像前天那場抗議，她發現部落裡一個阿姨並沒有把發的雞蛋全部丟出去，而是把幾顆放進包包裡準備帶走。阿樂就走過去拉高音調說：「阿姨，這些雞蛋是大家捐錢買的，拿來抗議要丟的。」

「我只拿兩顆而已。」

如果是平時，阿樂一定會用撒嬌的聲音跟阿姨說：「不要啦，我下次用三顆蛋炒飯給妳吃」，然後兩個人一人一顆丟出去。但那天她就不是這樣說的，她說：「兩顆夠嗎？要不要整箱都拿走？整箱都拿走啊，拿啊。」

這時候戴牧師默默地走過來把身體擋在阿樂和阿姨之間，笑笑地說：「不用下次，嘎蘭，這兩顆本來就是要給妳的。阿樂昨天沒睡好，跟妳開玩笑。」

遊行解散之後，阿樂沒上小美的機車，她跟小美說：「我要走回去。」

「妳神經啊，走回去要走一天不止，現在都這麼晚了。」小美硬把她拉上小綿羊，但騎到崇德的時候，阿樂還是要求停車讓她下來。

「這裡很近了，我走得回去的，沿著海灘走也走得到。」

「哪有路，拜託。那裡斷崖哩，現在漲潮哩，好啦好啦，我陪妳啦，走一下再回去。早知道剛剛就買啤酒。」

她們走在礫石灘上，浪聲巨大，海跟天空不是純粹的黑暗，而是像綢緞般的墨藍，浪拍打岸上時，捲起白色的泡沫，有的泡沫飛起來，像雪花一樣飄在空中，好像把她們裹在虛幻的、不存在的雪景裡。阿樂覺得一切都跟這些泡沫一樣，易碎而不確定，她不知道「對手」是什麼，但她好像也不確定夥伴之間真正在想的是什麼?運動會不會到最後就這樣散了,一點痕跡都沒留下?

「上次我跟小林在海豐那邊的海灘散步,問過他一個白癡問題,為什麼海是藍色的,海浪卻是白的?」

「他怎麼說?」

「他說就跟啤酒一樣,包著空氣的液體看起來比較明亮,所以看起來就變白色,但其實不是白色。就像海的顏色也不是真的藍色。好好笑,泡沫不說泡沫,說什麼包著空氣的液體。」

「他就是這樣啊。」

「嗯。那天剛好也有這樣的泡沫海,我問他為什麼會有泡沫海?」

「為什麼?」

「他說這個的話他也不知道,可能是有什麼有機物吧。」

「他也有不知道的事啊?」

「多著哩。」

她們沒有再說話,只是一邊走著一邊聽泡沫,以及腳踩在礫灘上像是有人骨骼被踩斷的聲音。

「我有點怕。」阿樂說。

小美沒有問她怕什麼,想都不想就回答:

「還好妳說了。要不然我以為妳什麼都不怕。」

把自己綁在柱子上

當周傳道和戴牧師都參加了這次阿樂所謂「孤注一擲的」抗爭的時候，兩個人走在隊伍上時並非完全沒有尷尬。但他們還是在彼此的上帝的看顧之下對對方點了頭，然後不約而同地默默走到了遊行隊伍的兩端。

周傳道沒有跟任何人提過自己為什麼**始終**選擇站在自救會這一邊。那是一次春季靈恩布道會的結束之時，講道完疲累的他坐在教會後面的長椅上喝口水，他聽見聖靈在耳畔說話。由於他對所有的聖典都已經熟記，所以即使非常小聲，他還是知道聖靈說的是：「**因為預言從來沒有出於人意的，乃是人被聖靈感動，說出神的話來。**」這是出自《彼得後書》。

直到周傳道在自救會第一次公聽會發言那五分鐘，他深深感覺自己說出了「神的話」，既然有這種感覺，表示自己就是在對的道路上。

相對來說，戴牧師的理由有公有私。由於戴牧師所在的教會，始終在政治上是站在執政當局的對立面，因此反對這個「愚蠢」政府的一切，已經是他從年輕以來的日常了。至於個人的因素，則是因為對於周傳道教會名稱上那「真理」兩個字，戴牧師總是不願就此放手給對方。除了牧師外他還是一個資深木工，他把收入分成三份，一份給教會，一份給家庭，一份就捐給了自救會。他覺得自己的行為，或許更襯得上真理兩個字。

活動預計從火車站出發，然後分兩路遊行走到縣政府會師，接著在縣政府前空地靜坐。

「能坐多久坐多久。」阿樂在出發前演說的最後這麼說，不知道為什麼，這句話沒有真的鼓舞起士氣，反而大家都聽出有一種悽愴之感。

「水泥強暴花蓮！」

「是誰讓水泥廠的煙囪站起來？出來面對！」

「水泥擴廠，禍害萬年。」

督砮看著從全島各地趕來助陣的人群，當初在臺北那個寒傖的錄音室錄 Truku 歌曲的那種激動竟然回來了，那是一種在低度報償下，往意念想去的地方的感受，就像歌唱到了尾聲的高潮，而聲音竟然到了自己以為到不了的地方的那種感受。他因此臉頰發亮地轉過頭去跟小美說：「這次我們說不定會成功！」

小美並不是沒有被隊伍的氣勢鼓舞到，但她的心底卻想，成功什麼？怎麼樣算成功呢？村子能回到原本的樣子嗎？那些人難道不會捲土重來嗎？

到了縣政府的時候，漸漸他們發現大家的口號並不一致。在人群當中，似乎還藏著另一支隊伍。那些人漸漸地聚到了一塊，當這邊喊：「水泥設廠，貽害千年！」的時候，他們喊的是：「拒絕低價徵收，爭取合理補償！」

阿樂調整一下自己的呼吸，因為那些聲音也是來自熟悉的人，威郎、歪脖子尤道村長都在裡面。

督砮這邊在天色還沒昏暗以前，把一包一包的水泥撕開包裝以後往天空撒，一時之間廣場前煙塵漫漫。大家把手中的水泥都拋撒了之後，又把手上的水壺裡的水，澆灌在地上的水泥灰上。雖然沒有人去攪拌它，但水泥吸了水之後還是緩緩凝固，在地上形成一條形狀奇怪的水泥河流，隨著時間過去逐漸堅硬。另一頭的隊伍卻只是看著這一切。也許是因為天氣的關係，當夜色來臨的時候，督砮、小美、阿樂感覺自己的身體都冷下來了。

當天晚上如同自救會的計畫，選出幾十個人輪流靜坐，「坐到縣政府回應為止。」休息的人則到市區支援者的家裡睡覺，再回到隊伍裡來。不過到了第二天晚上，人數只剩下十幾個人，另一支隊伍則早已解散回村子去了。

第三天小美騎著腳踏車回歸廣場時，發現車站有鎮暴警察集結，她趕緊通知阿樂，把留下來的十幾個人聚在一起開了緊急會議。

「晚上他們一定會動作，那些警察是外地的，我們不認識，但我們不能退。」會議決定讓督砮臨時到附近的五金行買了十幾條鐵鍊，發給願意把自己綁在廣場前水泥柱上的人。周傳道、戴牧師都響應了這個行動。督砮問了烏明，烏明雖然不知道要綁起來做什麼，卻欣然回答說：「好啊，我綁起來就跟樹一樣動都不動。」

小美在旁邊拿相機拍照，在鏡頭裡，和警察的隊伍相比，他們實在太渺小了，她看見了真正的力量差距。

留下來的人之中有一個年紀最大的人瑞，很多人都不會直接叫她的名字，但大家都叫她「那個誰呀」。阿樂問「那個誰呀」說：「Payi，妳知道我們在做什麼對嗎？」

她點點頭。

「妳願意留下來嗎？」

她點點頭。

「謝謝謝謝，但是妳年紀大了，我想就不要綁了。」

「我想要綁。」

「啊？」

「不要讓那些警察太輕鬆，呵呵。」

當行動開始時，有一個人去而復返，那是始終走在隊伍最後面的老溫。他聽說晚上警察可能強制驅離，而留下來的人準備把自己綁在擋車柱上的時候，他就叫了計程車再趕過來。他說：「雖然不關我的事，但我也想綁一綁。」

只有經歷過痛苦的人才會知道，痛苦不總是在夜晚時降臨，痛苦來的時候先是扭曲了空間，讓一切變得更為緊密、扎實，不可移動，感官失去作用，物體失去自身的面貌。然後，它會出人意表，硬生生地把人擊倒，讓人無論在什麼地方都得面對黑暗，思緒翻滾，讓精神的心電圖留下一條直線。

當警察拿來大剪刀，把一個一個人身上的鐵鍊剪除，拖上車子載走的時候，肉體上的痛苦為每個人帶來了一種激昂的獻祭感。但隨著自己像物品一樣被丟在路上，迷惘就尾隨而至。督砮回到車站開來小貨車，把被警察分散丟包的抗議夥伴，一個一個「撿」回村子裡。

那次之後，晚上的海風酒店，愈來愈少來開會的村民，愈來愈多外地人來喝酒唱歌。在孤獨的、角落的那張桌子，督砮的提議愈來愈激烈，但大家卻似乎像溼掉的木材，很難點燃了。

「我們也許可以把蘇花公路弄坍方、弄斷。」

「我們把那個鐵皮圍牆弄破，進去種地，聲明我們的土地權利。」

雖然如此，每次在會議結束後，阿樂都還是試著用同樣的口號作結：

「剩一個人我們都應該站出來，變成水泥塊我們還是要站出來。」

「敬海豐。」「敬海風。」

「我們有山刀。」

阿樂終於看明白運動已經接近尾聲，應該是大遊行一個月後的那個星期六下午。

那其實是一場例行的小型抗議活動而已，阿樂和督砮開著一輛發財車，一邊在海豐、海富宣講，然後再到海樂和「友軍」會合。有一段時間督砮沒有理髮，所以頭髮已經長到可以綁起馬尾。督砮特地幫自己和烏明綁上紅色編織頭帶，那頭帶前鑲著一串白色圓形貝飾，貝殼是督砮撿的，小美則幫忙編織。督砮的腰帶上還會斜插著一把大約兩尺長的山刀，是一個賽德克的朋友送他的。他開車來接阿樂的時候刻意拔出刀來，一手揮舞，一手替她開車門玩笑似地說：「不用怕，我們有山刀！」

但車子繞行的時候，默默地就有四、五輛警車圍著他們的四周，好像他們是什麼重要人物似地保護著小發財車。他們有點不明白為什麼，畢竟只是一場很尋常的抗議活動而已。督砮聽出站在車斗的阿樂的聲音和平時不太一樣，有點太過激動而微微發抖。這天聽到廣播後出來打招呼的村民很少很少，應該說，是每一趟都愈來愈少。

以後如果你們的房子剛好還在開發區的話……。

這些房子就是你們的了。透天的哩。

水泥廠是我們的衣食父母。

大家趕快把地登記到自己的名字下。

你告訴我，住在海豐，除了獵人、種東西的人可以每天回家，那些到外地工作的人一年回家幾次？水泥廠來了，發電廠蓋了，我們就能在村子裡生活、工作，每天回家，你告訴我這樣有哪裡不好？

你告訴我。

站在車斗上的阿樂和督砮的耳畔，迴盪著這段日子聽到的一些耳語，或當面的質疑。運動愈久，這些質疑停在自己的腦海和耳畔的時間就愈來愈多、愈來愈揮之不去。

上星期阿樂的媽媽打電話給她說：「有人來我們家喝茶，說妳家的女兒很厲害喔，帶頭喔，很厲害喔。妳知道嗎？」

「我知道，所以呢？」

「妹仔，順妳个心，其他無愁。」爸爸搶過話筒對她說。

兩人都沒想到一過橋，等在路口的是幾十名警察。不，另外一批警察從橋的兩側包圍過來，恐怕加起來有好幾百人吧。督砮把車速放慢，警察便往前跨一步、兩步、三步，把車子像獵物一樣困住……他往後看，透過玻璃窗只能看到阿樂的下半身，他沒辦法從她的下半身看出她的情緒。只聽見她還一直用大聲公講著「不公不義、不公不義！」那聲音一樣激切，卻有些遙遠。

督砮怕獨自站在車子上頭的阿樂出了什麼意外，於是把車子停下來，跟烏明說：「你別動，我上去看一下阿樂。」跳上車斗後他和阿樂對了一眼，從阿樂的手上拿走麥克風，大聲喊：「沒有人能夠把我們趕離開祖先的地方，沒有人可以鏟平山。」他大喊：「我們有山刀！」唰一聲把刀拔了出來。

眾人都沒有想到會這樣。阿樂心想——「我們」只有三個人，其中一個是坐在副駕駛座，連發生什麼事都不知道的烏明，而且只有督砮有山刀。這是一個多麼小的數字，或者，它是一個很大的數字？

車子外陽光明亮。東部就是這樣，只要是晴天，即使是冬天也會讓你誤以為是春天來了。阿樂發現，冬天陽光雖然明亮卻和春陽完全不同，更像是一種礦物，冰冷的、人造的，一種超乎真實感的強硬。

那群警察冷冷的，沒有說話也沒有表情上的回應，看著拔出山刀的督砮和她。這時候，車子突然一陣噗噗噗地吐氣與震動，熄了火。四周安靜了下來。

那一瞬間阿樂**重新**想起自己為什麼會在這裡。這幾年來是她活得最真實的時刻，她覺得自己活在一種信念裡，她喜歡這樣的自己。她還記得畢業那天，自己開著一輛借來的二手速利，以超過七十公里的速度從北部繞行當時堪稱危險的沿海公路回家，她沿路打方向燈，變道，超車，打方向燈，回到原車道，然後看見海。當時蘭陽平原依然一派鄉間景色，直到另一段沿海公路出現，逐漸上行，森林在右，海洋在左，像一道從不消失的邊界，在陽光的照射下，強烈得毫無陰影。那時的幸福感也沒有陰影，它是純粹的，不加稀釋的，沒有雜質的。那個時候人生之路就在她腳下，一切都可能發生。一切都有可能。現在不再是那樣了。許多事發生了，而發生過的事為可能發生的事提供了前提。

她哭了，不是因為害怕，而是想起了阿爸那天搶了媽媽電話講的那幾句話。阿樂的記憶裡阿爸總是顯得矮小，但在她小時候，她覺得他很高大，特別是讓她跨坐在肩膀上的時候。阿樂會看見從來沒有見過的畫面——公園裡夏天垂著絲降下的蛾類幼蟲、書架上的灰塵、好像可以摸到的雲，阿爸的白色髮根，和家門附近騎樓一個特別低的燕子巢……阿樂不敢告訴阿爸，很早她就看過在巢裡死去的小燕子。牠們裸著身體，歪著頭，跟睡著了沒兩樣。但阿樂知道牠們「不在」了。「去囉」、「無佇咧」（不在）、「走囉」，阿嬤為了避免提到死，總是刻意用其他的詞去取代它。當阿爸問她小燕子可愛嗎？她回答說：「可愛。」

阿樂搖搖頭，想把這些畫面和念頭從腦海裡搖出去，讓自己回到現實裡。現實裡的她和督砮還有烏明，正站在一輛熄了火的宣傳車上，面對幾百名警察。

督砮則想起他們用鐵鍊，各自把身體綁在縣政府前面水泥基樁上的那個晚上。幾個月之後，有議員在議會質詢縣政府司法不公，因為檢察官辦了一樁議員的賄選案，卻沒辦抗爭者撒水泥這些「現行犯」。議員在議場外對記者說：「這實在太不公平了，劉議員的賄選根本沒有被當場抓到，但那些撒水泥的暴民大家都看到，竟然還不動起來馬上辦？」

現在不就辦了嗎？幾百個警察包圍我們，而且我們只有三個人。

阿樂覺得自己從來沒有那麼孤獨過，那種孤獨感讓她的怒氣與勇氣倍增，她搶過麥克風，近乎歇斯底里地喊：「你們知道你們在保護誰嗎？你們知道你們保護他們做什麼嗎？喂，對面學校的老師們，小朋友，你們知道嗎？」會這樣說是因為過了橋就是海樂國小，她太想趕走這種孤獨的感覺，好像她是在一個無人的村子裡抗議似的，她希望小學裡的孩子或是老師打開窗戶探個頭，即使當她是個瘋女人都沒關係。

只是下一秒她突然想到，今天是星期六下午，對面學校其實空無一人。而當天晚上她才知道，海樂準備和他們會合的人，被警察隔在好幾條街以外，連他們的聲音都聽不到。

這時候烏明突然打開車門走下來，第一時間只看到他變形的那隻手竟拿著一根深黑色的東西，很快地督砮發現，那是自己藏在木材堆裡，用油布包好的 Murata。

走下車來的烏明，引起警察們一陣騷動。他就這樣單手慢慢舉起沉重的 Murata。

正當他們不知如何是好時，本來遠遠的廣播聲愈來愈大。直到這一刻眾人才聽清楚，廣播說的是：

天國近了。

天國近了。

天國近了。

督砮從車斗跳下去，把烏明推進副駕駛座裡。而那聲音持續用一種冷靜、單調的聲音宣告：「人皆有死，所有的人都會迎接死亡，所有人都會接受死後的審判，因為天國近了，我們要認我們的罪。」

毫無意識的直覺反應，警察和穿著白襯衫的指揮者退出窄橋讓出一條路，讓傳教車開過來，車子經過他們旁邊，車裡的兩個人是戴牧師和開車的周傳道。車子用極其尋常的速度，若無其事地開近督砮的發財車。

宣教車繞過了督砮的發財車，督砮把車重新發動，迅速打了倒退檔，跟著宣教車一正一反過橋，然後倒轉車頭離去。這時候督砮才發現烏明的褲襠整片都溼了。

黃金村落

鄰近海豐的新水泥房子很快蓋起來了，住進了一批穿著體面，上班距離工地不到一千米還要開車的人。面向大海，預備做為未來的港口與發電廠的工地，則用貨櫃排成一區一區的回字形的宿舍，乍看之下彷彿迷宮。村子陸續出現數千名工人，他們的深沉膚色和 Truku 並不相同，說著這裡沒有人聽得懂的話。其中一些人一到火車站後停留幾天就被接走，據說是到更南方的一間未來的渡假村挖掘人工河，留下的工人則開始勤懇地澆灌水泥造港，或派到山間挖掘豎井以及豎井連通道。

那些日領近一千美元的工程師站在高處或者是冷氣貨櫃裡指揮他們使用鑽探機，垂直的井底下的砂石不斷隨著電動吊具運上地面，然後歡快地沿著電動軌道往下滾，送到港口填海。負責打通豎井和豎井之間連通部的工人則使用火藥爆破，再靠頭燈和手上的鑿子一寸一寸往前。一些帶領他們的本島工人則遵循老方法，仍然帶著金絲雀下到山的裡面去。那幾隻金絲雀沒有死去但也沒有活得很好，牠們啾啾鳴叫著好像希望另一個豎井坑的同伴能聽見自己。

豎井底部的空氣凝重熾熱，讓人好像背了十幾公斤的裝備一樣。雖然大型的抽風機持續運轉，但工人們依然無視規定脫得只剩下內褲。他們的四肢被不知名的昆蟲叮咬，抓搔後流膿結痂，勞動而結實的胴體因為長期在地底工作而漸漸變成一種沒有血色的黑，好像一種被商人稱為皮革黑的大理石所雕出的石像。

下工鐘敲響時他們在山裡穿上依然潔白的內衣緩步下山，只有領口和下擺被自己黑色的手抓出手印。同一時間海邊工區的造港工人則連睫毛上都沾黏著水泥粉末，騎著腳踏車同時往宿舍移動，他們一邊喝掉水壺裡剩餘的水，一邊走向大眾洗澡間，這時他們已沿路脫下身上所有的衣物，用奢侈的熱水洗去黏附在他們胸膛、脊背、大腿上的灰泥與汗水，把自己從不辨五官的狀態裡拯救出來。

在這個異鄉土地，陌生海洋旁的村落，他們一周被允許擁有一天的假日，去貨櫃作成的臨時禮拜堂做禮拜，或騎著腳踏車去村子裡採買。參與抗議的戴牧師應聘作為講道牧師，因為他認為上帝會希望他不放棄任何一隻羊，所以即使立場不同，依然值得去服事。

穆斯林則沒有獲得任何一個貨櫃，因為他們平時已特別被允許可以在工地用衣服或是回宿舍後在床上鋪上祈禱毯，朝阿拉所在的方向禱告。

偶爾工人們會在村子口張望，但海豐村的村民卻很少往他們那邊看，就像害怕看到什麼他們不願意再回想起來的事似的。

一開始只有很少的海豐村民接受了工廠的條件，進去工廠工作，因為簽下交易合約的海豐村民感覺自己不同了，好像屬於新海豐人，而不是舊海豐人。有一回小美跟阿樂說，她聽到一種說法，那就是：「抗爭是假的，是一種手段，不過是村民要更高的補償金而已。什麼正義啊、環境啊、未來啊都是幌子。搞不好其中幾個參加抗爭的城市人根本是雇來的。」

這種說法比那天被警察包圍更打擊阿樂的自尊。確實，最後徵收金比一開始漲了十幾倍，這個「漲價」的過程就跟運動的降溫成為兩條對比的曲線。當發放最大一筆徵收金的時候，好幾個牌子的車商不知道從哪裡來的消息，從臺北直接開了嶄新的跑車來到村子口停著。許多年輕一代的土地繼承者才剛剛用紙袋領到現金，出了郵局門口就把錢交給了車商。

鄰村那個姓王的村長，要從家裡到幾十公尺外的村民辦公室睡午覺時，都會開著一輛保時捷。村民們私下傳言從計畫還沒有曝光的時候他就陸續收購了幾十公頃的土地，連同祖產，領走了八億的補償金。從此村民就私底下叫他「王八億」。

買了新車的村民不曉得買了車之後要做什麼，他們工作的地點在山上、海邊，怕弄傷車子，而且親戚們都住在同一個村子裡，不需要長途跋涉去拜訪，買了名車不知道要開去哪裡，只好一大早開著車到幾十公里外的富世村吃早餐。如果你問他這樣不是很麻煩也很浪費油錢，他會文不對題地回答：「這個車很好耶，不開會壞掉。」

一些突然抽屜裡都是現金的太太，則騎著機車到鎮上的市場買菜，她們買了三、四百塊的菜，卻付了一千塊，報復他們沒有回家的丈夫。一些沒有地產的村民借錢買了計程車成了計程車司機，因為那些從日本、韓國、德國來的技術人員不願意住廠區蓋出來的粗製濫造的宿舍，每天來回於海豐和花蓮之間，回到他們長住的五星級飯店。他們來回一趟付兩千塊錢，有時候因為鈔票沾黏多給了一張也不在乎。

開始有村民說這蓋的不是水泥廠，是黃金廠，答應他們實在是太聰明的決定，海豐會變成黃金村。黃金村的居民每天要喝掉堆滿一間房子的酒瓶，那些堆積如山的酒瓶蓋亮澄澄的也像黃金。雜貨店的小妹妹甚至把收酒錢當成職業，一些老人家因為沒有拿過這麼多現金，也不知道怎麼去銀行開戶，於是付錢請同村的女孩幫他們看家。

隔壁海樂村的卡車司機貸款買了日本最新款的進口卡車，他們相信運送水泥將會是他們養活一家的終生職業。各地的幫派分子也紛紛來到，他們租下村民的新房子，掛上營造商的招牌，每天在裡頭泡茶、聊天。當水泥廠、發電廠、碼頭工程的相關案子需要圍標的時候才會「上班」。通常他們只需要出現在投標案前的幾場私下宴會裡就行了，根本不用把床底下的手槍帶在身上「工作」就完成了。

不只一家酒店在海豐開了起來，當然，最老牌的還是海風酒店，它一度擁有二十一個小姐，還有魅力非凡的老闆娘玉子。

只是很多村民都以為自己視力減退了，有時候他們連對街都看不清楚；衣服不能拿到外邊曬，因為乾的時候同時會積上很厚的一層灰，好像上了漿一樣粗粗硬硬的。他們有的人以前曾經在附近的幾條河淘過金，現在他們恍然大悟覺得自己愚昧無比，因為金就是土，土就是金哪。

他們個個興奮無比，看著那些管道、水泥樁、鋼架以及排氣煙囪，就像異世界來的另一種巨人。而且無論是祖靈、媽祖、土地公或是上帝都沒有告訴過他們，有了錢以後，會這麼捨不得今天就這樣過去，對明天的到來如此期待。

海風酒店II

玉子接手海風酒店愈久，就愈感受到或許自己在開的不是一家酒店，雖然這一切不過是在一、兩年內發生的事而已。

一生喝了太多酒的娜歐米經歷了一次生死關頭，她在計算退給中間商的啤酒瓶時突然看著對方露出疑惑的表情，然後就身體往後倒，撞上整排的啤酒籃子倒了下去。大家都說，終究是酒救了她一命。玉子緊急把她弄上菜商的發財車，一路哐哐哐地和滿車搖晃的酒瓶開往鎮上的醫院。兩天後娜歐米轉往市區的醫院，再轉往臺北的醫院動了手術，回來的時候已經只能用眼神講話了。

娜歐米用眼神告訴玉子說：「海風酒店就麻煩妳了。」

玉子回答：「沒有問題。」

這間酒店從此不再是一家酒店，它得要養娜歐米、小鷗，以及從小就對匱乏充滿恐懼的玉子。

娜歐米除了海風酒店以外完全沒有田地，而海風酒店正好就在舊海豐和新海豐之間，是不用徵收的一幢房子，因此她是村子裡少數幾乎拿不到任何補償的人。對玉子來說，她同情那些想留下舊海豐，痛恨水泥廠的人，她也理解那些偷偷摸摸把舊海豐賣掉，簽下契約的人。當工廠還沒有獲得全部的人的授權，就強制進行開工典禮的那一天，玉子也跟著抗爭者到了現場，她看見幾百個警察替怪手開路，自救會卯盡全力只發動了十幾個人——他們最後只能躺在地上擋怪手，然後像屍體一樣一個一個被抬走了。那天晚上督砮和阿樂被放了回來，他們在海風酒店喝酒時悲憤地說，可能那些警察還以為我們在耍猴戲吧。督砮上臺唱了〈戀曲 1990〉，大家都尷尬地打著拍子。

開工後她看見那些和 Truku 不同的黝黑法的「外勞仔」一車廂一車廂地被運來，送去那些像迷宮一樣的貨櫃屋裡，隔天就像螞蟻一樣開始上工。這時海風酒店的陣容已經日趨完整，小蘭來自南方一點的阿美族部落，可可則是和她年輕時候一樣的蹺家女孩，甜甜則是從金門回來的 Gabaw……。

她要她們分配工作，有人早晨騎娜歐米的機車去小鎮市場採買，有人負責做菜，有人把那些菜裝到幾個鋁桶裡，配上一大桶飯，推到廠區的鐵欄杆外叫賣；有人則積極練歌，不能有任何一首在點唱機裡的歌不會唱。有人練探戈有人練吉魯巴，有人學看股票，有人甚至練起英文、德文和韓文，為了那些日收入一千美元的工程師。

廠區雖然也有提供餐點，但工人們就喜歡掏出錢來跟這些小姐買這種「活動的自助餐」。晚上加班時小姐們熬了粥，推到廠區外面，從來沒有剩一粒米回來。漸漸地他們之間學會了手語和口語的混雜溝通術，小姐們竟然就學會了做印尼菜、菲律賓菜，中午和消夜的廠區外頭，儼然開了一家東南亞自助餐。

放假的時候，移工們除了留在宿舍區裡打排球、打籃球、踢足球外，也被准許可以輪流到港口釣魚。這些人當中比較大膽的，就會沿著海岸找到沒有圍籬的地方，偷偷摸摸到新海豐和舊海豐交界的海風酒店。玉子特別在後面開闢了一個專門提供給這些「坐火車來的」大包廂，讓他們可以自行料理釣上來的魚，並且提供一臺特殊歌單的卡拉OK讓他們可以唱故鄉的歌，或者和語言不通的小姐們談一個小時的手語戀愛。

海豐的住民本來就擁有一種對一切外來者一視同仁討厭的性格，因此接納他們的海風酒店，被視為是這個海岸唯一的溫暖燈塔。那些獲准外出釣魚的工人，會把釣起來的魚放在海風酒店旁邊海產店的水族箱裡，留給玉子和她的小姐們。於是海風酒店的菜單裡永遠不缺乏鮮魚。

玉子希望連魚都盡其所能，她派了一個和警察關係最好的小姐多多，跟她的警察客人傳話說，如果任何警察想吃海鮮的話，那家海產店的魚永遠免費提供、免費料理。

玉子也會請在她店裡欠下酒債與歌債的工人，偷偷在清晨回去廠區前幫忙打掃只有夜間值班警員的警局。因此雖然整個村子因為工廠開工後總是煙塵漫漫，但警局總是一塵不染，就像剛建好的時候一樣簇新。

村子裡也來了一群陌生人，他們住在新的透天厝裡，招牌上寫著○○營造或○○茶行。玉子花了一些時間去辨識哪間公司的背後是四海，哪間是洪門，哪間是竹聯。她能讓他們在這小小的三層樓透天厝裡的座位巧妙錯開，你看不到我，我看不到他。

當然，還是偶爾會發生衝突，衝突是警察不允許的，後來跟風開起來的幾間小吃店、卡拉OK、酒店，有的就因為打架被警察強力停業了。還好玉子還有一種特殊的敏銳，她總能提前在酒客的瘋言瘋語中，聽出衝突的可能性，整個晚上她都會一桌一桌敬酒，一桌一桌觀察並且站在旁邊聽他們的對話，在衝突可能會發生前，玉子就想辦法讓一切煙消雲散。

遇到無法安撫的狀況，玉子則會放軟音調跟酒客說：「大的啊，我也對你袂穤（bē-bái），我也希望你後擺閣來，按呢啦，頭前廟埕邊仔彼塊空地真闊，恁去彼爿處理好無？」有時她看雙方勢均力敵，就讓這些人去打一場架發洩精力，有時她看一方的人數過於懸殊，她就會等人出去以後打電話給警察，請那些吃過海風酒店免費鮮魚的警察幾分鐘後去收拾一下，不要讓落單的一方被打得太慘，鬧出人命。

海風酒店成為整條東部海岸線最知名的一家店了，不少外地人都會在開車經過時停下來坐一坐，但當然他們都不是普通的外地人。不知道從什麼時候開始，角落的一桌便成了「便衣刑事」的專用桌，他們從海風一開門就坐在那裡，從不點酒，也不唱歌，就泡一壺茶，嗑瓜子吃花生，一個月基本消費就四萬塊。玉子都不知道這筆錢是他們自己買單，還是從刑事局的預算支付的。

有一次來一群年輕人，跟小姐唱歌、吃飯、喝酒，一個小時後「便衣刑事桌」第一次坐滿了六個人。他們其中兩個先站起身來，把去小便的先銬上，然後一個一個依序把他們都制伏在椅子上。玉子看到刑警就要把他們抓走，趕緊問：「喂喂，你們，人走了沒關係，錢也要結一結呀。」

帶頭的那個醉眼朦朧請警察幫忙從他外套裡拿出一疊錢，特別請警察要幫他「用力」拋在桌上，豪氣地說：「免找囉，橫直欲入去囉，也無時間開（khai）。」

就這樣，海風酒店的小姐們從原本的三個人，兩個月內變成十三個人。她們叫多多、小蘭、可可、娜娜、安娜、安妮、寶貝、麗麗、樂樂、小咪、素素、小美和小詩。再過幾個月，十三個小姐變成二十一個小姐，海風酒店也趁機翻新，小鷗的畫作跟瑟林的作品被收了起來，房子的每一個線條都鑲上彩色燈泡。

玉子親自調教這些姑娘，她讓她們各自保持自己的個性，由她推薦不同的姊妹給客人。玉子一直相信，如果人對了，結果才會對，不論是衷心相愛或是萍水相逢。

她要小姐們自己上臺唱歌的時候唱像是〈玻璃心〉、〈碎心戀〉，偶爾可以唱〈負心的人〉、〈今夜你會不會來〉。

有些客人也會對玉子獻殷勤，但此刻的玉子已是火眼金睛、心如死海。她對小姐說：「一旦妳跟客人有了感情，連收錢都會說『就在一起還有什麼好算的』，那妳就錯亂了，妳就忘了妳這麼辛苦在這邊，對著那些妳根本不想面對的人的意義。」

海風酒店不是那種沒有秩序的酒店，也不是那種為了賺錢吸光所有人金錢與情感精魄的酒店。玉子總是準時在十一點關門，以免吵到街坊鄰居，也讓自己能夠和娜歐米和小鷗共處夜晚。當然，有時候半夜也有人會敲門，通常是那些迷戀小姐的兄弟，或是那些為了養活小孩來海風酒店坐檯小姐的丈夫。這些不負責任的丈夫敲門往往比他們出去匪類的時候還要癲狂，他們會在門外先下跪說軟話然後發狂說要拆門或是放火。

玉子從來不跟這兩類男人對話，也禁止店裡的小姐出去應對。她一律叫警察來，那些長期吃了「海風海產店」裡外勞釣去放在水族箱的魚的警察，和那些睡在乾淨宿舍、一塵不染辦公室的警察，無論多晚都會立刻騎著巡防機車過來替她收拾。

店裡的小姐有時候會勾心鬥角，曾經有小姐偷偷把自己的皮包放在當紅小姐房間的床底下，藉口誣賴那個讓她心生妒忌的小姐偷錢。玉子的做法是絕不私下協調，她一律報警處理，然後在每一個樓層都裝上攝影機。久了之後，那些心機重的小姐離開海風，新的、排隊想進海風的小姐重新進來，連名字都不用換。

當警察要來臨檢的時候，總會先派個年輕警員來酒店一樓抽根菸，既不坐下也不點歌。玉子看到就知道該叫店裡的小姐整肅儀容，跟客人在一起的時候不要有太過煽情的動作，整幢酒店純情得像是女工宿舍。

玉子從不上臺唱歌，她跟小姐說：「我不會跟妳們搶那一首歌八百塊的點歌費，妳們賺，我就賺。」在海風酒店裡，就連掃地的小弟小妹領八千塊的底薪，都能拿到八萬塊的小費。金錢情欲恩怨悲嘆在這幢樓房裡流動，玉子深知這樣的危險。任何一點苗頭不對，她都會立刻跟小姐算清楚帳，並且付了雙倍的錢叫好計程車讓她們走。「愈遠愈好，拜託不要提到海風，忘記海風。」玉子說：「到另外一個地方去，現在妳叫甜甜，另一個地方可以變成喬喬。我們從此不認識。」

玉子知道自己活到今天擁有的信念只是脆弱與猶疑，從來不是堅定與高尚。

玉子只有在夜深人靜，回到她和小鷗、娜歐米共處的房間時，才會卸下一切，才會發現自己身體裡的痛楚。

她並不了解這種痛澈心扉的感受是來自內部還是外部，她也不明白是否會有淨化的可能，雖然村子裡就有兩間教堂一間廟。她獨處在最堅硬的岩層裡，她相信這樣就不會有任何損傷，不會發出任何聲音，不會動搖。

女孩與三隻腳的食蟹獴

女孩帶著畫板和畫筆，老白狗 Idas 跟在她的後面，一人一狗往溪邊走，這已經是海豐村常見的畫面。

小鷗自從跟隨玉子來到海豐以後，就央求媽媽讓她可以到處走走。在娜歐米還沒有失去她的行動能力時，曾經用較輕的杉木板替她打磨了一塊小畫板，小鷗於是就背著到處畫畫，這和金門時總是鎖在房間的生活大不相同。

小鷗畫畫的地方一開始都還在玉子看得見的範圍，但一次督砮刻意將 Idas 帶來了海風酒店以後，小鷗和 Idas 便成了朋友，之後便常一起行動。Idas 已經二十歲了，雖然罹患了白內障，腳步也已經很不穩，走一分鐘的路得磨蹭三分鐘，但依然健康地活著。當牠第一次見到玉子和小鷗時，立刻就蹭到玉子身旁，不斷地舔舐玉子蹲下來伸出的手。

「牠好像很喜歡妳？」督砮說。

「我好像很有動物緣？」玉子回答。

「好像很久以前就認識了一樣。」

「說不定我們上輩子真的認識。」

督砮想，就讓自己認識秀子不認識玉子，如果這是她想要的，至少她不排斥 Idas 認得她。

「我可以摸牠嗎？」小鷗問。Idas 自動靠過去，算是回答了這個問題。

從此以後督砮就讓 Idas 跟著小鷗，因為 Idas 熟悉村子附近所有的路，玉子也就讓小鷗到視線以外的地方畫畫。但玉子還是擔心，她跟小鷗說：「如果只有妳跟 Idas，這頭最遠走到溪邊，那頭最遠到海邊，但是無論在溪邊或是海邊都不可以接近水，或者陌生人，可以嗎？」

小鷗點點頭答應了。

為了讓玉子放心，一開始督砮會在後面默默地跟著小鷗和 Idas，Idas 很明白主人的意思，知道哪裡可以去哪裡不能去。無論小鷗要走去哪裡，老白狗 Idas 都拖著牠沉重的步伐，亦步亦趨地跟著，當牠不希望她走哪一條路，牠就會拒絕前進，並且以垂老的聲帶盡己所能地發出威嚇的吠叫聲。

在金門的時候，小鷗幾乎沒有看過外面的世界，除了每星期一次到福利社的採買。那時候畫畫是小鷗唯一的說話方式。現在她會把自己想說的事畫成畫，放進媽媽買給她的筆記本塑膠套裡。以前她畫的內容要不是從書裡學來的，要不就是從阿姨們談話的內容裡學來的。但現在好了，她看到了山跟海還有小溪，她還可以直接走向山跟海還有小溪，畫的內容一下子繽紛了起來。玉子希望小鷗盡量不要待在海風酒店裡，不要聽到、看到海風酒店裡的一切，因此她在三樓頂蓋了一間房間給她和娜歐米，從房子外頭請鐵工打造了一個螺旋樓梯直到頂樓。

督砮有空的時候會上去對她講圖畫書裡的故事，他帶了一本很舊很舊的故事書給她，說這是他最珍貴的一本書。故事從一個女孩跟蹤一隻兔子開始。他還講了 Truku 遷徙的故事，講了拿難．高勞和日本人對抗的故事，講了歪脖子尤道被熊所傷的故事，講了獵熊和獵豹的禁忌。他模仿熊的口吻說：「如果不小心射到我的時候，只能拿走肉，骨頭留下，吊在樹上；要射豹的時候，連骨頭都一起拿走。」

「真的會不小心射到熊嗎？」

「嗯，什麼事都有可能發生的啊。」

督砮也講了巨人的故事。當他說到巨人被追到大海淹死的時候，小鷗的眼淚像大石頭一樣滾下來讓督砮再也講不下去。但不久後她又振作精神跟督砮說：「可是你怎麼知道不會有另外一個巨人？」

督砮不置可否。他繼續跟她講了一個男孩因為追一隻脖子上不小心套上橡皮筋的小白狗誤入一個深不可測的洞穴，在那裡頭遇到一個為了躲避家裡的傷害而離家出走的女孩的故事。督砮把故事裡的所有人物都換了名字，Idas 在故事裡叫做 Hidaw（太陽）。不過聽了之後小鷗還是說：

「Hidaw 就是 Idas 嗎？」

「妳怎麼會這麼想？」

「因為換了名字同樣的小狗嘛。」

督砮於是把話題帶遠了。

漸漸地督砮也放心讓小鷗和 Idas 單獨出門，對他來說，這裡的山、海跟溪流露出危險的姿態，是為了保護人的，它們要人不能完全放心，不能完全相信。

這天小鷗和 Idas 走到溪邊，發現溪邊的景觀已經和幾天前完全不同。就在這幾天中，溪床邊的甜根子草全部開花了，溪畔一片白茫茫，風一吹過，無數的種子像微型降落傘一樣四處旋轉飛舞。小鷗興奮極了，她單腳跳，雙腳跳，用指節把畫板敲得喀喀響，她對 Idas 說：「我要畫這個。」

當甜根子草高大蓁莽地占據溪床時，是沒有人會喜歡的野蠻雜草；一旦天氣轉涼開了花，不論是遠方搭著火車經過橋上的旅客，或是來到溪邊尋找玉石的部落子民，都會被風風火火在溪床上怒放的景色感動。這景象伸著手探進每個人的胸膛，在身體裡留下印記。

這是小鷗人生當中第一個感知到的秋天，之前的秋天都不算是秋天，因為這個秋天她才有了自己，能和 Idas 坐在這裡，這個秋天她才仔細地看了甜根子草的花漂流在溪水上，在空氣中。她覺得有什麼在她心頭繃緊，發出沒有人聽見的清脆聲響，細微到只有她自己聽見。她坐下來讓自己剛剛興奮的身體冷卻一點，拿出鉛筆和白紙，伸手摸摸 Idas，開始在大腿上的畫板上畫畫。

溪的一邊是出海口，小鷗和 Idas 剛到的時候，大海還是銀白色的，不一會轉為青綠，接著深藍，偶爾變成深紅，一眨眼又變成舊銅板的顏色，好像整個世界一下子黯淡了下來。白雲在海面上投下影子，浪的邊緣發著光。

小鷗想把這種不可思議的色彩變化畫下來，但是她的彩色蠟筆好幾個顏色用完了。

媽媽會再買給我吧？Idas？

白狗不置可否，牠很累了，不是這段路途的累，是一種死亡已經靠過來撫摸牠的那種累。牠任由小鷗的手在牠身上，即使她摸到了自己會疼痛的地方——現在牠身上不疼痛的地方已經很少很少了，甚至連還是幼犬時被橡皮筋勒緊過的脖子，都重新開始疼痛起來，像是它隱身了這麼久，現在終於出來要你在生命的盡頭正視所發生過的一切似的。

正當 Idas 想盡力舔舐一下自己後脖子上二十年前的老傷口時，牠突然感應到什麼，全身觸電般地像年輕了十五歲那樣抖擻精神，用已經看不清的雙眼盯著草叢。

草叢裡也有什麼盯著牠。那是一隻全身灰棕色，像穿了蓑衣，有著尖鼻子的小動物。牠的身體比 Idas 略小一些，臉頰上有白色條紋，好像長長的白色淚溝。牠用圓圓的小眼睛盯著女孩，也看了一下 Idas，雖然眼神裡沒有侵略性，Idas 仍然用牠老邁的獵犬身體保持緊張，並且發出警告的低鳴。

小鷗因為 Idas 的動作也注意到牠，她從來沒有看過這樣的動物，她的胸口熱熱的，但是手有點發涼，她放下了鉛筆和畫板，一隻手放在 Idas 身上，這一面是安撫情緒，也是乞求保護的意思。

不知道過了多久，那小動物仍未離開，而是把身體蹲低，眼神看著地上，像是要讓 Idas 和她知道牠沒有惡意似的。Idas 放鬆了下來，由於剛剛用力過度表達自己的體型優勢，牠竟一下子癱坐在地上。

小鷗和那小動物的小小的眼睛對視，她的心碰碰跳。她對牠說：

「我叫小鷗，你想跟我說話，是嗎？」

「你有話想跟我說，是嗎？」

那小動物舉起牠的右前腳「呼呼呼」地叫著像在回應她，這時小鷗跟 Idas 才發現，那隻小動物失去了腳掌。

第十一章　第五季

我可以摸嗎？

噓，可以。

她把手放在樹上。她喜歡用手去摸各種東西，再把它畫下來。但她從來沒有摸過一棵溫暖的樹，雖然她不知道那溫度是從自己的手傳過去，還是樹本身就有的。

不是很深的深山

小鷗和 Idas 跟著三隻腳的小動物後面走，小動物似乎知道他們倆的腳步各有各的困難，因此每走幾步就往後看看他們是不是有跟了上來。

三隻腳的小動物已經知道所有可以泅泳到那裡的水道，但女孩和狗都不會游泳，走山路的話只有一條路，而且很遠。

天色漸暗，Idas 幾度想阻止小鷗繼續跟著三隻腳的小動物走下去，牠知道牠的責任——對小鷗的、對自己主人的、對小鷗母親的。牠知道三隻腳的小動物正要帶小鷗去某個地方，可能會影響什麼的地方，並沒有惡意。只是牠也知道，路上一旦有危險，絕對不是牠或那隻只有三隻腳的動物能對抗的。

想到這裡，老 Idas 哀鳴了起來，牠用最後的一點餘力，請求小鷗不要再往前了。

小鷗蹲下來摸了摸 Idas 因為掉毛而露出粉紅色皮膚的頭顱，她的心底不是沒有猶豫，她知道自己對於媽媽的意義。

小的時候她會跟媽媽玩一種「妳變成什麼」、「我變成什麼」的遊戲，有時候當媽媽負責扮演故事裡的野狼的時候，會開玩笑地張大嘴巴對女孩說：「我要把妳吃掉。」女孩當然知道媽媽不會吃掉她，但小孩子很早就知道，扮演的成功與否和是否足夠投入有關。因此每當媽媽說「我要把妳吃掉」的時候，女孩心底還是因投入而自然出現恐懼，即使那個恐懼只是像從溼答答的衛生紙裡冒出頭的綠豆芽那麼脆弱那麼小，而且沒有必要。後來小鷗發現一個方法可以消除那種沒必要的恐懼，那就是投入一個「唯一的」角色。

不管媽媽在遊戲中「變」成什麼，小鷗都說：「我是妳的小孩。」沒有媽媽會吃掉自己的小孩的吧？女孩這麼想。

反正妳變成什麼，我都是妳的小孩。

我是山豬。我是山豬的小孩。

我是樹。我是樹的小孩。

我是雲。我是雲的小孩。

我是秋天。我是秋天的小孩。

我是離開。我是離開的小孩。

這是小鷗第一次獨自遠離媽媽，奇怪的是，她並沒有出現恐懼——雖然也沒有安全感。也許是那隻三隻腳的小動物樸實哀傷的眼神，讓她堅持跟著往前走——這種執拗如火車般的內在性格，是媽媽從臍帶傳給她的。

「我們要去哪裡呢？」小鷗問。

「呼，去一個地方，在不是很深的深山。呼呼。」三隻腳的小動物說。當然，小鷗和 Idas 都沒有理解牠說了什麼，只聽到「呼呼呼」的聲音。

三隻腳的小動物就是食蟹獴。牠知道時間不多了，牠的時間不多了，巨人的時間也不多了。牠在巨人之心的時候發現自己能聽懂其他動物或巨人的語言，因此牠一度以為巨人之心能成為溝通橋梁的原因是心跳時所落下的葉子——只要咀嚼就能聽到收藏在裡面的聲音的落葉。因此牠花了一些時間想靠咀嚼落葉學會人類的語言，那樣牠就可以到村子裡警告人類說：「你們在做的事情會害死巨人，停止，停止。」牠認為是巨人庇護了自己，才能幸運地從失去一條腿的痛苦裡活下來；牠也天真地以為，人類會想幫助一個善良的巨人的。

三隻腳的食蟹獴並不知道自己是否學成了人類的語言，牠到村子裡，尋找牠認為「看起來」可以信賴的人對他們說話。只是那些人類發現牠，大部分的反應都是拿起手邊可以做為武器的東西——石頭、粗樹枝——朝牠扔了過來。另外一些人則趕緊後退，好奇地遠遠看著牠，對人類來說，牠就像穿了蓑衣的大貓那樣奇怪。

食蟹獴冒險嘗試跟釣魚的人、戴眼鏡的人、種菜的人甚至獵人講話，因為牠知道，獵人通常對食蟹獴沒有興趣。三隻腳的食蟹獴認為自己的生命本來就應該結束了，所以任何危險都不再算是危險。牠只是想把「巨人危險了」這樣的訊息傳遞出去，看看會不會有什麼奇蹟。

只是牠並沒有因為吃落葉而學會人類的語言，世界上並沒有這樣的東西，牠發出的聲音還是：「呼～呼～嗚～嗚～」。

直到有一天牠遇見這個女孩。牠多次觀察她正在畫這座山的許多東西，那些線條和筆觸裡存在著什麼，食蟹獴感受到了。而牠和她眼神交會的那個剎那，知道了女孩理解牠想帶她到某個地方的意圖，而牠也看出了女孩願意跟隨牠的心意，所以**不說對方的話也沒有關係了**。至於那隻老白狗，嗯，嚇不倒牠的。

來吧來吧，食蟹獴說。快到了。呼呼。

到山腰的時候，老 Idas 再也沒辦法堅持下去，小鷗抱抱牠，這時候她感覺胸口滿是自信，能照顧牠而不是讓牠照顧。食蟹獴帶領他們從森林的一角鑽了出來，站在一處可以環眺山勢的平臺上。

那是巨人的胸膛。

……

那是巨人的肩膀。

……

那是巨人的脖子。

……

那是巨人的眼睛。

……

食蟹獴「呼呼～嗚嗚～」地說著話，小鷗依舊沒有聽懂，她能理解的是牠急切的聲音情緒。

食蟹獴用牠的三條腿，半蹦半走地靠著小鷗的小腿，用小小的尖牙咬了咬她的褲子，好像在說：「走吧，走吧。」

塵覆塵，土覆土

清晨的陽光和明朗的月光有一個絕對的差異，那就是月光的光線讓你錯覺是局部的，而陽光則是橫徵暴斂地朝向每一處每一個縫隙。督砮回頭看，整個村子以及後面的山勢，從綠色的樹到骯髒的泥流與海深沉的藍，此刻盡是一片灰，由各種長方形、正方體、不規則的塊體和交織纏繞的線條組成。他用眼睛循著山的線條，終於肯承認，村子變得不一樣了。改變就是一旦改變了，就不會回頭的事。

也許人只能掌握眼前那麼一點的事，不對，說不定連眼前那一點都無法掌握。

他理智上不相信小鷗還在這座山上，如果在的話，沒有理由還找不到她，畢竟這座山的一草一木，他太熟悉了。何況 Idas 應該還跟著她不是嗎？就算找不到她，也該找到 Idas 吧。Idas 一生走過的路，也就是他一生走過的路。他們倆認識的路是重疊的、一致的。他也相信 Idas 和他心靈相通，從小他一直都覺得 Idas 聽得懂他的心。

但什麼都沒有——味道、體毛、足跡、糞便——什麼都沒有。這不可能。

黃昏時當他聽說小鷗沒有回來、玉子已經一個人跑上山的時候，他沒有去參加村長召開的會議等待派遣，就立刻先跑回家帶上必備的東西準備上山。烏明正在睡覺，現在他每天的日常就是詛咒雲朵、工廠，和那些他已經忘記臉孔的死者，只有睡著能讓他閉嘴。督砮開了冰箱，確認還有食物，於是轉身把門從外邊鎖上，他估計搜索附近的幾座山用不上兩天，烏明有冰箱裡的東西和那兩箱泡麵夠了。

把握時間，快去快回。

由於天氣已經轉冷，好幾天沒騎的野狼踩了好幾下才發動起來，因為聽說玉子也是從下午小鷗和 Idas 所在的溪谷往上走，他把這條路設定成主要的搜索路線。沒找到小鷗或 Idas 也能找到玉子吧？

騎到山腰機車無法再前進的地方，路就變成兩條了。他估計玉子不會走往工地的那一條路，因為如果小鷗是在工地迷路，一定會有工人看到。而接下來上山的歪脖子尤道帶的人一定也會有部分往這邊走，村民也一定會聯絡工地。因此他決定走另一條通往獵區的小路，只是這條小路不遠處就沒有明顯的路了，他把機車停在一旁，繼續往不明顯的獵徑走進去。

即使在黑暗裡，他也對這個獵區瞭若指掌。為了保持對獵區的熟悉程度，過去每回大雨、地震、颱風之後他都必然找時間上山，這樣才能確認山的改變、路的改變、植物的改變。這些改變都涉及獵物習慣的改變。因此雖然這幾年因為抗爭的關係他都沒有上山，督砮仍信心十足。

但走了一段路後他發現，地貌雖然沒有變太多，視線的能見度跟以往相比卻差得太多了。過往他的眼睛適應黑暗以後，只要有一點月光他都不開頭燈就能看到路，但今晚雖然有明亮的月光，也沒有霧氣，看出去卻霧濛濛的。

督砮想到，這段時間常聽老人家抱怨，最近眼睛好像變得不好了。但其實不是他們眼睛變得不好了，是整個海豐都模糊了。烏嘎就曾經對督砮說：「我早上醒過來站在這裡，看不到對面的電線杆耶。」

一開始那些領了補助，分配到海豐新村水泥透天厝的人興高采烈地入住，但很快地他們發現漢人蓋的這種水泥房子太不透氣，有些男人就在磚頭上面鋪了夾板躺在門口睡。有些開車經過的人會被這些「睡在家門口」的人嚇了一跳，以為是死屍或是醉漢。女人不好意思睡路邊，只好滿頭大汗睡在房子裡。

不過一段時間後，他們又搬回了屋子裡睡，原因是「不敢睡太久。」有人開玩笑地說：「怕被活埋。」因為沙子會鑽進鼻孔、耳朵和打呼的嘴巴，醒來後身上會覆蓋上一層薄薄的沙。

黑暗裡督砮走到了一處斷崖，往下就是海豐溪的中游。水源處被工廠設了管線抽掉一部分水去冷卻機器、清洗砂土，因此從中游開始，溪就一副快斷氣的樣子。督砮往出海口看去，溪口好像離海愈來愈遠了，聽說礦區挖出來的廢土，都被運到海邊傾倒「養灘」，準備弄出一塊「新生地」蓋碼頭。

村民也會在海風酒店一邊喝酒唱歌一邊討論這些變化，但是當督砮說：「看吧，我們那時候不就這樣說，你還不是簽了？」抱怨的村民就會趕緊說：「不過，水泥廠對我們很好，他們給我們工作。」

「是啊，給你們操到死的爛工作。」

「我討厭這個工作，我討厭這個工廠，但我又能做什麼呢？你看看你，你這麼帥，人模人樣的，你看看那個小美，還有那個叫阿樂，大學生耶，以後會去臺北住耶。我，你看看我？只有工廠給我離家裡那麼近的工作。」

督砮只好跟他們繼續乾杯。

督砮不放棄地觀察各種線索，在熟悉的獵徑上沒有發現痕跡，他想也許有另一個可能性是他們不在自己和 Idas 平時會走的路上。時間漸近午夜，他聽見遠遠的海邊有人用大聲公正在喊著：「小鷗！小鷗！」另一邊的山路上則是傳來隱隱約約「玉子、小鷗」的聲音。這表示歪脖子尤道組織的搜救隊已經兵分多路上山了。

那呼喚的聲音讓他有了一種時光倒流之感。多年之前，也是聽到有人在遙遠的山洞口外，喊著自己和女孩的名字，而他最後和女孩的約定是：「妳往我的名字那邊走，我往妳的名字那邊走。」結果好像命運也沒有改變什麼？或者是已經改變了，只是自己不知道而已？

就在這時候，他聞到一股糞便的氣味，他蹲下去仔細尋找味道的方向，藉著頭燈的光，終於看到草叢間的大便。他用手摸了一下，放到鼻子前面嗅聞——他信心十足地告訴自己，那一定是 Idas 的。

他沿著糞便的四周摸索，好像「接近了什麼」的感覺讓他呼吸急促。

時光會倒流，過去的經驗會再來一次嗎？

村子裡的人在那天黃昏，都看到了玉子從溪床往山上狂奔，他們日後會形容，她跑起來就像一頭發狂的母鹿。當時在海風喝酒的村民們很快找到歪脖子尤道，把事情的原委說了一遍。尤道決定把熟悉山勢的村民分成兩路上山，而一些老弱與不熟悉山區的人則負責尋找海濱和村子周遭的溪床荒地。小林和威郎各選擇了一路上山，而小美和阿樂則跟著海濱的搜索隊出發。

玉子擔憂的心情和過去採玉石所鍛鍊出的腳力，讓她體力好像用之不盡似的，她一面喊著「小鷗、小鷗」，一面跟任何的神明交換條件：祢要什麼我都給祢，我的命，海風酒店，所有的，任何的，過去的未來的。她發狂地往前，怕後悔追上自己。

她先跑到廠區問了警衛能不能讓她使用廣播。獲得應允後，她對著全廠區的人廣播，希望大家注意是否看到一個小女孩和一條白狗。沒有準備在那裡等回音，玉子就穿過廠區，不顧警衛的阻攔打開廠區的後門，一個人繼續往山裡跑去。

不管是督砮、玉子或是最後三隊村民，也許是太過匆促，也許是天色已暗，他們都忽略了天空正在累積、正在醞釀的混濁力量，正從海上而來。

我摸到心臟了

巨人被自己的夢喚醒了。夢中三隻腳的食蟹獴帶著一個女孩和一隻老狗，從一個他自己也不知道的皮膚上的孔洞進入了他的身體。醒來的時候，他發現早上聽到的身體傳出的爆破聲正在持續，導爆索引爆硝酸銨炸藥和乳化炸藥，鑽探機一寸一寸地接近心的位置。一寸一寸。

「那裡就快要被太陽曬到了。」巨人想要警告食蟹獴不要帶女孩進去，卻一時說不出話，也虛弱到沒有力氣坐起來，這些日子以來，繁複的工程管線和各種地基工程把他釘住，也讓他的氣力逃走了。

食蟹獴領著小鷗和老狗低身鑽進一個被植物掩蓋的洞口，洞壁因為富含硫化鐵的關係，在微光下仍然金光閃閃，就好像一座黃金礦。不過當他們走得更深一點的時候，就進入了完全的黑暗。一些蝙蝠被牠們驚動，小鷗嚇得低聲恐慌地叫了起來，抱住 Idas 貼著洞壁。

由於常常通過這個洞窟，食蟹獴已經可以從蝙蝠飛動瞬間的流影認得牠們之間的差異，剛剛掠過眼前的是一隻小蹄鼻蝠，而另一群從左側飛過的是葉鼻蝠。牠曾經在「巨人之心」和不同的蝙蝠談話過，因此記得牠們要求牠要記得彼此的不同。

吱，我們不一樣。

呼呼，不是都是蝙蝠嗎？
吱吱，不一樣啊。把你跟黃喉貂說錯你會高興嗎？
嗚，我跟黃喉貂完全不同，但你們都是蝙蝠啊，呼。
你跟黃喉貂不同，我們蝙蝠之間也都不一樣啊。你看我們個子差那麼多。吱吱。

「我有點怕。」女孩說。

三隻腳的食蟹獴趕到女孩的腳邊鼓勵她，導引她摸著岩壁，半步半步往前走。一段時間後，洞穴的黃金光點再次出現，漸漸明亮有如繁星點點，然後他們腳下出現一條涓細的水流，像是引領他們往下，朝向那個微光的所在。光線愈來愈亮，然後豁然開朗，那麼狹窄的洞口，竟然通往了這個幾乎像是一片草原那樣的寬闊平臺。

平臺的中間有一棵異常巨大的樹，籠罩了整個空間，就像是它張開枝枒才撐住一切似的。這是**樹**嗎？好大啊。

小鷗不太明白在洞穴裡看到一棵樹是不是正常的，何況這棵樹也太大了，超過了她的經驗和想像。

光不是從上面，而是從四面八方均勻地滲透在空間裡，讓那棵樹以一種獨特又傲氣的方式向四面開展。在經過一段時間的沉默後，樹先是微微地開始顫動，隨後激烈地晃動了幾下，然後葉子開始掉落，下雨一樣，淅瀝瀝地掉落下來。

三隻腳的食蟹獴撿拾了剛剛飄落，靠近牠腳邊的一片倒心形的樹葉嚼了起來，並且用眼神示意女孩也這麼做。

小鷗也跟著撿了一片，然後開始嚼食。那樹葉葉脈非常突出，裡頭飽含水分，嚼起來有一種淡淡的清香，有點像媽媽炒檳榔心的味道。只是那味道非常強勢，好像連指尖都瀰漫了那樣的味道似的。接著她就覺得腦袋轟隆隆地，許多聲音競相出現，而後有一個聲音獨占了她的聽覺。

呼，這是巨人的心。

她看著三隻腳的小動物看著她的眼睛，這難道是牠在說話嗎？

你剛剛說話，然後我聽得懂耶。女孩說。

呼呼，不是聽懂，但妳感覺得到我，我感覺得到妳。啊，我知道了，不只是吃樹葉，還要在巨人的心的附近，才會感受到，別人，想說的話。我以前，以為吃掉樹葉就行了哩。嗚嗚。

巨人的心？

對呀，巨人的心。呼。

巨人在哪裡？

呼呼。剛剛啊，不是帶妳看了嗎？巨人的肩膀、巨人的眼睛⋯⋯。

為什麼帶我來巨人的心？

嗚嗚，因為巨人快死了。

為什麼？

呼呼，嗚嗚，說來話長。簡單地說就是有人在炸山啊，有人在挖洞啊，有人從山裡面，從最上面把山拿走了啊，然後挖了隧道，直的、橫的、直的、橫的、歪的、正的，就快要穿過巨人的心。呼呼呼。

那你是誰呢？

呼，我是三隻腳，嗚，的食蟹獴。

Idas 疲累不堪地躺在樹葉之間，牠也試著嚼食了樹葉，那氣味讓牠想起了多年前的回憶，那是當年那個女孩劃火柴棒所發出的那種氣味。在進入山洞前，牠刻意在草叢間用盡力氣打了滾，然後把一些排泄物沾黏在草叢間，牠相信主人會注意到的。牠相信。這麼多年來，牠就像是主人的影子，只是現在牠已經很虛弱了，很久沒有跟主人上山。剛才牠應該盡己所能阻止小鷗上山的，但是卻沒有。因為牠知道，女孩有可能不顧牠的阻攔，獨自和三隻腳的……嗯，食蟹獴離開。那樣的話，還不如自己陪在她身邊好一點。

現在躺在這棵大樹下，老白狗有一種**終於**可以停下來的感覺。當牠進入洞穴的時候，牠馬上知道了這就是當年那個洞穴，那個把牠從一隻即將被橡皮筋勒死的狗，變成一個和人相伴狩獵、生活、相處的狗的命運的洞穴。只是當年他們沒有走那麼深，沒有走到巨人的心。

如果是這個洞穴，主人應該找得到吧？

如果像三隻腳的食蟹獴說的，眼前的這棵樹是巨人的心，那麼多年前，巨人為什麼要讓我們走進他的身體？如果像三隻腳的食蟹獴說的巨人快死了，帶我們來這裡有什麼用呢？

呼呼，我也不知道有什麼用。食蟹獴看穿老白狗的疑惑，可能也同時是女孩的疑惑。我嗚嗚，只是想，要把巨人的情況告訴人，希望呼呼，有人願意，想辦法。工廠的人不理我，可能是因為啊，呼呼，工廠也是人蓋的，嗚嗚。

是有啊。

呼呼，有人想救巨人嗎？

有人不想要工廠。

阻止不了嗎？嗚嗚。

阻止那樣能救巨人嗎？

應該吧。呼呼，可能。不知道。嗚。

工廠已經蓋了不是嗎？

呼，開始蓋了。

蓋了。

所以來不及了嗎？

這時候巨人的心又突然間顫動了一下，就像是剛剛那下心跳的餘震。只是樹冠上落下的不是落葉，而是嘩啦啦的碎石。

噓，阻止不了的。聲音從巨人之心的某處傳來，所有的動物都停止動作，看著這棵大樹。噓噓，也來不及了。小鷗抬起頭。

我回村子去找人想辦法。

噓，妳？

嗯。

噓，如果妳說的那些人都阻止不了，妳怎麼可能阻止得了。

那我能怎麼做呢？

巨人之心不再傳來任何聲音，好像巨人正在想著什麼。許久許久，她才又聽到從巨人之心傳來的聲音。

噓，妳的背包裡不是帶了一把獵刀嗎？

女孩點點頭。獵刀是母親給她的，雖然她並不特別喜歡刀，覺得那是有傷害性的東西，但這把刀她從小視若珍寶。刀很鋒利，沒有木柄，那是因為從刀身到刀柄，都是由一整塊鐵所打造的，這樣無論砍到多麼堅硬的東西，刀都不至於脫柄而出。女孩特別喜歡的是刀鞘，刀鞘刻著一個人，坐在藤蔓和大樹之間看著遠方，不是很精緻，而是有點開玩笑似的，有點隨便地刻上似的。雖然說是隨便，那個人卻像是自己走到木頭上，或者是從木頭裡浮現出來似的。

「絕對不能拔刀，除非必要，我才送妳。」媽媽說。

「好。」

噓，很漂亮的一把刀呢。

巨人之心安靜下來。

女孩走了過去。

我可以摸嗎？

噓，可以。

她把手放在樹上。她喜歡用手去摸各種東西，再把它畫下來。但她從來沒有摸過一棵溫暖的樹，雖然她不知道那溫度是從自己的手傳過去，還是樹本身就有的。

我摸的是心嗎？

噓，類似。

類似就是很像但是不一樣的意思嗎？

噓，對。

巨人之心微微顫抖了一下，好像它正在猶豫。

噓，妳抬頭有看見它有很多分岔嗎？

女孩抬起頭來，搜尋了一會兒後點點頭。

有。

噓，第一個分岔，長了很多山蘇那裡。

山蘇我知道，店裡面會炒給客人吃。
噓噓。妳如果可以爬到那裡，也許可以幫上我。

喔，蘇拉

歪脖子尤道聽見小鷗失蹤的消息時，他是真心焦急的，因為村子裡沒有人不喜歡這個眼神安靜又不安分、小鳥一樣的女孩。她全身散發著一種潔白感，不管她站在哪裡，總是剛好比旁邊的東西要明亮一點點。即使她站在月亮旁邊也一樣吧。

歪脖子尤道本來很有信心，認為他帶領的村民加上工廠派出的工人們，一定可以在天亮前找到小鷗，結果卻是過了中午都徒勞無功。午後警察局透過無線電傳來颱風警報的通知，歪脖子尤道竟一時無法決定是要收隊還是繼續帶隊搜尋。

昨晚尤道刻意沒有通知警察，不過村子很小，警察很快就知道了。只是分局派出所只有五個人，他們反而比較依賴歪脖子尤道對村民的調度，派出所的蔡所長一開始也相信，不用到天亮，幾個小時熟悉山勢的村民就能找到女孩的。

「三點，三點你們所有的人都要先下山。」蔡所長說：「我聯絡上面了，颱風一過，上面會派人來。他們會先到村子附近準備。」

「三點。」歪脖子尤道有點沮喪，有點不安，也感到憂慮而惱怒：「如果我們下山前沒找到他們，颱風一來，那不是……。」

「那五點。」

「九點。」他嘆了一口氣後說：「五點我讓大部分的人都下山，留下志願的人。志願的人會在九點下山，我負責。」雖然尤道心底想，我到底能負什麼責呢？人都沒辦法對自己負責了，又怎麼能為別人負責？

「如果路徑不變，颱風十一點就登陸，九點風雨一定很大了……」蔡所長還是嘆了一口氣妥協了。

如今五點已經過去，歪脖子尤道清點了人數，勸退了多數的志願者，只留下威郎、對山路與森林狀況熟悉的小林，和打死不退的老榮民老溫。尤道是不希望老溫留下來的，他年紀太大了。本來他的打算是留下一個菜鳥警員，但老溫眼神直直地看著尤道，接著背起背包就頭也不回地往前走，尤道只好示意小林趕緊跟上去。

等他們出發五分鐘後，檢查裝備後的尤道和威郎彼此相距二十米平行搜索另一個方向，這是通過喊話都可以聽到對方的距離。他們從地圖上找出可能還沒有搜索過的山徑，彼此叮嚀要特別注意山崖和不明顯的山坳與山洞。

隨著時間愈來愈晚，颱風的外圍環流似乎已經開始影響，天空開始飄起雨，也出現了短陣風。走在林間，尤道想起了過去他還會上山種小米和玉米的時候，想起他也曾經想跟烏明一樣，返鄉做一個獵人，而現在烏明的兒子督砮都快要是這個村子僅存的獵人了。他也想到自己簽下文件的那天晚上，是這麼匆促而潦草地簽下自己的名字，好像不願多看一眼似的。幾個星期後他拿著印章去郵局領了一筆錢，請妹妹來把 Bubu 送到臺北就醫。每個月他都從那個戶頭轉出一筆錢給妹妹，因為妹妹在生了兩個孩子後失去婚姻，如今一個人的經濟也很難支持生活。「那個該死的、虛偽的大學生。」之前她一直不願意讓 Bubu 知道，但現在管不了那麼多了。

每一筆從那個戶頭領出來的錢，都好像會燒傷自己的手一樣，讓尤道一直想花出去，一直想花出去，他甚至買個豆芽菜都付了五百。他知道錢不能這樣花，但就是控制不了自己，他懷疑村子裡那些買了汽車幾個月後卻沒錢加油的人也是跟他一樣，不是因為慷慨，而是因為心慌。因此與其留在身邊亂花，不如全部給臺北的妹妹。所以後來他把戶頭裡所有的補償金都轉給妹妹，現在他覺得清爽多了。

他轉過頭去看村子，村子現在隱身在微微的雨勢和暮色裡，村子還在那裡，但是又好像它不在那裡。

就在這個時候，他突然嗅到了一個陌生又熟悉的氣氛，好像**有一股力量沉沉地壓在他的背上**。

他轉過身去，看到牠的輪廓被芒草遮住一部分，但尤道還是認得出來，那是一頭成年的熊。熊沒有前進也沒有後退，只是緩緩地站起身來，如同電影裡的慢動作，像是為了誇耀、展示胸前的弦月紋那樣地張開雙臂。尤道從來沒有聽過任何人提過熊會這麼做。這時候，尤道清楚地看見牠缺少了右前腳掌。只剩一隻前腳掌的熊，就像在黑暗中對他招手似的。

雖然視線已經昏暗，但歪脖子尤道不由自主地與牠的雙眼所在的位置對視，他看不清楚也無法判斷熊是要發動攻擊還是準備離去。那黑暗裡沒有恨也沒有愛，尤道為了避免散發出敵對的訊息，遂把眼睛移開。

往事和微雨籠罩著尤道，他認得牠，牠應該是牠。

難道你專程來給我一掌，讓我的歪脖子變正？

經過了幾秒鐘，也許是幾分鐘，熊把身體放低了下來，慢慢地轉過身去，向深林走去，不是離開，只是隱沒到某處，以知道他有槍也不會開槍那樣的從容。歪脖子尤道慢慢抬頭以目力窮極眼前的黑暗，轉身面對也同樣什麼都看不見的村子的方向。已經什麼都沒有了，已經什麼都看不見了。只有自己臉頰上兩道熱熱的淚水，嘩啦啦不可遏抑地流下來。

當威郎和歪脖子尤道村長會合的時候，他知道剛剛一定發生了什麼。尤道的眼神還在夢裡，靈魂還沒有回來。

威郎自己的也沒有回來。天色漸暗的時候，他一度在施工區的坡地失足滑倒。那是一段本來有著茂密樹林的地方，此刻變成了一處崩土地形，只用帆布蓋著。威郎因為有段時間沒有上山，一個不注意竟然就往下滑落。

滑落的瞬間，威郎想起了海上的那段黑黑的漂流木，那段阿怒和他一起出海，最後只有他自己回來的旅程。滑倒的一瞬間，他想像自己正被絕望拋入海中，呼喊沒有人聽見。

滾落了一段距離之後，威郎撞上了棄置一旁的工程雜物，在海上因為過度用力習慣性脫臼的右手臂又脫臼了。威郎忍住疼痛，靠著一個圓形的不知道什麼的儲存設備把右臂推上，然後找到一處較平緩的斜坡一步一步回到林道。往上走的時候，他發現這裡已經被挖出一個凹坑，而周邊則被推出一層一層彷彿梯田般的地形，只有靠村子的那一邊種了幾排樹。

「該死，什麼都沒找到，還把自己摔了。」

由於那幾排樹的樹影太過整齊，引發威郎的好奇，他走近一看，才發現那都是用真樹樹幹插上塑膠葉子——該說那是「假樹」嗎？假樹「種」在面向公路的那一側，威郎想了一下，推測可能是為了讓人看不出工地的裸露狀況，製造出礦區還是一片綠油油的假象。

如果不是自己爬到這裡，像頭蠢山豬一樣滾下去，大概也不會發現這個。因為往廠區的入口已經掛上閒人勿進的牌子，除了在工廠裡工作的人，多數村民已經習慣避開廠區了。也因為這排樹，威郎和大多數人一樣，從村子裡看上山感覺不出什麼變化。

一切如常。無事。

威郎想起他在船上偷看了觀察員的日誌，觀察員就是在遠洋船上，記船上發生所有事的人，負責記下看到的事情。他翻到阿怒失蹤的那天，觀察員就在日誌上寫「一切如常」。

但這世上沒有什麼事情是「如常」的。威郎最近才明白了這一點。

幾天前威郎去了阿怒老家的部落一趟，他去找阿怒的阿嬤，住址是在市場賣早餐的阿怒舅媽給他的。花了好幾個小時搭上火車，又枯等一個半小時才出現的社區公車，才抵達阿怒的阿嬤所住的 Namasia（那瑪夏，楠梓仙溪）上游，一個原漢混雜，房子比人多的村子。他循著住址找到那間屋頂和四面牆都釘了各式各樣競選看板的屋子，看見一個像是被生活脫乾了身上所有水分的老人坐在房子前面看著遠方。

「妳是阿怒的阿嬤嗎？」

老人點點頭，神情很難說是驚訝還是緊張。威郎對她說明自己是阿怒的朋友，「跟阿怒一起出海的那個。」老人的眼淚從深深的淚溝流了下來，眼睛卻一下都沒眨。威郎近看她淺色的、沒有焦點的瞳孔，才明白她雙眼都瞎了。

阿怒曾提到從小爸爸就拋棄了他，媽媽把他抱回家丟給阿嬤以後也不知所蹤。阿嬤把他扶養長大，國中的時候讓在花蓮當採大理石工人的舅舅帶去讀書。舅媽是阿美族人，在市場開了一家早餐店，那時還沒有生小孩，所以寄住她家。

「如果不是這樣，我也不會到花蓮讀書，跟你認識。所以如果我出了什麼事死了還是怎樣，你幫我去謝謝他們，說我出國不回來了，一切都好。」

「死有這麼容易嗎？」

真正把阿怒養大的是舅舅、舅媽，讓他在父母都不要的狀況下有活下來可能性的是阿嬤，

「如果有一天我賺了大錢，也沒死，就要讓他們活得有面子。」

「什麼樣才算有面子呢？」

「有錢就有面子。」

「誰說的。」

「誰都這麼說。」

捕魷船靠港的時候威郎找到凱薩，凱薩知道他是想知道阿恕的下落，用眼神暗示他跟著走，兩人默默地一前一後走到小城邊緣的刺青店，一個人刺了一頭鯨，一個人刺了一隻鷹。刺青師聽不懂菲律賓式的英文也聽不懂中文，因此在一陣混亂的溝通後，替他刺上了一頭抹香鯨。直到多年以後，他在花蓮的一家舊書店買到一本鯨豚圖鑑，他才發現自己當年看到的應該是大翅鯨。因為他當時還以為那頭鯨是要飛起來，而不是要潛下去。那巨大的胸鰭毫無疑問能做到這一點。

在刺青過程中，不能完全理解對方的對話裡，威郎從凱薩那裡知道阿恕因為「那個」的交易被他在船上認識的一個夾帶私貨的主管栽贓，最後在兩邊的衝突裡受了重傷，所以他被「處理」了。

「船上常常少一個人的。」威郎推測凱薩是這麼說的。「我們今天的談話不存在。」

當威郎想簽下文件，告訴馬蘭自己準備領走補償金帶她到臺北討生活時，馬蘭和當年他提說要出海一樣沉默不語。過了一會兒她再次提到自己大哥的那件事，那個被窗外的聲音喊走的大哥，從此以後不知所蹤的大哥。

「我想替哥哥申請死亡證明，人死了，總不能一直說 Wada mhuma bunga da msa。」

「去種地瓜？」

「嗯，老人家不會說死，會用這句話來代替。我想讓他安心，讓他知道自己走了，所以需要一個證明。」

「什麼意思？」

「你幫我想辦法讓政府給他一個死亡證明，我就順你的意跟你離開這裡。」
「死亡證明有什麼難的？」
「我試過都失敗了，他們不給辦。」
「為什麼不給辦？」
「你很難叫一個殺人的承認是他殺的啊。」
威郎把領到的補助金分成三份，一份交給了阿怒的舅媽，一份拿到 Namasia 給了阿怒的阿嬤，一份交給馬蘭。不過他還是沒有替舅舅申請到死亡證明。
馬蘭說：「這表示你舅舅不想我們離開這裡。」

小林追上老溫，老溫回過頭跟他說：「我們散開來找，範圍大。」
他看小林不為所動繼續跟在旁邊，就加強語氣說：「我知道你看我年紀大，怕我危險，不會的，我老骨頭了，死也不怕，我死裡頭走過來的，真要在這山裡活，我不輸你。」
「我知道。」
「你不知道。」老溫說：「我死過好幾次了。那邊，你負責，我走這邊。」說完就逕自往前。
小林無奈，只得對著他的背影說：「八點半，不管有沒有風雨，我都在這邊，我們一起回去要跟村長集合的那棵樹？」
老溫揮揮手，小林覺得他的背影看起來就好像一個交代完命令的班長。

小林看著老溫獨自離去的身影，開始進行自己的搜查。他認為狗和女孩都沒發出聲音，沒留下痕跡，很有可能是早早進去了哪一個山洞。這幾年在這裡調查，他知道山區隱藏了幾個當時日軍留下來的軍事洞窟。有些非常簡陋，有些深不可測。

時間不允許他一個一個找，他在腦海裡排除了幾個，就留下了接近礦區的兩處他曾經發現的洞窟。這兩個洞窟都在數十米深左右有分岔有轉折，所以當初他都沒有真正深入。他估量了一下，決定先看看右側那處洞口完全被植物掩蓋，入口處甚至低過路面的山洞。

想到這裡他回頭望了一眼，海上此刻並不是純然黑暗，雲的四周帶著隱隱的暗紅色。他想起剛剛追上老溫，彼此並肩行走短暫談話的時候，老溫問他：「剛剛歪脖子說什麼颱風要來了？」

「強烈颱風。」

「不是，我是說颱風的名字。」

「喔，蘇拉。」

「我問你，你書讀那麼高，一定知道為什麼颱風要取那麼像外國人的名字？」

「我也不太知道。好像以前有聽老師說過，太平洋這邊的颱風本來就是美國人負責取名字的關係，所以就準備了一些名字輪流，有男的有女的。」

「美國人連颱風的名字都要管啊。你說這個颱風叫什麼歐蘇拉？」

「不是啦，是蘇拉。」

「蘇拉。」老溫重複了一次。「這是女人的名字吧？」

「嗯。」

走到洞口前，他用手電筒照了周圍，看是不是有人從這裡進去的徵兆。他發現有些植物確實有被某種有重量的生物壓過的痕跡。他覺得興奮起來。本想呼叫其他人過來，後來還是決定自己先進去看看再說。

小林進了洞口，大約七米處遇到第一個轉折，不料就在此時腳步一滑，就像童年時他最怕的那種隧道溜滑梯，整個人滑進黑暗裡。

老溫邊走邊想，都已經把地頭翻過一遍了，小鷗和狗一定是一起掉到哪處崖地裡了。依他的想法，如果狗還在一定會叫，如果小鷗還在一定會哭，如果不哭不叫，不是好的徵兆。小鷗這個孩子，從他第一眼看到她，就在心底把她認定是自己的女兒，唉，或是孫女，都好，都好。

他想起離開舟山的前一天晚上，部隊裡的老鳥、長官都以為要反攻了。營長召集大家說：「全副武裝，靜待命令，準時上船，不得洩漏。」加上前一天舟山的上空軍機頻繁通過，他們想一定是出動去轟炸對岸的陣地，讓部隊登陸能少一些阻力。那時候部隊的人都叫他小溫，晚上班長在巡營的時候聽到他的哭聲，把他單獨叫到外面訓斥了一頓。

「要反攻了，你哭什麼。」

「報告班長，不知道。」

「把共匪殺光了，你就可以回家。」

「報告班長，我家就在這裡。」
「這裡？你舟山人啊？」
「是。我只是想，不知道有沒有可能在部隊離開之前再見我後媽一次。」
「都幾歲了還後媽後媽的，男子漢就是要戰死沙場，國家給你一把槍就是要報效國家。」
「我沒有槍。」
小溫那時候沒有分配到槍，部隊裡很多菜鳥都沒有槍。「槍不夠，有刺刀就不錯了，不然就是等前面的弟兄死了，你就有槍了，我的槍就是這樣來的。」同排的一個老兵老鄒這樣對他說。
小溫是在街上買米的時候被抓到部隊裡的，營長為了補足缺額，派人到街上拉人，小溫就這樣糊里糊塗地被帶到軍營，換上軍裝。小溫的後媽找不到小溫，四處打聽，後來聽說是被抓到這個營裡，趕緊跑到充當團指揮所的民宅前哭著要衛兵通報。
營長告訴小溫的後媽：「今天我們不抓他，明天他也會被另一個部隊抓去，我們抓比別人抓要來得好，我們是精銳、正規部隊，讓他成為軍人，也會發薪餉的，妳不要哭了。我讓妳見他一面，以後反攻了，匪軍消滅了，小溫就回家，你們也會有面子。妳先回去，部隊這幾天有很重要的事，過幾天我就放他半天假回去見妳。」
後媽不得不答應，但營長始終沒有讓小溫回家一趟。
老鄒告訴小溫，這次百分之一百是要反攻回去：「聽說岱山島上，花了四千萬銀元修了一條跑道，要做什麼的你知道嗎？美國的轟炸機要飛的。美國要幫我們反攻大陸了，不會錯的。」

天還未亮的時候部隊開拔到海邊，巨大黑色的運輸艦停在碼頭，夾雜著艦砲轟擊的聲音，許多想與共軍決戰的老兵都顯得興奮而緊張。但跟小溫一樣被抓來當兵的年輕人卻紛紛哭了起來，喊著：「我要回家，我要回家。」部隊的長官吩咐人把他們抓起來綁在船後頭，以免動搖軍心。船一開動，竟有些人就跳下海想游泳逃走，長官命令開槍，許多人在海上就被射死了。沒被射死的人，因為解不開手上的繩子也多半淹死了。屍體漂在海上，和發動的船身撞來撞去，好像一截一截的爛木頭。

船到海上，小溫瑟縮在自己的位置，想像等會兒登陸戰一開打會是怎麼樣？這時候一群人從內艙抬出好幾個麻布袋從他身邊往船舷外扔。那些帆布袋不斷扭動，悶悶地發出怪聲，小溫知道那裡頭分明是人，也許就是剛剛喊著要回家的那幾個兵。他忍住顫抖和淚水，把身體盡量內縮，避免被任何人注意到自己。他偷偷往四周看，發現每個人都一樣，像顆球一樣往裡頭縮，只有手上的槍管露出來。

天亮後船靠了岸，全船沒有聽到登岸攻擊的命令，而是往碼頭走。這時有人喊說是「基隆」。聽到船是到基隆而不是登陸對岸，部隊裡的一些老兵卻嚎啕大哭起來，小溫一時不明所以，到臺灣不是比打登陸戰要安全多了嗎？多年後小溫才明白，當船一靠岸，那些從抗戰打到剿匪的國民革命軍知道不可能回家鄉了。正規部隊想著能打回家鄉，跟他一樣被擄來的想逃回家鄉，如今一切成空。

而小溫就跟著部隊在臺灣的營地駐紮了下來。幾年後部隊三天兩頭來要一些兵退伍加入工程隊，小溫倒覺得沒什麼，心底想說這是個變回平民的好機會，但老鄒卻不肯。他跑去跟連長力爭：「我是來部隊打仗的，有一天要打回去，怎麼要我退伍？」

連長安慰他說：「老鄒啊，你這是假退伍，你會繼續領我們部隊番號的底薪和津貼，真的打仗你就歸建啦，又回來啦。這次是因為開路需要人。老鄒啊，這條路很重要，老共如果登陸作戰，我們要有一個作戰的縱深，委員長很重視這個工程。」

老鄒想不出還有什麼可以跟連長爭論的，他大字不識幾個，沒辦法升遷，只能當個士官長，沒有妻小家人要養、沒有專長、沒有靠山，形式上退伍，實際安排他到橫貫公路工程總處的榮工處「接受職業訓練」，好像也變得合理，而且是個恩典了。

那年秋天，小溫和老鄒先搭上火車，再換搭軍用卡車來到「合流工程總隊」報到，發了一根洋鍬就上工了。早上七點開始工作，五點收工。工程並不完全是開新路，一部分是在窄仄的舊道上進行拓寬道路。他們被分發的這個小組在陡峭山勢的狹窄便道上進行，下面就是懸崖，美麗和危險是那麼的不可理喻地並存在那裡。工程開始進行以後，小溫更感受到這個工程同樣不可理喻。因為爆破幾乎都只靠資深工程師的直覺，在絕壁上用鐵鑿鑿壁也沒綁上安全索，沒隔多久都會聽到有人受重傷退隊甚至是死亡的消息。

老鄒重複跟他說著過去幾年不知道說過幾遍的話：「我們的部隊是王牌軍，打過長沙會戰，在東北和四縱有來有回，像我們這種活到現在的兵都是披著老虎皮的命，死不了，命被我們唬住了。」他抽了一口菸，繼續說：「不過只是披著老虎皮，不是真老虎，所以在虎皮底下的也是爛命一條。」

他們工程的路段稱為「合流」，周遭都是高山，兩條溪在這裡匯合，路要沿著溪延伸到出海口。

「像我們這樣用這個鐵鑿打，要打多少年，要打斷多少根才到海邊啊。」小溫對老鄒抱怨。

雖然已是秋涼季節，每個人都穿著汗衫、卡其褲，毫無保護地攀在懸崖邊坡上敲石頭路基，或站在棚架上將榔頭甩向鐵鑿，將石頭硬撬下河谷，一天下來汗可能要流個幾斤，連睡覺時小溫的手肘都還不自主地抽動著。有時候工班被調去用竹畚箕挑著石頭走不穩固的臨時吊橋，徒手清理爆破現場的落石，連雙棉手套都沒有，長官巡視或者有記者來的時候，每個人才趕緊按照規定戴上軍用鋼盔。

老鄒說：「『死』這件事是被挑上的，避不開的。戴什麼鬼鋼盔，我們的對手又不是共匪。」

老鄒跟他說，用火藥炸敵人跟炸山是兩件事──「炸敵人不用回頭看，炸山要啊，炸完了還要去查路，那個山被炸過了，鬆鬆垮垮的，哪時掉一顆雞巴大的石頭也能把你砸死。還有那個什麼雞巴炸藥。」炸藥的品質太不穩定，許多爆破隊的人都抱怨裝填雷管都像在挖自己的墓穴。老鄒和隊長力爭，隊長看他是資深老兵，才答應他和小溫仍然留在路基隊伍。

有一次炸山壁小溫和老鄒的隊伍在河道敲路基，上方一爆破，落石雖然是準確地落在他們身後，卻塞住河道。午後一場大雨，溪水就此暴漲，幾個弟兄就這麼莫名其妙被沖走，小溫硬是拉起了其中兩個，一個活，一個死了。死的那個小溫不用翻身就知道是老鄒，他的臉被一顆大石頭砸爛了，翻身了也沒有意義。

敵人壯麗偉岸沉默，無意無念，你看不出它的意圖，也想不透它的決定，它不要你的祈求和愛，也不理會你的畏懼與恨。

除了隊上定期的祭拜以外，每天上工前，小溫都默默地對著山講幾分鐘的話，替自己也替老鄒對山祈福。

有一次聽說蔣委員長和他的兒子，也就是負責整個工程規畫的小蔣會來視察，工班就把每個人「應該站的地方」都安排妥當，那也是他們身上的裝備最完整，衣服最乾淨的一天。當蔣委員長和蔣夫人走過他們搭的吊橋時，用他的拐杖指點山勢，彷彿自己還是那個在中國戰場上意氣風發的指揮官，眉清目秀的小溫奉派站在棚架上敲石壁，並且按照指示回頭去讓側臉對著鏡頭。

晚餐時他們歡樂地討論不曉得誰誰誰有沒有真的被錄進去：「錄進去就名留青史了。」一些老兵說：「媽的我在大陸出生入死，都沒有看過委員長，你這小子就這麼運氣好被錄到錄影帶裡。」

隔天清晨起來，小溫真心為他們鑿出的這條路感覺驕傲，那個驕傲讓他忘記了憤怒、疲憊或其他。小溫好像也忘了回憶，他一直叮嚀自己：專注當下，專注看著岩壁，不要去看立霧溪的溪水，那溪水沒有人管束，它隨意泛濫，任性乾枯，被水面下不可見的水草和石頭阻礙糾纏，形成不可預見的漩渦，只會隨著自己的心意流動。

兩年後，上級宣布要徵用一批人到緩坡峽谷的橋梁附近建祠堂和紀念碑，已經在隊裡被稱為老溫的小溫自願參加。那天他一個人晚上坐在工寮外，站在後來被國家公園開闢成親山步道的山崖前面，聽著陌生的蛙鳴直到天亮，天亮前有一隻貓頭鷹無聲地飛過，小溫感覺自己的脖子好像被一條冰毛巾擦過似的。

「老鄒你來啦。」他拿了兩瓶高粱對著山和老鄒一同喝到見底。

工程完成後，老溫沒有像一些同僚把那筆工錢拿去娶個「山地新娘」，他選擇繼續在東部服役，退伍後住到這個小村子規模不大的「榮民之家」裡，安靜地跟著部落裡的居民日昇日落地生活著。

多少次老溫都動過這個念頭：「把錢拿去成個家。」不過終究沒這麼做，箇中原因他從來不願向任何人提起。那就是從工程隊退下來以後，他發現自己「幾乎」對性失去熱情。那種感覺很難言喻，並不是性欲無影無蹤，而是好像性欲知道自己沒辦法支配肉體，因此產生的保護機制。

在部隊的時候他偶爾會自己到花蓮的溝仔尾找小姐，但都沒辦法順利。欲望是個麻煩。只是沒有了欲望又不容易提起鬥志，因為大自然唯一尊重的，就是欲望和鬥志。只是欲望可以控制，能讓它消失，愛卻不會。老溫始終不知道，他的痛苦來自於此，立霧溪與太魯閣峽谷也不知道，它們的永恆感不是因為地貌的移易緩慢，而是來自大地無欲無情。

他想起老鄒曾經替他算過命格：「日時占劫祿，你的夫妻宮前面有一條大河，很難過去，強要過去就怕會滅頂。」算了，如果過不了河，那就在河的這一岸吧。

當他第一眼看到小鷗的時候，就覺得這孩子和自己有緣。當別人去海風酒店喝酒、唱歌，找姑娘陪唱的時候，老溫去海風酒店是為了看小鷗。有時買個小玩具，包個少少的紅包，或帶她喜歡的彩色鉛筆去給她。玉子一開始也懷疑這個老芋仔是不是有什麼圖謀，後來漸漸發現他就是單純喜歡小鷗，於是就放心讓他跟小鷗互動。

老溫一生都不會知道，自己的勃起是被長官取走的。為了避免開發中橫的工人發生什麼爭議，他們決定在給子弟兵的營養品裡混雜著一顆特別的藥。有些人在停藥後還能恢復，但小溫直到變成老溫，每回在浴室或床上握著自己無能為力的陰莖的時候，都只能絕望地說服自己接受。你沒有在戰場上死掉，沒有被丟進海裡，沒有在工務班因為爆破斷手斷腳，沒有像老鄒一樣被水鬼拉走，你就是老天爺眷顧了，沒辦法勃起的陰莖又算得了什麼？

風雨漸漸大了起來，老溫把自己的外套拉緊。他想起舟山也是個常有颱風的地方，不知道後媽後來怎麼樣了？

清晨時，大地都被離去而復返徘徊的強烈風雨驚醒。以為危險已遠離天濛濛亮就從藏身之處出發覓食的水鳥，飛到一半就發現決定錯誤，牠們盡可能張著翅膀，希望能在風中保持平衡，然而牠們失望了，被打敗了，受到了重擊，於是側身飛回陸地，尖叫著尋找庇護所。剛探出頭的螃蟹重新縮回岩石縫裡，沉沉的颱風雲讓人呼吸不過來，沿溪而上兩邊脆弱而含水的坡地，發出了鬆動的沙沙聲，好像有什麼在土地裡掙扎，有什麼在準備翻身。

這個在盛夏的菲律賓東方海面生成的颱風，經過一周在海面的成長與休養，深夜登陸島嶼的東部，經過數小時的徘徊停留後回到海上，沿著陸地與海洋的交界北上。島上的人早已熟悉颱風的模式，當暴風圈離開之後，會有一個短暫卻美麗的喘息時間，人們可以看到陽光或彩虹，但緊接著颱風離去帶來的環流所形成的雲層會引來豪雨。

不過這個舞步詭異的颱風與往例並不相同，它出海後又登陸，重新帶來每小時超過一百三十毫米的雨量，累積降下超過九百毫米的暴雨，比她第一次登陸時更狂野，更有毀滅的決心。當雨勢暫歇的頃刻，那些開南崗片麻岩、九曲大理岩、綠泥石片岩和雲母片岩，以及乘載它們的數百萬立方山土砂石，夾帶萬鈞之勢而下，用它們的尖銳與堅硬毫不容情沖刷這片谷地，埋沒它們朝向大海路徑中的一切。

舊海豐、新海豐，以及另一個呈現犄角之勢的小村，少數人先是聽到了轟隆巨響，接著跑出房子的人目睹了砂石朝向自己奔騰而來的過程。世界顛倒錯亂了，大地因為巨大的力量而波浪起伏。根植於土地多年的樹木連根拔起，向光的樹枝塞在泥土裡，一切脫序而混亂不堪。泥流有如烏雲，天空卻清朗到出現雨後的虹彩，每個人看到這離奇的景色，驚慌得有如重見光明的盲人。

那十數分鐘對村民來說彷彿數個鐘頭，確認地鳴與山鳴皆已平息之時，人們開始出動勘查村子受傷的程度，並且尋找失蹤的人。他們發現房子跟道路都被扭曲了，村民有三分之一不在街上。於是他們迅速組織，開始清查每戶房子是否有人受困，從市區過來支援的消防隊以及附近駐防的軍隊都加入了搜救行列。

在某一刻他們同時看向山上，因為從昨晚到今天，還有七個人和一條狗沒有回來。

萬事埋在泥土裡

當督砮在黑暗中聽到喀啦一聲的時候，他的直覺是有人拉了 Murata 的槍機。但黑暗裡不該有人，槍也不在這裡的啊？

督砮的身體仍然做出了立即的反應，將身體藏向山洞的凹陷處，屏住呼吸，過了一會兒發現並無動靜才往裡頭繼續走。孩子的時候是有多大的勇氣，才會像這樣深入黑暗而不會退縮呢？那勇氣當然一半是 Idas 給的，一半應該也是身體裡頭的吧。

督砮繼續摸著岩壁往前走，直到一處大約是兩步半的空間大小。他不禁想，這會不會是小時候和秀子相遇的地方？那個他們等待救援、彼此支持的地方。如果是的話，那還真是小。只是小時候覺得是大得不得了。

正當他這麼想的時候，那種拉槍機的聲音又出現了一次。這次在他的正後方。黑暗中他明顯感到**有人**（或者其他的什麼）拿著槍對著他。

玉子進入山洞時，有一種小鷗一定在裡面的感覺。這就像許多母親能敏銳地感覺到嬰兒是不是在自己的身邊的那種直覺。她走得愈深，就愈走進那次她逃家躲進山洞的記憶裡。如果這就是那個山洞的話，那應該是她走出來的那個，而不是她走進去的那個。但不知道為什麼，她有點混淆，不知道自己是三十多歲還是六歲。

由於實在是太累了，雖然精神上還想撐下去，但身體實在受不了，玉子終於全身發熱癱倒地上。

因為一個耳朵貼著地面，她好像聽到了水流的聲音，水流一開始如涓滴，隨即像是能放紙船的小水圳，接著轟隆隆如同火焰，讓她心跳加快。

她歇斯底里地大喊了一聲：「還來！你他媽的給我還來！」

小林從山洞滑進更深的山洞的時候，自覺地雙手抱頭，直到身體停下來。他第一時間就是確定手電筒還在手中，其次就是看背包裡的筆記本是不是還在。小林每次到野外都帶著筆記本，他喜歡模仿那些博物學者，把看到的畫下來，然後在旁邊標註上一些測量數據和自己發現這些東西時候的心情。這些筆記本他都用沾水筆寫上花體的羅馬數字，如果畫了什麼動、植物就會寫上那些動、植物的學名。同學們都對記憶學名很頭痛，小林卻很喜歡。他從進去學校開始，就特別喜歡學校裡那些古老標本上的標示。那些標示都用手寫的斜體字，他總認為，標本上的這些字和標本本身一樣迷人。

此刻他用手電筒一照，照出了他從未見過的景觀。他身處一個大約僅容兩人展臂的空間裡，四周都是上頭有著閃閃發亮的結晶體的黑色石頭，而那些黑色石頭上，則是爬滿了植物的根系。他用手在那些根系上剝了剝，最前頭的嫩綠的淺色部分就被他撥開。可能是地上某一棵大樹，或者好幾棵大樹，根都伸到這裡來了呀。

他感嘆著造物的神奇。突然他聽到噗咚一聲，看到那些爬著根系的石頭好像一致地收縮擴張了一下，就好像……好像某種生物的心臟正在跳動似的。他覺得自己眼花了，或者是缺氧開始產生幻覺。

但隨即是更大的一聲巨響，小林驚覺，來時路似乎塌陷了。

讓我去種地瓜

噓，往事隱匿在智力範圍之外，在智力所不能及的地方，噓噓，在某個我們意想不到的物質對象中。

什麼？

噓。沒什麼。噓，流過我心上的一些字。

什麼意思？

噓，沒什麼意思。噓。妳要小心。

女孩拉著血藤往上爬，還好巨人的心上攀附了各種植物，讓她可以順著攀附而上。當她誤拉到一些腐朽或有斷裂可能的爬藤時，飛鼠和鬼鼠就會把它銜開或咬斷。女孩進入了一段如夢似幻的時光，她不知道自己的手放在哪裡，腳放在哪裡，但確實一寸一寸地接近了那叢山蘇。

等到她爬上接近山蘇的地方，不禁回頭看了一眼。Idas和三隻腳的食蟹獴抬著頭看她，就好像老鼠的大小。

呼呼，就差一點點了。

一群小鳥飛過來繞著她，甜滋滋的叫聲好像在鼓勵她一樣，她深吸一口氣，攀上了山蘇所在的枝枒。

那是一叢壯麗的山蘇，是小鷗看過村民種的山蘇十棵，不，二十棵、三十棵、五十棵併在一起的樣子。她不禁嘆了一口氣，身體卻不由自主地瑟瑟發抖起來。多年以後，她才明白在自然界壯麗同時是恐怖。

我爬上來了。

噓，妳爬上來了。

然後呢？

噓噓。妳有一把山刀。

我有一把山刀。

噓，妳看見山蘇中間長出嫩葉的地方嗎？看到。

噓噓噓噓。從那裡刺下去。

從那裡刺下去？

噓，對。

那你會怎樣？

噓。我會解脫。

什麼意思？

噓，Wada mhuma bunga da msa（去種地瓜了）。

聽不懂。

噓。我會死。噓，你們說的死。

那不就是我殺死你嗎？

噓噓。當然不是。噓。是妳幫我解除痛苦。噓噓。颱風來了，這個颱風很強、很特別。噓，工廠的井快要穿過我的心臟了，我身上很多地方都被挖空了，噓，颱風會瓦解了我身上的樹、石頭和泥土，噓噓。東一塊西一塊掉到山底、海裡，噓。會把村子都埋了。噓噓噓，到時候我也會死。

噓噓，但會很痛苦、很辛苦的死，噓。像我的哥哥一樣。妳現在用獵刀，噓噓噓，那樣插進山蘇長嫩葉的地方，那是一把很好的刀，噓噓噓，如果妳插得準一點，我會很快地死去。

不會東一塊、西一塊地掉嗎？

噓，會。

那不是一樣。

噓噓。至少不用等那麼久啊。

可是我不希望你死。

噓噓。妳又不認識我。噓。妳不會在乎我死的。噓噓。而且，這世界跟妳希不希望沒有關係。

噓噓噓。這個世界，不是照著我們的希望走的。

可是剛剛三隻腳的食蟹獴帶我去看了你的頭、你的肩膀、你的肚子。

噓，妳不會在乎的。

在乎。

噓，那妳可以幫我呀。

沒辦法，我沒辦法，我不想這樣幫你。

我幫不了巨人了。我白白地爬這麼高，卻幫不了巨人。小鷗悶悶不樂地煩惱起來，她一煩惱起來就不再說話，因此任憑巨人、三隻腳的食蟹獴如何叫喚都不理會，直到她突然想到一件事。

你剛剛不是問我背包裡有什麼嗎？

噓，獵刀不是嗎？

還有畫冊，和一本故事書。

噓。所以呢？

我沒辦法把刀插到那個山蘇中間的嫩葉上面，但是我可以讀故事書給你聽。

噓，讀故事書？

嗯。

噓，怎麼讀？

像我媽媽讀給我聽那樣讀啊。

噓噓。那讀吧。

聽好喔。第一頁，

在一個不是春天也不是夏天不是秋天也不是冬天的季節……。

第十二章　颱風季

如果這世界上〇神，那神就不可能會騙我們。祂賜給我們各種〇〇，就是讓我們從破碎、痛苦裡找到一條路。如果我們學會使用它們，就一定能通達〇〇，而不是像〇們說的那樣。因為上帝自有〇〇。

Knibu

這趟回來沒想到就遇到這麼大的颱風，也沒想到小鷗會走失。我以為自己對那座山很熟了，但終究只是我以為而已。

那年來這邊做調查之前，我從來沒有來過海豐。來的那天我和老闆搭了四小時的火車，在車上吃了排骨便當。臺灣多數的車站出來就是小小的商店街，但這個車站出來空無一物，讓我有一種錯覺：也許住在這裡的人，在車站蓋好後搬走了，連他們的房子一起搬走了。後來我才知道，這個車站並不是為了這邊的居民而設的，也不是為觀光客設的，所以很少人下車，自然站外也就沒有形成商店街。

我們一下車就換上等待的小巴，最後停在一條林道的入口，一下車熱風襲來，是會讓人胸口窒悶的那種熱。「只有一條路，往上走就是了。」一個聲音低沉的胖子跟大家說。我走在所有人的最後面，這是出於生物性的直覺——隊伍裡的每一個人的地位都比我高。

上了研究所以後，我時時刻刻都在找研究的主題，因此每次到新的地方我總是東張西望，看會不會突然有什麼靈感。在穿過一段樹林時，我看見一隻大鳥飛過，我直覺那是林鵰，趕緊加快速度想通過密林找到開闊處，結果竟然一個人跑到最前面了。在遍尋不著林鵰後，我在一處裸露的山坳停下來等其他人。

第二個出現的是我老闆，他看了我一眼，自顧自地掏出菸來抽。他是個話不多的人，我也是，所以只有我們兩個人的場合總分外尷尬，有一回我跟他在研究室meeting，不知道談到什麼話題，他沒有再回話，接下來我們都沒有人再主動講話，他抽了一根菸，好不容易等到鐘聲響起，我趕緊起身鞠躬推門出去。

幾分鐘後，其他人陸續出現了。那個落在最後的胖子氣喘吁吁地把地圖拿出來，一臉嚴肅地對照著，但可能是因為不常看地圖的關係，把它翻來翻去還是沒辦法確認方向，我忍不住伸手幫他指了指，後來覺得這實在很笨，你不能做一些事，讓那些地位比你高的人覺得你看不起他，即使是看地圖這種小事。

我記得胖子在車上自我介紹時，好像說自己是未來公關部的主管，但名字我卻怎麼也記不得了，只記得他聲音低沉，很像一個很有名的廣播節目主持人，和他的人看起來完全不搭，如果只聽他的聲音，大概會覺得他是誠懇的人吧。

站在那個山坳可以毫無遮蔽地看見海。那天的海是透明、無風的那種，像玻璃一樣。從小我就喜歡不合常規的東西，沒有價值或沒人在意的東西。我喜歡那些隨時可以躲起來的地方，離開人的世界的地方，這座山看起來就是那樣的山，那片海看起來也像是那樣的海。所以我看著看著就著迷了。

小時候我住的村子沒有山，只有灰濛濛的天空，確實住家不遠處也是個小海港，但我很少去那邊，因為那邊有化工廠空氣很不好，而且大多數的海灘也被工廠用圍牆隔起來了，只有港口那邊可以通行。回想起來，我們村子裡的人好像都討厭自己的村子，村子裡的人都把子女留在家鄉當成沒出息的事，我爸總是說：「好好仔讀冊，大漢搬離開這个所在。」當我考上臺北的大學時，他們比誰都興奮，根本不在意我讀什麼系，還在村子口放了長長的鞭炮。

我的成績離醫科還有一段距離，本想填獸醫，最後卻莫名其妙地進了生物系，我跟那時候多數的考生一樣，並不太知道大學裡在做些什麼，後來我想，我們只是很會考試的人，不是為了什麼了不起的想法上大學的。

住進大城市的校園裡，我唯二喜歡的地方是圖書館和標本室。根據當時我讀文學系的女友的詮釋，她說這兩個地方都算是一種墳場，差別在於圖書館是人腦袋裡念頭的隱喻式墳場，標本室是留下生物軀殼的展示型墳場。她會寫詩，也會排紫微命盤。我教她做鳥的標本，騎著摩托車載她到處去找鳥屍來做標本，我們會到淡水附近找，那是靠近臺北比較多農地的地方。要找被農藥毒死的，身體會比較完整，被鳥網抓住的，常常羽毛都壞了。

有一次我在鳥網撿到一隻還沒有完全死透的虎鶇，她一直說牠還沒死。我說：「牠一定會死的，我不拿下來不到一小時牠就會死，拿下來一小時以後牠也是死。」那天她在機車後座不像以前那樣會抱著我的腰，然後就很自然地愈來愈冷淡，我也沒有強求，就讓兩個人慢慢地淡掉。後來想想，因為學的東西不同，我們對生命的看法，終究會變得愈來愈不一樣。那隻虎鶇當然最後還是死了，標本現在還在我房間裡。

後來我考上研究所，暫時靠領獎助學金和參加計畫解決了生活的問題。我是在實驗室裡待不住的人，可能我的性格很謹慎也很喜歡跑野外，很快老闆就注意到我，把我拉進他研究室一些計畫的團隊裡，然後再把我拉進這個「大計畫」裡。

當時那個胖子假裝沒有聽到我的話，花了一些時間自己才看懂地圖，說：「再往上一點就到了。」往上的山脊看起來一片青綠，然後漸漸沒入較陰暗的林間，這段路我把注意力放在放慢步伐上，告訴自己盡量不要發表意見。林木逐漸稀疏，周圍只見及腰的芒草，地上的裂縫形成一道一道的縱線，看起來毫無規則地把青綠的坡地劃分開來，風一吹沒有植被的地方沙子就被吹起來。

半個小時後我們終於來到地圖上註明的「X點」，一大群鳥嘈雜地盤繞在附近，我看了一下，原來是一棵很大的雀榕結籽了。胖子一邊擦汗一邊喘著氣，一面要我們打開手上油印的地圖，比畫著規劃中港口、廠房和礦區的方向。最後大手往天際一揮，說：「運送軌道會通過這裡，就這裡，然後送到那邊的工廠，工廠加工完以後，上船或上火車運送到北部或國外，一氣呵成，最省成本。」

我看著眼前的森林和遠方的海，試著將地圖上的標示用想像力把它們連起來，灰色的運輸軌道，上面的礦泥往前滾呀滾，好像小時候我最愛畫的科幻城市。不知道為什麼，小時候想像科幻城市總是有各種的空中連通道。

「然後，這邊是第一號豎井的地方。港口那邊還會有發電廠。」穿著灰西裝，像稻草桿一樣瘦瘦的、頭髮灰灰的徐經理是這車裡頭廠方職別最高的人，他沒有出一點汗，定案似地把這句話補充進去。我當時雖然年輕，但從有限的經驗裡也發現了，凡是能穿著西裝在這樣的天氣不出汗的人，都是地位比較高的人，好像一種演化一樣，地位高了以後汗腺就不發達了。

胖子走過來，對著我老闆說：「要拜託許教授協助調查這邊的動物，吳教授則是調查植物，金教授負責做地質報告，今天他們兩位剛好到國外開會沒有來，下次我們會再找時間請他們來一趟。」

穿著綠色汗衫的老闆轉身看了看我，因為汗濕的關係，老闆的T恤貼在雙乳和肚子上，下巴和腰間的贅肉超明顯，他是一個外表軟弱卻個性嚴厲的人。

「這邊都會剷平嗎？」老闆問。

「這區的話會先動工，當然，到時候慢慢從山頭往下開採。」

幾個穿制服的人拿出水平儀、望遠鏡、地質探測與採樣儀器工作起來，那個穿西裝都不流汗的男人的視線由東往西掃描，然後靜止在剛剛我指給胖子地圖上參考點的方向，從這個高地能清楚地看到那個村落。和地圖一比對，就會發現村落的一部分和將來的港口、廠區重疊了。

村子看起來像是已經在這個背著峻嶺的狹長海岸面對大海，平靜存在了幾個世紀，但又有一種奇怪的新穎的感覺，好像它本來並不是在這個地方，是被什麼神燈精靈從哪裡搬過來，小得就像是一個可以握在手裡的東西。

不知道為什麼，雖然完全不像，卻還是讓我想起了我小時候住的那個村子，那裡有我最快樂和最不快樂的記憶。不過我後來懂了，不快樂的回憶一定會跟快樂的回憶連在一起，就像對照組一樣。

隊伍裡一個不知道是什麼領域的專家問了村子的名字。

「Knibu。」一個在地的漢人嚮導這樣回答。大家一臉疑惑。

「克尼布，山地話啦。講海豐大家才記得住。」

大家問是什麼意思？結果沒有一個人能說出是什麼意思。

第二次來的時候就是要開始執行調查計畫了。走出那個半個月以前我還覺得是毫無理由存在的火車站時，我刻意拿望遠鏡往上次看村子的那處山坳看過去，這一看我嚇了一跳。不過是半個月的時間，那裡已經蓋起一排房子了。

學長阿炮留給我的野狼坐墊上，有一隻虎斑貓正在睡覺，我坐在旁邊抽菸等牠醒來。這臺野狼在調查時間我們輪流騎它，誰來誰用。

貓醒來以後我騎車走那條上次來巴士走的路，迎面的風傳來新翻出的泥土和森林的氣味、鹽的氣味，和鋼鐵與鋼鐵撞擊時候火花的氣味。我穿過當時巴士的停車點，發現路拓寬了。我到了工寮，找到了當時負責的一個工頭林主任，把我負責的計畫給他看，他給了我一張通行證，日後便利我進去工地的管制區。他跟我說：「第一批工人快要上船了。」

下山以後，我去了國小看那排蒲葵樹裡頭的高頭蝠。剛進研究所的時候，有一次我和老闆聊天他問我想研究什麼題目，我說蝙蝠。但是那時候完全沒有人研究蝙蝠，臺灣有很多蝙蝠，卻沒有人研究牠們，很奇怪不是嗎？但是老闆聽我說完的時候一語不發，那時候我很聰明，很會看人臉色，知道硬撐下去他也不會答應，就說：「看教授給我什麼題目，我就努力去做。」至於為什麼我會想研究蝙蝠？那是因為小時候的一段回憶。

我剛說了我家是西部近海的一個小村子，我爸既是農夫也是討海人，我媽則是在他討海時在家旁邊一塊地種東種西，照料我們。不過我們很少去港那邊，爸也是有人邀才會出海。我小二那年，他跟船去捉白帶魚，因為船機械故障，漂流在海上。我媽聽了消息，拉著我們跑到港口等。第一天沒有等到消息，第二天也沒有，但聽說已經找到船了。第三天氣象報告竟然說有一個輕度颱風從巴士海峽上來了。颱風雖然還遠，但如果來不及把船拖回來，那就糟了。

清晨天還沒亮媽要帶我們繼續去港邊等的時候，我自己先準備好了，在房子的後頭等媽媽。我無聊地走進家旁邊一間廢棄的豬舍，突然看見一個黑影倒吊在那裡。

我指給媽看，媽說：「哪會遮爾（tsiah-nī）大。」真的非常大，不開玩笑，在印象裡，牠就像一個嬰兒一樣倒掛在那裡。媽不知道怎麼想的，突然間拉著我們，對著蝙蝠跪了下來，說：「這擺予阮頭的平安轉來，我一世人食菜。」

雖然說是輕度颱風，但外圍環流很大，那天灰色的波浪在我們眼前拍著漁港，空氣中都是浪的飛沫。大概中午過後，我們四個人正蹲在堤防邊吃便當的時候，遠遠地看見拖船把船拖進港。隨著船愈來愈近，我們看見爸的身影站在船頭，揮動一件灰色的外套朝我們笑著。你會說那麼遠，怎麼會知道他在笑？我們就是知道，因為我們也在笑。

那時候他的頭髮還很濃密而且很黑，船靠岸時我看見他臉上都是鬍鬚，上頭掛著一層水珠。他穿著藍色的厚襯衫，綠色的膠筒靴，外頭罩著黑色的雨衣，簡直就像一隻大蝙蝠。那時候他還沒有把家裡的錢都拿去給那個理髮小姐，還沒有跟錢莊借錢，嗯，也許有但我們不知道。總之他那天下船以後抱了我媽，抱了我妹我弟，也抱了我。印象中那是他最後一次抱我，也是我第一次沒有掙脫他。從懂事以來我就討厭人抱，所以小時候他說我不得他的緣，那一次他張開手臂時我以為自己會掙脫他，但是沒有。

這麼多年下來，我把看見蝙蝠當成是某種心願可能達成的信號。不過想想很蠢，爸後來還是離開我們了，心願的後面還有人生，人生並不是一個心願達成之後就結束的。

接下來我住進了海鷗，可以報帳。雖然我不排斥睡工寮，但要跟那麼多人一起洗澡、吃飯、生活，對我這樣個性的人來說還是很痛苦的。

我開始進去還沒有被剷平的森林裡調查，昆蟲、植物、哺乳動物的種類和數量遠超過我的理解，我嚇到了，興奮地把牠們都記在筆記本上，並且在預算內盡可能多拍照。回海豐時如果時間剛好，嗯，有時候會太晚，我都會去看那些蒲葵樹上的高頭蝠，看牠們一隻接著一隻往下爬到葉子的尖端，然後放開葉子飛走，沒有看到牠們會覺得一天沒有結束。

大概第一批次的調查快結束的時候，我可能得了流行感冒發燒、筋骨痛而且全身發軟，吃了秀英婆婆給我的退燒藥也都沒用。秀英婆婆告訴我有一個颱風要來了，怕我的病情變嚴重，問要不要請人送我到醫院？我那時候很虛弱而且痛苦，就答應了。說真的還好有到醫院，因為後來照了X光，發現已經是初期肺炎。護士要我聯絡一下家人，結果我打電話給當時的女友，不，前女友，純粹撥錯電話。她在電話那頭聽我說話，我以為聽到她哭的聲音，結果回神一看才發現是我自己。

半夜的時候我被一個護士叫醒，要我去櫃檯接電話，結果是我妹。

我妹在電話那頭沒頭沒腦地說：「他送醫院了。」

我問誰呀？我是被送來醫院沒錯。

她說「爸。」

我說「妳怎麼知道我也住院？」

她說「文文打來說的。」

文文是我前女友的名字。我問爸是什麼狀況？她說她也不知道，是社會局的人通知她的。快天亮時第二通電話進來，妹說：「哥，爸死了。」

幾個小時前收到我爸進醫院的消息，幾個小時後知道我爸死了，不知道為什麼，我滿腦子卻都是那些高頭蝠離開樹的畫面，牠們回到那幾棵樹上了嗎？牠們撐得過這次颱風嗎？

我到醫院的公共浴室，打開水後站在水流下面，讓蒸騰的熱氣縈繞在我的頭上。死了，死了。

好像在說服我自己一樣。一開始時並不明朗，等到熱水幾乎快燙傷我的皮膚的時候，我的大腦才慢慢出現他的臉。那張臉比較年輕，正是他在船上，揮著灰黑色的外套跟我們打招呼時，看不清楚卻很清楚知道他笑著的那張臉。

隔天出院我問了交通情形，發現暫時從花蓮是沒辦法北上了，你們都知道，這段路是很容易斷的。我盤算了一下決定搭車往高雄，再從高雄搭野雞車回臺北，反正人都死了，早回去晚回去都一樣。

結果在野雞車停靠在C鎮交流道時，我無意識地跳了下去，然後走了半個小時，回去我們老家。自從媽過世後，依她的遺願，我阿姨幫忙把房子賣給一個親戚，然後讓我用那筆錢帶著弟、妹到臺北讀書。誰都不會想到，後來在護校讀書的妹妹，會再遇到我爸。這些年來，我們只聽說爸被她的女友還是老婆之類的趕出家門，流離失所，就住在龍山寺前面的商場附近，等打零工的機會。妹去拜拜的時候遇到他，一時心軟，把自己的電話留給他，於是他會三不五時打電話跟她借一些小錢。

老家的房子已經局部改建過了，巷子口多了一家小商店，商店旁邊有一支公用電話。我打給妹，跟她說提款密碼，讓她先提一筆錢出來，支付火化的花費。

「你好了嗎？不回來嗎？」電話那頭她說。

我在房子外面探頭探腦，房子不像我們住的時候那麼乾淨，雖然新，但是不乾淨。如果我媽看到的話，一定會要我把它整個打掃一遍。

我爸死了。我爸是誰？一個我巴望著他死的人。現在他死了，好了，他死了。

我看著老家外面那根本來繫著老狗阿福的柱子，想像一推開窗戶，就會看到我媽永遠站在前面的水槽和爐子旁。玻璃窗是透明的，透著一點光，我若無其事裝作路人走過去，記憶裡椅背上的棒球外套，沒有收好胡亂塞的檯燈電線，鎖不緊的水龍頭，這些都不是我們的了。

我搭上巴士又逆時針回到海豐，在車站再次撥了一通電話給我妹，跟她說：「對不起，哥以後補償妳，反正簡單辦，我剛有打給代辦的人了，有一個高先生會幫忙妳，我把他的電話給妳……我暫時不回去了。」

後來颱風走了，從花蓮北返的鐵路也通了。我又待了一個星期，老闆打電話來，說要我用颱風走了以後的生物數據做成植被與動物的調查交上來。

我理解他的意思。趁著颱風剛過的調查數據，會讓這個地方看起來比較沒有生機一點。

昨天黃昏到的時候，我也是先到國小看那群高頭蝠是不是還在。真不可思議，經過了這麼多年，發生了這麼多事，牠們依然在幾棵蒲葵樹上棲息、交配、生產，然後等著遷徙。牠們應該也很熟悉這裡的颱風和地震了吧？

我不知道自己是不是能從這裡出去，我第一次擔心別人勝過擔心自己。如果有神的話，請讓小鷗沒事、阿樂沒事，村子裡的人都沒事。

山如果會說話

誰會相信，二十多年前困過自己的山洞，會再困住自己一次？這一定不是偶然吧，這一定是巨人的惡作劇。只有這樣才解釋得通。

我記得Tama曾經提過Baki說：「為了榮耀主，為了讓孩子們明白我們吃過什麼樣的苦，我們應當對孩子們說故事。」所以他在教我打獵的那段時間，會走在我前面一邊說部落的故事，所以我想起這段往事時腦袋裡的畫面，都是他強壯的小腿。Tama說：「你以後也要講給你的孩子聽，要從沒有電、沒有房子的時代說起，要從山的那一頭說起。」所以我們祖先從托魯灣遷到像赫赫斯、砂卡礑這些地方，然後再被日本人遷到平地的故事，我都不知道聽過多少遍了。

這麼多年了，我還沒有自己的孩子。而舊海豐已經等於不在了，這是我那時候想像不到的事。最近我會想，人真的會在意自己都不認識的祖先從哪裡來嗎？人不知道自己的祖先從哪來，真的有關係嗎？每當我這麼想時，腦袋就好像小時候不專心聽Tama講話，被他用槍托敲腦袋，他會說：「不知道自己從哪裡來的Truku，不就跟一頭山豬沒有兩樣？」所以我現在的想法是，如果我們都不說我們自己的故事，有可能就不再有人記得這些事。說不定以後工廠在這邊蓋一個什麼紀念館，裡面寫Truku興高采烈地歡迎水泥廠，水泥廠繁榮了地方，讓大家都有工作做，所以部落人民變得幸福、有錢，都是因為水泥廠的關係。不可能嗎？

就像現在大家都不知道為什麼 Knibu 叫 Knibu，大家都只知道海豐。

說起故事，我 Tama 最喜歡提的就是我的 Baki 拿難．高勞在跟日本人打仗的時候，開槍射死 Sakuma 的故事。那時候日本人攻打我們，我們族人設下了埋伏的陷阱，把日本軍隊困在一個四面都是樹林的山坳處，據我 Tama 說，開槍打傷 Sakuma，正是當時才是少年的我的 Baki。

我常常問，那後來少年英雄拿難．高勞呢？

他後來，就依照太魯閣族的 Gaya 文面，那象徵了他的英勇。文面大概要花一天的時間，當時醫學不發達，所以會經過大概十天的發炎、腫脹、休養，然後才能拆布。但是當部落的人被日本人強迫遷移到平地時，也強迫部落裡的人把文面去除掉。去除的方式很殘忍，用很利的刀子，一片一片把文面的人臉上的皮膚削去，直到臉上被流出來的血遮蓋至看不見紋路為止。Tama 說，Baki 後來都用 Payi 織的一塊布蒙著臉。

為了避免日本人報復，所以沒有人會明說 Sakuma 是死於誰的槍下，但當時 Baki 正當身強體壯，於是被徵召去做戰備義務勞動，派到山上搬石頭，或者去挖戰備隧道，有時候還要到原本部落的地方種地瓜跟蔬菜，提供日本人的部隊吃。

後來日本人又把我們家族遷到這裡來，海豐。據說這裡本來整片都是森林，資源是很豐富的，不過這裡的獵場很多都跟南澳那邊的泰雅族重疊，我們的到來引起泰雅的不安，彼此競爭，互不相讓，就爆發了衝突。

Baki當然也參與了，成了讓敵人害怕的蒙面勇士。有一天，我們Truku包圍住南澳那群人，得了一個大勝仗。從此以後我們把這個地方叫做「包圍敵人的地方」。不過在那次衝突裡，Baki失蹤了，沒有人知道他去哪裡，連敵人都不相信他已經死去，他們依然尊敬他。

人要的是活著，還是被尊敬呢？山希望是活著，還是被尊敬呢？惡作劇巨人是希望很愛惡作劇那樣活著，還是被尊敬呢？

在Tama還希望我成為獵人的那段時間裡，我總是一邊聽他講故事，一邊氣喘吁吁地跟上他，站在他後面看著大海的方向，看著那個曾經叫做「包圍敵人的地方」，卻被日本人的發音叫成「克尼布」的我的家鄉。偶爾我會想起祖父開的那槍——帶著不知道是靈驗的祈禱還是詛咒的一槍，終究沒能擋住更大的，那些漢人叫命運的東西。

Tama有一次清醒時問過我，為什麼房子蓋山上？我跟他說那是工寮。後來抗爭開始，我載著Tama去醫院的時候經過新海豐的那批宿舍，他在機車後座跟我說：「這些房子怎麼沒有教堂？怎麼可以沒有教堂？」

我從臺北回來家鄉以後，有一次Tama酒醉時告訴我，年輕時他跟我一樣，離開過部落去臺北謀生，因為意外，只好帶著媽媽和剛出生的我回來。他說自己離開部落的前一天是禮拜，離開的時候他在教堂放的記事本上寫下一段話，大意是「神不會騙我們，祂只是戲弄我們，但祂會留給我們一條路，上帝自然有祂的念頭、祂的安排。」他說那時候他從收音機裡聽到另外一個世界，那個世界是這麼地吸引他。不過我的 Payi 這一生都在種苧麻、採苧麻、捻線、編織、燒飯，無論對生活滿意或不滿意，她不曉得部落以外的世界，也沒興趣知道部落以外的世界，就要 Tama 別亂跑。

Tama 說，雖然在這世間的每個人都是瞎的，但年輕的時候會有自信可以翻過任何一座山，老的時候則會認為已經翻過所有的山頭，什麼都懂了。這得不斷循環，就像春夏秋冬一樣。我逃不出去，你也逃不出去。我的 Tama 於是就在某個夏天的早上，帶著薄薄的幾件衣服，帶著叔叔給他的一點錢，搭上那個「嗚嗚嗚」離開部落。

普通列車到臺北要很久很久，他在火車上一秒鐘都沒有睡著。他跟我說，年輕人跟老人的差別就是年輕人會被窗戶外邊的東西吸引，哪怕那只是一條沒有水的河、一間在稻田裡的破房子、一個戴著大帽子的女人。就是想看，就是好奇。老了以後就會把自己縮在座位上，用外套蓋住自己的眼睛與耳朵，名義上是怕冷，實際上是怕看到世界還是一樣，但是自己已經太陽下山了。

他到了大城市以後住在一條溪的旁邊，跟著一些「都胞」去做黑工，因為不會有人問他們的出身或是未來的計畫，當然他們也沒有保險或者任何證照。黑工由一群鬱鬱寡歡的人、不怕冷的人、還不出貸款的人、遭到通緝的人、到處流浪的人，沒有保險也沒有休假的人，還有像 Tama 這種作夢的傻子組成。在都市裡他過得其實不快樂，直到遇到我媽。

我媽當時還在桃園的工廠裡當女工，他們在西門町認識的，這是因為所有外地來的工人，一旦得到機會放假都會去那裡享受一下不屬於他們的都市。他們認識了以後，我媽決定辭掉女工的工作，到西門町當服飾店店員。因為媽媽年輕時長得很漂亮，雖然是鄉下來的，但老闆願意雇用她。Tama 每天放工的時候都去看她，偶爾有放假，他們就會在當時熱鬧的電影街裡看電影。

他們很快就發現懷上了我，接下來就要面對繼續待在都市裡還是回故鄉的抉擇。偏偏在那個時候我的 Tama 在建築工地裡被倒下的鋼筋壓住，他雖然因為同伴救了他而脫身，但右手從此變得沒辦法出力，當然也沒辦法做粗工了。

由於是黑工的關係，在沒有選擇的狀況下，Tama 帶著老闆給的補償金，和剛剛生下我的媽媽一起離開醫院回到這裡。

部落裡的人完全不在意 Tama 曾經默默離開，他們奉行著部落的共生原則給 Tama 和媽媽工作，讓他們能夠養活我。

不過生活並沒有要放過他們，我媽媽後來常常流血，去給醫生看才發現那個孕育我的子宮，可能已經同時長著惡性的腫瘤，但是因為沒錢生我的時候什麼也沒有檢查，所以完全不知道。

Tama 說，媽媽一天比一天消瘦，一天比一天痛，她死去的那天，Tama 用左手就能輕鬆地將她抱起，簡直就像抱一個嬰兒一樣。他因此得到兩個嬰兒，一個生出來，一個死掉。

後來有一個臺北來的人找到 Tama，他說他是按照工廠的名冊，一個一個拜訪的。他說媽媽待過的那家工廠，被檢舉把汙染的水排在廠區的土裡，然後又抽地下水給工人喝，所以很多工人都生病了。他說如果媽媽願意的話，希望可以加入對抗那間跨國公司的組織，因為還是蒐證階段，需要有更多人出來舉證。不過媽媽已經死了，而 Tama 很猶豫，他覺得自己沒有力氣再回到城市裡，沒有力氣和任何事物作戰。他已經被我和生活搞得精疲力盡。

我的 Tama 終究沒有加入抗爭，也沒有回去城市，害他手沒辦法正常用力的老闆只包給他幾千塊，剛好在媽媽生病的時候用完了。前一段時間我總在想，他就是這麼軟弱，他怎麼這麼軟弱。

舊房子還沒有被拆的時候，他就常常半夜起來說一些很奇怪的話。有時候他睡熟了，不知道是幻覺還是什麼，我會聽到他手臂歪歪的那個地方，發出一種很特別的聲音，有點像鳥叫，也像機器缺少潤滑時的「乖乖」聲，那聲音一開始很小，最後會劈哩啪啦就像燒柴一樣。

我為什麼在小美和阿樂找我的時候，一口就答應加入自救會？那是因為我不想跟 Tama 一樣，沒有為最愛的人堅持到底，甚至也沒有為自己的手堅持到底。後來我偷偷問阿樂關於那個工廠的汙染案，她幫我問了朋友，據說直到現在，都還有一群人在跟那個大公司打官司，都二十多年過去了……。

二十多年啊。對了，玉子就是秀子，對吧？我一直不敢問妳，因為妳不說，我想一定有妳的理由。

秀子，我很高興妳回來克尼布，我愛死了小鷗，她跟妳小時候長得簡直一模一樣。好吧，那時候我只有透過火柴的光看過妳而已，根本不記得妳長什麼樣。

前陣子禮拜堂搬家的時候，我去幫忙周傳道，周傳道也老了。我在搬一個樟木箱的時候，發現裡面都是以前禮拜堂放在桌子上給大家留言的留言本。一本一本，寫滿了教友做完禮拜後，想表達的，對神的恩典的感謝。

我靈機一動，一本一本，一頁一頁地翻了起來。竟然讓我找到Tama年輕的時候，離開家寫下來的那段留言。當然，跟我記得的不完全相同，而且也不是他寫的，而是他從一本書上撕下來的，用膠帶貼在留言本上面，他只是在下面簽名，寫上日期而已。因為時間久了，有些地方被蠹蟲吃掉了：

「如果這世界上〇神，那神就不可能會騙我們。祂賜給我們各種〇〇，就是讓我們從破碎、痛苦裡找到一條路。如果我們學會使用它們，就一定能通達〇〇，而不是像〇們說的那樣。因為上帝自有〇〇。」

我幾乎沒有思考，就拿起旁邊的原子筆，在後頭補下：

上帝自有其旨意，但人可以不理。

現在被困在這裡，我才知道人有多自大，多無力。

Hinoki 的味道，Meniki 的味道

生了小鷗之後，我才知道我活下來的意義。

從一天到晚想賣掉我的家活下來，從山洞活下來，從山和溪流活下來，從那個燈紅酒綠的世界活下來，都是為了讓妳長大、看妳長大。

妳現在也在這山洞裡嗎？我相信是的，這個山洞就像我小時候，故意困住人，它會讓我們再碰面，安全出去的。我相信，我必須相信。

二十多年前媽媽也被困在山洞裡過，不過那是我故意躲進去的。那是我很重要的一天，那天我勇敢地做自己想做的決定，我在洞裡遇見你督砮叔叔，妳包包裡那把小獵刀就是我用一本故事書跟他交換的。書寫的是一個關於奇怪兔子跳進洞裡的故事，那本書很特別，因為每一頁的圖畫上，都有我重新寫過的新故事。

媽媽在十五歲那年二次逃家，也是最後一次逃家，說是最後一次，是因為再也沒有回家過了，一直到現在。說真的我也常常想念我的媽媽，還有姊姊、妹妹。但我怕回去，我怕回去大家必須說「以前的時候……」怎樣怎樣這樣的話。而且我不知道我爸爸，妳的阿公現在怎麼樣了，我不知道自己會不會原諒他。

最後一次逃家那個晚上我不是一個人，我跟當時認識的男人——我叫他——算了，還是不要

再提起這個名字好了，一起走路到下一個火車站搭車的時候，就對著車站發過誓，這次離開了，不會回來了。這個世界對女人有偏見，給女人考驗，但從來不敢不相信女人的決心。

那天我跟他先在車站窩著睡了幾個小時，出站後再往山上走。路本來很暗，走著走著突然間亮了起來，所有的東西都罩上一層黃金色，用任何的顏料都表現不出來的那種金色，不存在世間的金色。我們一起回頭，原來太陽從海那邊升起來了。我從來沒有再看過美麗到會刺傷眼睛的日出……當然，也說不定是我再也沒有感到過那天那種幸福。

那時候我跟著那個男人後面走，說來好笑，當時我想只要能跟著他，到哪裡都無所謂，他的腳步聲是我所盼望的，他的咳嗽我聽起來就像音樂，我摸著無名指上的橡皮筋，那是他送給我的戒指，那時我的手指很細，要繞四圈才能纏得住。

他帶我住進那間山上的廢棄獵寮，這是當地的一個獵人借他住的。房間很暗、窗子很小，而且沒有玻璃。所以晚上很多昆蟲飛進來以後卻飛不出去，有時候停在身上，好像黑暗中有人在摸你一樣。

我那時候真的相信相愛就能吃苦，吃苦就沒有什麼事過不去，住在一個這樣的獵寮裡也沒有問題的。只是我沒想到，天底下所有的事都是有時間性的。

為了帶走我，他不知道去哪裡偷了一筆錢，也要我偷了妳阿公一點錢，這對當時的我來說，就是再也不回去了。他告訴我的打算是，先暫時在獵寮待著，等到存一些錢，可以夠租金的時候，我們就一起去臺北找機會。愛是什麼？那時候啊我以為愛就是甘冒風險，後來才知道，甘冒風險只是愛的最早的樣子。而愛最早的樣子，每個人碰到的時候都是一樣的。

再困難也要活下來，那時候我這麼想。白天的時候他走路到山下，然後搭便車到附近的工地打工，有時候好幾天都沒辦法回來。我一個人就到山裡去採野菜、抓魚、找玉石，等他回來。

我在想，我也許是太想離開家，只要有人承諾要帶我離開那個家，我可以跟任何人走，而那個時候恰好是他。而他也還搞不清楚什麼是他要追求的——他想要當藝術家、電影導演，但愛藝術並不包括愛另一個人、照顧另一個人，對吧？特別是這個人如果又剛好懷孕了。

一開始我並不知道自己懷孕，直到有一天半夜風吹過肚子把我冷醒，不是普通的那種風，而是有形體的風，像一隻手那樣的風。我聽到一些聲音窸窸窣窣，坐起來的時候，清楚地感覺到身體裡有什麼隱隱約約的動靜。可能懷孕了，應該懷孕了。

那段時間因為採野菜、採玉石和幫工的關係，我認識了一些太魯閣人，其中一個就是那天我帶妳去看的西畔阿嬤。雖然語言不通，但她默默讓我加入家族的工作，也默默地用身體教我山上的事，這讓我第二次感覺活著是有希望的。

感受到有嬰兒那樣的東西在肚子裡的隔天早上，我去找了西畔，我聽說她在部落裡是巫師，而且她也是我唯一想到，可以幫我的人。她看了我一眼什麼都沒說，伸出手摸了我的肚子，然後把手放在我的頭上面，閉上眼睛喃喃說著我聽不懂的話。她嘆了一口氣到屋子裡拿了鶺鴒和山羌肉給我，我想她的意思是要我把它們煮來吃了。

西畔幫我確認了懷孕的事實，我等著他回來告訴他我懷孕了。我不知道該高興還是難過，我想等他回來幫我確認我應該高興還是難過，我想跟他一起商量我們應該高興還是難過。不過幾天後他都沒有回來，我擔心死了，但到了這時候，我才發現自己沒辦法找到他，因為我不知道他平常去哪裡，也不知道他發生了什麼事？他會不會被蔗田的人，還是我爸、妳外公抓走？如果是這樣的話，抓他的人最後一定會來獵寮找到我的，我在裡面等，等命運會怎麼走。

結果日子一天一天過去，各種念頭折磨著我，我用隨手抓起的一把草、落葉、樹豆豆莢裡的豆子、蜘蛛網一天織出來的線來做各種愚蠢的占卜——他拋棄我，他出了意外，他拋棄我，他出了意外，他拋棄我，他出了意外——現在想想很笨，因為我不相信任何結果，所以任何結果都是再算一次。

當時我反覆地想，他不可能知道我懷孕，那是那天早上才確定的，所以絕對不會是知道我懷孕而嚇跑他的。因為時間突然變得漫長，我每分每秒都在回想最後他下山前他的眼神，他說的話，他的任何細微動作。他並沒有特別帶走什麼東西，一定是出了什麼意外。白天我下山到鎮上問，一個一個人問，後來終於問到一個小旅館的老闆，他說他有在火車站遇到他，日子他忘了。

火車站就是人離開的地方。那年夏天第一個颱風來的時候，半夜我一個人在獵寮的床上，像嬰兒一樣縮著，兩手夾在膝蓋中間，那時候我覺得好孤單，不知道為什麼，也覺得好安全。也許一覺醒來，颱風會把山上的樹吹垮，把我和肚子裡的妳，和獵寮一併壓在下面，再也沒有人找到。那不就好了嗎？

一直到聽到有人敲門，一陣風幫我把門打開。西畔走進來摸著我的額頭、拉開我的衣服，聽我肚子的聲音，餵我她帶來的熱小米粥和碎玉米。然後好像又走出去了，不知道過了多久才再回來。

她把採來的藥草放進嘴裡嚼碎給我吃。那藥草的味道很濃烈，就好像……就好像Hinoki（扁柏）跟Meniki（紅檜）的味道混在一起一樣。那天晚上我夢見一個小東西溼漉漉地從我的身體裡出來，像蝸牛一樣爬下床，然後爬出門外，漸漸地爬到我看不見的地方，我想阻止但是爬不起來。我一身冷汗驚醒，西畔坐在我旁邊，她的五個女兒也都來了，她們正幫忙按摩我的腳，用藥草擦我的身體。透過她女兒的翻譯，我聽懂了西畔的意思是：「這個嬰兒得離開，沒得商量。」

我看著我的下面溼了一片，好像，好像尿床一樣，床單有些地方被染紅了，我確實感覺到有什麼就要從我的身體走掉。我發瘋了似地抓住西畔的手臂，說：「幫我把她塞回去！」

西畔嘆氣，我說：「塞回去，拜託！把她塞回去！」我急得想倒立起來，我從小就很會倒立，我說：「幫我把她塞回去！」我感到痛，我的身體裡有人用一把斧頭，把我劈成兩半，我感覺妳在離開我。

西畔又嘆了氣，她說：「等我，我去找一頭豬，我來談判看看。」她開門回去，有幾個女兒留下來陪我，幾個陪她回去。不知道過了多久，她們竟然真的合力背來一頭殺好的豬，氣喘吁吁的西畔準備一些我不認識的藥草、檳榔，嚼著菸葉，口中唸唸有詞，用竹杯子裝的米酒祝禱。時間過得很慢，我感覺肚子好像有兩股力量在拔河，而我就是那條繩子。

這時候窗外傳來貓頭鷹的聲音，西畔側耳聽了聽說：「女兒。」

我問是什麼意思？

不知道是她哪一個女兒說：「Puurung，就是貓頭鷹呀，妳沒有聽見牠在叫嗎？牠叫Ngiyaq-Ngiyaq，意思是妳懷的是女兒。」

我大叫後幾乎昏了過去，西畔像是失去了所有的氣力說：「成功了，回來了。」

西畔是我一生的恩人、貴人，不只是因為那頭豬——我後來才知道，那天那頭豬花了她們一家多少生活費——而是她給了我勇氣，一個女人怎麼活下去的勇氣。而且她給了我妳。所以我都叫她媽媽，西畔媽媽。

那天後來我把手指上的橡皮筋收起來，放在一個木盒子裡。

生活當然是沒問題的，在部落裡不會讓任何一個人挨餓。可是我還想要有錢，我已經認識到世界的一面，我注意到部落裡有些人比另外一些人要有錢一點，他們通常會採玉石或到山上砍樹，到海邊撿漂流木，和漢人做生意。

做這些事的人多半是男人，所以我知道，如果我開口要求，他們也不會讓一個背著嬰兒的女人跟著。所以我開始偷偷地跟著他們，看他們去哪些地方。

撿漂流木的人都是一支隊伍，也都是個別的人。這是因為找到值錢的漂流木是個人的能力，但能不能把大型的漂流木帶走，就得大家的合作了。他們一開始並沒有接受我加入，但是也沒有趕走我，也許是知道趕不走我吧。當時部落裡的人，已經都稱呼我是：「那個把孩子塞回肚子裡的女人。」

我跟的隊伍裡有一個人叫做比紹，我多希望妳能認識他。他會在隊伍出發前到我的窗戶上敲三下，告訴我可以跟著他們。他也會把好的石頭和漂流木留給我，我用香蕉飯回報他。

雖然這樣，但是要跟上隊伍沒那麼容易。在海灘撿漂流木能看得很遠，稍微落後隊伍也沒有關係，但在山上一轉眼就會剩下你一個人。為了不落隊，我一個人的時候也背著妳繞著獵寮附近的山路走，到後來我可以邊走邊吃飯、邊走邊餵妳喝奶，邊走邊睡覺。

撿漂流木的人不只是Truku，賽德克、邦查、客家人、閩南人都有。他們跟山老鼠不一樣，他們只是在打獵或者耕種的空檔，趁著颱風來賺一筆意外之財，就跟冬天捕鰻苗的人一樣。那是賭命。颱風來的時候，那些站著死和躺著死的樹，被雨水帶動的泥流轟隆轟隆帶到山下。當然，其中也有一些是山老鼠早就偷砍的木材，他們在好天氣先把它們放在上游旁邊，上頭做上記號，然後等溪水暴漲時把它們沖下來。

比紹要我不要動山老鼠做了記號的木頭，那太冒險，有時候甚至可能會有殺身之禍。他教我把目標放在雲的地方，山神看守的地方，偶爾倒下的千年神木的手臂，祂的身體的一部分。

每回颱風來的時候，撿漂流木的人都不會睡覺，像小孩一樣看著窗外，看雨勢與風勢的走向，等到適當的時候，就要趕快去溪水比較慢的地方或者直接到溪口。不能等到颱風完全離開才動身，因為那時候珍貴的木材早就被搜刮一空，太晚了還會遇上警察或林務局的人。

那些「大人」會說：「樹也是政府的。」然後就會標記，把它們運到外地去燒掉或者賣掉——有的人就把錢收到自己的口袋裡。

多數時候隊伍沒有人講話，但有的時候會有人哼著歌，到了出海口，大家就散開各自尋找值錢的漂流木，我們腰間都會帶一把山刀，啪啪兩聲把木頭砍出一個斜口，然後把木屑放到鼻子前面聞。啊，這是Hinoki，這是Meniki……。

媽媽小的時候常常聽到有人誇獎我長得漂亮，像「番仔」。妳外婆聽到這樣的稱讚卻顯得不高興，每次我對陌生人笑之後，回家她都會打我一頓。久了以後我就不敢隨便笑了。

從小到大，很多人都會以為我有山地人的血統，西畔媽媽一開始，也以為我是邦查。不過我不是，小時候我曾經問過我媽，為什麼有人會說我像「番仔」？她只說在生下我的時候沒錢沒時間做月子，每天都得去撿別人田裡的落花生來偷賣。那時為了避免被地主或代耕的農夫捉到，她會暫時將我交給同一個村莊裡一戶「番仔」的女人帶，這樣她逃跑時能快一些。而她會把偷到的農作物，分一部分給她。

那個女人剛好也生育，奶水很夠，所以左邊給自己的孩子，右邊給我。我在想，也許是因為那樣，我喝成了一半的阿美吧？不過我完全不記得她的長相，只記得她沉沉的乳房，和很美麗、胖胖的、軟軟的肚子。

我學得很快，我很快懂得看風、看雨、看水流、聞木頭——沒有我聞不出來的木頭。我甚至能一肩扛起上百斤的原木，只要找到木頭的重心，就能做到。

後來，後來。嗯，也是一次颱風，比紹不在了，就是像這樣的颱風天，我還以為自己找到了一顆好漂亮的玫瑰石，完美的玫瑰石。現在那顆大玫瑰石應該已經被新的石頭壓在很下面很下面了。

我記得那時候和比紹一起找漂流木的時候，他曾經自言自語地說：「我 Ina 說，這個世界，不管什麼東西，不管男人女人、大人小孩，樹還是山，動物或是植物，只要它看出你心軟好欺負，就會占你便宜，所以要活下來，就不能讓他們看出你心軟。」

我做的一切，都是為了強硬，為了活。今天我也會活下來的，妳也會活下來的。我不會心軟讓任何人把妳帶走，即使是颱風也不行、山也不行。

第十三章　成為沉積層

季節並不是秋天、冬天、春天、夏天這樣，像一個圈圈。

小鷗走出來的那一刻，玉子跑過去緊緊地擁抱她，兩個人就像要把對方變成自己那樣的擁抱。這個擁抱和三十年前的並不相同，畢竟她們知道這次必將重逢。

放開彼此後，玉子抬了抬下巴，說：「要幫妳拍一張照嗎？」

小鷗轉頭看向那個被稱為「監獄」的建築，說：「不用了，住過就好了。」

小鷗上了玉子的車，鬆了一口氣。終於離開了，雖然只是接近一年的時間而已，但對習慣自由的她來說實在漫長。

玉子邊開車邊用眼角餘光瞄了幾眼，發現小鷗的眼角也出現了魚尾紋，女孩一瞬間就超過自己當初把海風酒店收起來的年紀了。「我們都老了。」她在心底說。小鷗就好像聽到了似的，同時說：「我們都老了。」

車朝前開，風景向後，往事歷歷。玉子想，沒人教會我們怎麼變老，也沒人教會我們該怎麼變好。小鷗想起年輕的時候，總以為只有其他人會得這種疾病，而自己基於某些原因，會躲過它的襲擊。「老」是那些犯了錯的人應得的，老人對青春的懷念、對身體不聽話的抱怨、莫名其妙堅持的頑固，和管東管西的囉嗦都是咎由自取，自己絕對不會變成那樣，自己會在三十歲以前死掉，在最美的時候死掉。但現在玉子和小鷗都知道了，老不是疾病，不會突如其來地伏擊，它只是靜靜等在那裡，像是路的盡頭張大的嘴巴，準備好讓你進去，而且僅此一條，別無它路。

小鷗看向窗外，這些她熟悉的山，她熟悉的溪。在這裡她度過了人生最重要的時光，經過了這些年，她又回來了，海豐。玉子和她雖然已經不住在這裡，但今天晚上督砮要為她接風，還有不少人會一起。

玉子說：「對了，妳的背包，幫妳帶來了。」

小鷗伸長手把背包從後座拿到膝蓋上，打開它。

「什麼都沒動。」

「嗯。」那裡頭放著羅盤、傾斜儀、地質槌、標本袋，還有格紋野帳本、鉛筆盒和一袋色筆，以及一本她入獄前的最後一本，編號No.239的速寫本。裡頭畫的多半是溪石、地景、岩石樣本、岩層褶皺，以及生長其上的植物，還有她偶爾靈機一動所寫下的隻字片語。

「要買新的一本了。」

「是啊，要買新的一本了。」

「在裡頭沒辦法寫生。」

「那妳還要我幫妳寄顏料和畫筆？」

「還是能畫啊，自由活動的時間。我是說不能**寫生**。」

「妳畫了什麼？」

「一個故事。」小鷗看向外面的天色，一邊藍天白雲，一邊則雨雲低垂，這是熟悉的縱谷天氣。

「聽說有颱風？」

「對呀，十一月了竟然還有颱風。」

玉子想起那個遙遠的「蘇拉」，這個名字已經不再出現在颱風的名冊上，是颱風的「歷史名字」了。因為只要造成大量危害的颱風，都可以申請永久不再使用那個名字。現在颱風的名字是新的一批，是亞洲各國各自提供的，就像換了一個新世界一樣。

蘇拉登陸的那一晚，歪脖子尤道發現溪水暴漲，泥土的含水量很高，山石蠢蠢欲動。他顧不得另一組的小林和老溫沒有聯繫上，趕緊用無線電聯絡警局和最近的消防隊，然後請他們盡速通知鄉長。鄉長打電話給縣長後得到盡速調度車輛，要附近的三個村落村民、廠區、碼頭工人全部撤離的命令。

「還在上面的人怎麼辦？」

「能怎麼辦？」鄉長說：「看老天了。」

「把還在上面的都叫下來！」

雨勢愈來愈大，一些山區道路開始落石，特別是那些為了開礦才新開的道路，路基嘩啦啦流失，隨時都有塌陷的危險。廠區的工人分頭搭乘幾部車或騎著機車下山，村民則開始搭上調度來的巴士帶著簡單的家當準備撤離。

海風酒店的姑娘們一開始說要等老闆娘回來，後來被強制趕上了車。深夜尤道和威郎下山，威郎想起了督砮的 Tama 烏明可能還在屋子裡，冒雨趕去，卻發現窗戶被打破了，裡頭空無一人，他趕緊去跟尤道說。

「沒辦法了。」尤道知道，現在不能猶豫了。山上出現了一連串巨響，雖然一片黑暗，但經驗老道的海豐村居民都知道山洪就要爆發了，看這雨勢未停，大規模的土石流隨時會發生，說不定就是此刻、現在。

司機們發動引擎，逃難一樣在公路的水窪上打水漂似的加速離開。工人和村民們全數撤離後清查，還好只有幾人受到落石砸車而輕傷，還有一個新的失蹤名單，就是烏明。

日後這三個村子的村民，和那些從異國而來的工人，都會覺得自己遭遇奇蹟，撿回一命。因為在他們撤離之後數分鐘，土石流就全面爆發，部分廠區和村子上百戶的房子都埋進了土裡。如果再晚十分鐘，估計有一半的人都要滅頂。

隔日中午雨勢一停，村民和工人就迫不及待回到村子和工廠收拾殘局，從臺北來的專業搜救隊分批上山。威郎和歪脖子憑著記憶，帶領隊伍到最後的搜查地點，在那個大凹陷的地方，有幾根巨大的枝枒倒插在那裡。

搜救隊帶的探測儀器發現那塊地方有好幾處似乎存在著洞穴般的空隙以及生命跡象，於是決定從幾處側面同時展開挖掘救援。傍晚時陸續救出小林、玉子、督砮和最深處的小鷗。令人驚訝的是，原來他們彼此相距那麼近。

小林、玉子、督砮雖然衰弱但神智清醒，小鷗則像是昏迷也像是沉睡，但生命跡象穩定；Idas則躺在她的臂彎裡身體僵硬，早已死去。滿身泥濘的玉子抱起滿身泥濘的小鷗，她哭著說著一些眾人聽不太清楚的話，只有一句話大家都聽見了，那就是：「我們怎麼配有小孩，我們怎麼配。」

另一具屍體則在很接近督砮困住的地方發現，那是烏明．拿難。他並非死於窒息，因為他的左眼附近有一個彈孔，手上仍握著那把 Murata。沒有人能解釋他為什麼會在這裡出現，檢察官勘驗那把 Murata 有擊發的痕跡，經過幾個月的調查，最終以走火的意外結案。

居民一面悲慟地整理家園，一面慶祝四個人平安歸來。再隔三天老溫才回來。他躺在南方一條溪的溪口沙灘上，身體腫脹，面部朝下。推測他可能遭遇巨大的泥流，順著溪流而下，身體被沖出大海，幾天後又隨著海浪漂浮回來。村民將他的屍體運回村子裡，埋在海豐村口的公墓，每年忌日都會有人獻上鮮花。大家都說，畢竟他人生的大半都活在這個島的東部，雖然海沒有送他回出生的家鄉，但至少最後送他回後半生的家。

村民花了一個多月才將所有房子從土石流裡救回來，但仍然有十幾幢房屋不再適合住人。大家對此都沒有怨言，他們感激地說：「還好土石流晚了一點。」那黃金一樣的十分鐘。

玉子的車逐漸接近村子。幾年前開始，一條新的道路開了出來，村子從此不在往返臺北花蓮的必經之道上，就好像被一條彎道的離心力拋出的小石頭。路在這邊跨過海豐溪，就是多年前小鷗迷路的起點，到了橋頭現在的視野看出去就是巨大的煙囪與工廠。灰撲撲的煙創造出和山谷勢均力敵的另一種雲，就像當初小美帶著學生站在橋頭迎接聖火的隊伍時，所想像的工廠落成後的景觀。人的想像，終究是有可能兌換成現實的。

「妳小美阿姨要退休了呢。」玉子說：「退休以後她打算開一間書店，地點都找好了，就在以前外勞的宿舍附近。」

「書店？在海豐？有沒有搞錯。」

「嗯，很稀奇嗎？我當初開一間酒店在海豐，現在跟誰講誰會相信。」

小美曾經跟玉子解釋過書店的重點不是賣書，是讓部落裡的小孩下課後可以來這邊混時間，看看故事書，玩玩遊戲，把他們讀過的、不要的書拿來交換。

「說是不太賣新書，主要是讓孩子下課以後來玩的書店。」

「下課以後來玩的書店？」

「妳再問她，我也搞不太清楚。」

「妳說小林叔叔也會來？」

「會。」小林後來拿到美國華盛頓一所大學的生物演化學相關的研究獎學金，持續做蝙蝠研究，回來臺灣以後，用超音波麥克風（Ultrasonic Microphone）錄音，並且將這些材料進行聲波解讀，想找出牠們如何進行「回聲定位」，以及群聚型的蝙蝠是否建立了某種社群溝通方式。「回聲定位」最難的，莫過於用 PC-NMF 技術把蝙蝠本身的超音波和背景音分離出來。因此，他演講的時候最常用的一個開頭是：「每個人的聲音要在大環境裡被聽見，總是不容易。我做的工作就是聽那些聲音，辨識那些聲音。」而當他在跟群眾解釋有些種類的蝙蝠會選擇獨居的時候，則提到自己：「從小我就喜歡不合常規的東西，沒有價值或沒人在意的東西。我喜歡那些隨時可以躲起來的地方，離開人的世界的地方。從這點來看，我跟臺灣大蹄鼻蝠的信念相同。」

玉子把車停下來。

「還沒到不是嗎？」

「要經過那裡我得做一下心理準備。」

「那阿樂阿姨最近呢？」

「她在準備一次客家文化展覽，妳知道她一直在拍客家庄的紀錄片，對了，她想要邀妳一起展覽。」

「展什麼？」

「妳進去之前，不是畫了花蓮到臺東很多條溪的出海口？」

「一起展嗎？」

「嗯，一起展，想問妳替這個展覽取個名字。」小鷗心底想，那系列作品還有三條溪要畫，名稱她在牢裡想好了，叫做「成為沉積層」。

阿樂在那場運動後，回到家鄉推動客家文化的保存，她日復一日帶著攝影工具拍下她所見到的一切客家人、事、物，如是忽忽三十年，手上的工具從V8、VHS、SVHS到數位攝影機，現在甚至用到了實境攝影機。她的信念是，只要睜開眼睛就拍。

「威郎叔叔呢？」

「他和他媽媽也會來喔，他們跟工廠來之前的生活一樣，春天和秋天種種地，冬天捕鰻苗，夏天帶遊客走獵徑和海邊步道導覽。」事實上威郎幾年後還去做了一趟遠洋漁船的船員，而因為政治平反運動，馬蘭的哥哥也終於得到死亡證明，馬蘭為此殺了兩頭豬。威郎娶了一個在船運公司工作的女孩，已經有三個孩子了。

「都好久沒見了。」小鷗說。

「嗯，好久了。」玉子說。

娜歐米過世以後，玉子已經十年沒有踏進這個村子。離開海豐後，她帶著小鷗搬到南方接近故鄉一點的村子，自己也開始畫畫。她想回家看一看，但念頭反反覆覆，始終缺乏最後決定的勇氣。有時候她會刻意把車子開進小時候住的村子，然後繞一圈離開。小鷗十二歲生日那年，生日時玉子問了她的生日願望，她告訴玉子說：「我知道媽媽想回去看看外婆和阿姨，我希望媽媽回去看看外婆和阿姨。」

透過督砮的幫忙調查，才知道她們早已搬走。在玉子離家出走後一年，因為父親再次動粗，玉子媽媽終於忍無可忍和他澈底決裂，她帶著三個女兒，獨自到花蓮市區打工維生，做過清潔工、街道停車收費員、幫觀光客腳底按摩以及麵攤老闆娘，終於把三個女兒撫養長大。

玉子出現在她面前時，雙胞胎姊姊正在店裡忙東忙西，母親則坐在櫃檯午睡，看起來比實際的年紀老得多。玉子滿臉淚水，養了孩子之後她才知道一個母親如果帶著兩個天生有缺陷的孩子哪裡還顧得了其他？妹妹嫁得離家不遠，聽到她回到老家麵攤，像小鳥歸巢一樣帶著兩個女兒飛過來。

全都是女兒。她們徹夜傾吐，忽哭忽笑，玉子想起了宣稱有七個女兒的西畔一家，一切都是啟示。她親著小鷗的頭，說：「原來呀，原來。妳是出生來領我回家的，而且讓我有了兩個媽媽。」

玉子深吸一口氣，車子開過海風酒店。不，是以前海風酒店在的地方，拆除之後，當時小林建議種的幾棵蒲葵，現在長得老高了。

「有高頭蝠在裡面嗎？」

「不知道耶，等等問小林。」

當年玉子決定結束海風酒店，將所有財產清算後娜歐米和玉子各得一份，剩下的平均分給二十一個姑娘和打掃的小妹、小弟與歐巴桑。受損嚴重的房子則在娜歐米的同意下，賣給一個住在市區的常客郤先生，玉子問娜歐米錢怎麼處理，娜歐米決定捐一部分作為新海豐的重建基金，玉子則帶著她和小鷗租了個房子在小學附近開起早餐店，照顧娜歐米直到她離世，才又收店搬家。

這個郤先生很是神祕，從來沒有小姐知道他從事什麼職業。他平時出手不算闊綽也絕不吝嗇，重要的是打從海風酒店開幕後，他每周都至少光顧兩次，通常安靜坐著喝酒點歌，從來沒有見過他拿麥克風。唯一讓人印象深刻的一次是他請玉子唱一首歌。玉子從來不唱歌和小姐們搶生意，但郤先生說那天是他生日，他願意付兩萬元請玉子唱一首歌。

「什麼歌呢？」

「我喜歡日文歌。」

玉子不知道自己是為了兩萬塊或是對常客的優待而接受了這個邀約，她上臺唱了〈星影のワ

ルツ〉，然後又補唱了鄧麗君版本的〈星月淚痕〉。大家都說她唱這首歌的時候，聲音與神態格外像小鄧。最後玉子甚至例外地邀了邰先生和她跳了一支舞，然後合唱了〈昴〉。不過〈昴〉並沒有唱完，玉子在唱到「我も行く 心の命ずるままに／我も行く さらば昴よ」的時候就揮揮手放下麥克風了。

買家邰先生選了一天，召集了玉子和二十一個小姐，每個人他都付了三個鐘，請玉子、娜歐米和廚房阿姨合辦了五桌菜，連同督砮、威郎、小林、阿樂、小美和一些熟稔的村民都請了。玉子和小姐們堅持不肯收鐘點費，說是酒店已經停止營業，大家算是朋友聚餐。邰先生說他付的費用裡，包含了一個請求。

「什麼請求？」玉子問。

「希望海風的所有人，在海風前面拍一張照片。」

「就拍一張照片？」

「嚴格地說是拍三十張。」邰先生帶來的是一臺拍立得相機和三十張底片。相機喀嗒一聲接著一聲，照片一張一張擺在桌上等著顯影。每張照片都一樣，卻也有些不同，有些是莉莉閉了眼睛，有的是娜娜沒有笑，有一張菲菲認為自己很醜，有一張純純的肩帶滑了下來。在每一張照片裡，玉子都在掉眼淚。

每個小姐都挑了一張留念，每一張都沒有邰先生。玉子挑了一張左上角有陰影的，那是邰先生拍照時不小心把指頭伸得太長遮住了鏡頭的一角。邰先生問她為什麼挑這一張？

「因為這張照片算是有你啊，雖然只是一根指頭。」

玉子轉移話題問：「房子買了要做什麼生意？」

「把它拆掉。」

「拆掉？」

「拆掉以後就不會沒人住變成廢墟，拆掉以後就不會有人住變成別的樣子，我想要海風永遠在這裡。」郃先生知道小林是做生物研究的，回頭問他如果想種樹種花，該種什麼好？

「如果可能的話請種蒲葵，因為小學那邊的五棵蒲葵倒了，希望這邊種了蒲葵以後，有一天那群高頭蝠能夠回來。」

在海風酒店還沒有賣出去的那段時間，很多人來問小鷗迷路的那兩天究竟發生了什麼事？小鷗總是回答：「我跟著一隻三隻腳的食蟹獴走到了巨人的心裡。」大部分人當然把這當成孩子胡思亂想的跳躍回答，他們會有禮貌地不把自己心底的不相信表達出來，只是敷衍性地說了「哦。原來」。

但只有少數人會像督砮一樣繼續追問一切細節：

「然後呢？」

巨人死了。從另一座山看過去，他脊椎扭曲，有多處斷裂，看起來就像一棵被颱風摧折的大樹。他光著身子，衣服被某種力量撕裂，嘴巴大開，分不清是微笑還是大叫，在他的身體周圍，內臟像血紅的花束露了出來，暴露在日光下。

多年之後小鷗這麼寫，每次回想一次，她的文字就改變一次。小鷗也常常回想起那天和巨人的對話，那是她從來沒有過的經驗，相信以後也不會再有，你在一個人的身體裡面，在心的上面和他說話。她講著故事，一頁一頁講，一段一段講，動物們和巨人安靜又期待地等著第二張圖、第三張圖、第四張圖……他們忘了外面的狂風暴雨，忘了時間和日月星辰。當小鷗終於把故事說完以後，牠們都沉默著，等待巨人開口。

噓，故事有名字嗎？

當然有啊。就叫三隻腳的食蟹獴和巨人。

噓，妳編的嗎？

我剛剛編的。

噓，不是故事書上寫的嗎？

故事書上寫了一個，我講的是我剛剛編的。

噓噓，妳以後還會編故事嗎？

我要一直編，邊畫邊講，畫一張講一張。

噓噓。那妳要一直講下去。巨人說。

呼呼，那妳講下去吧。三隻腳的食蟹獴說。

呀呀呀，那妳就一直一直講下去吧。圍繞在巨人之心旁邊的煤山雀、長耳鴞、葉鼻蝠、長鬃山羊和動物們異口同聲地說。

噓噓～噓。妳下去吧。

啊？

噓。下去地上，噓。我要翻身了。噓噓，猴子啊，噓，麻煩你們幫她，可以嗎？

下到地上遠比爬上巨人之心困難多了，好幾隻三隻腳的獼猴爬到她旁邊，用身體抵住她往下的力道，用肩膀或背部當成小鷗往下踩的臺階，最後一個臺階則是水鹿。

費了很大的功夫，小鷗回到了地面上。

噓。我要翻身了。噓，就要囉。

為什麼呢？

巨人沒有回答。但動物們都知道，這段時間巨人被豎井和一些工程釘在了地上，因此翻不了身，就是怕翻了身反而會撕裂身體，所以他選擇靜靜地側躺在這裡，靜靜地接受死的那一天來到，因為這個方向可以看見海，可以看見哥哥Dnamay死去的那一片海。但是今天颱風來了，那些被工廠挖空的地方的土石變得鬆動，估計不久，土石流將會以閃電般的速度把村子和工廠完全掩埋。牠們都理解巨人要作什麼。巨人先微微把身體抬起來，讓土石先崩塌一點點，讓村民和工廠的人產生警覺。等到村民和工人都疏散了，他再把身體整個翻過去，用身體作為擋土牆，延遲土石流爆發的時間。

噓。我要謝謝妳來到這裡，跟我講了故事。

噓。我要謝謝你願意聽我的故事。小鷗模仿巨人Dnamay的口氣說。

啊，對了。噓。也許書的名字就叫三隻腳的食蟹獴，噓噓，不要提巨人比較好，噓噓噓。

噓。為什麼？

噓。

「我們Truku的季節並不是秋天、冬天、春天、夏天這樣，像一個圈圈。」督砮對著玉子和小鷗說。

他在新海豐村開了一家小吃店，提供簡單的炒飯、山菜、啤酒讓過路的遊客有一個歇腳的地方，最重要的是，店裡擺上了當年海風酒店留下來的一臺卡拉ＯＫ。他把它改成投幣式的，放在一角。不過自從公路改道，水泥廠預計水泥礦未來將會耗盡，想轉型成觀光工廠，在公路的重要節點設了一個叫做「DAKA」的休息區後，小吃店就幾乎沒有生意了。這天為了歡迎小鷗出獄，督砮特地邀了玉子、阿樂、小美和小林、威郎一起吃飯，他到山上採了山蘇、過貓、山萵苣、野莧、黃藤，搭配溪蝦、海魚和山豬肉做了滿滿的一桌菜。

「為什麼？」小鷗還是保持著一貫喜歡問為什麼的好奇心。

「很小的時候Tama跟我講，以前Truku到處都有，部落跟人都常常移動，什麼地方都可以住。只要人口增加、食物變少，或者是遇到天災，如果找到新的可以居住的地方，我們就會移動。而每次移動到的新的地方，就重新開始算季節。」

「重新開始算季節？」

「對。所以一年有時候是秋天開始，有時候是春天開始，有時候是夏天開始……。」督砮說。

「也可以是不是春天不是夏天不是秋天不是冬天的季節開始。」

「對。」督砮笑了起來。

「現在這裡生意好嗎？」阿樂接口問。

「工廠在這邊搞了三十年，沒搞頭了。我後來再去山上，另外一面很多地方被剷平了，我想山裡面被挖得差不多了，看到公路改道的案子通過，這些人就透過關係弄個休息站，說是他們振興了觀光，還要我們感激。遊客都停休息站，不停海豐，哪有生意？」

「生意不好做呢，大部分人都只好去水泥廠工作。」小美說。

小鷗默默不語。幾年前當水泥廠蓋的休息站開幕的時候，她專程去那些簇新的建築，看看水泥廠打算給海豐什麼樣的未來。那個地方正是多年前她還是孩子的時候，工廠開工時蓋給高級工程師住的宿舍區，現在宣稱「翻轉」成海岸線最美的休息區，實際上就是一家小七、一家星巴克，和一整排廁所。廣場上布置了用太陽能板做成的塑膠向日葵戶外藝術，和那個據說是水泥廠老闆母親喜歡的多肉植物花園。星巴克和小七圍繞一個水舞廣場，解說牌寫說這是「象徵山和海的生命力」，只留了一個區域讓在地居民賣便當和手工藝品。

她繞了一圈，發現角落竟然還有一處水泥廠的「故事館」，裡頭陳述了水泥廠怎麼來到這裡，讓這邊的山、海和天空變成今天這個樣子的歷史。水泥廠大概是請了行銷公司，試著用故事把這一切包裝起來。牆上畫著小鷗覺得俗不可耐的插畫，寫著修改之後的族群和傳說人物。

在看板上的故事裡，很久以前海豐村住著可愛的「拉奇族」，而村子的另一頭，有一座造型奇特的城堡，住著一群有神奇力量的「卡赫族」，卡赫族總是很忙碌地進進出出，讓拉奇族覺得很好奇。

老村長跟拉奇族小孩解釋，那個城堡是巨人塔尼建造的工廠，卡赫族的工作就是幫塔尼管理工廠，卡赫族忙進忙出，製造出許多綠色小精靈，這些綠色小精靈可以吃掉煙囪的煙，讓海洋發光、讓天空變成藍色，這就是他們神奇的力量。

有一個好奇的小拉奇，遇上了一個綠色小精靈，帶他進入了城堡。原來城堡裡有很多管路運送著寶石，而卡赫族則在山上種出讓人微笑的小花。

看完這個故事的小鷗不自主地發抖，她很想把指甲摳進貼在牆上的卡典西德上，把整個故事和那些奇怪名字的人物全部撕下來。特別是他們畫的巨人，一點都不像，她看一眼都覺得噁心。

當她還是孩子的時候，這裡為了接受工廠變成了新海豐，成了一個煙塵之村。這過程她聽媽媽說過，阿樂阿姨、小美阿姨說過，也聽督呇叔叔、威郎叔叔說過。後來為了採集創作材料，她也聽歪脖子尤道、烏嘎、巴騰說過。無論用哪一個角度，都沒辦法變成這樣一個把工廠說成是勤懇種植「讓人微笑的小花」、「把大海變成寶石一樣美麗」、「散布綠色小精靈」的故事。故事裡說這個地方的「拉奇族」甚至還對這些外來的「卡赫族」心生嚮往，這簡直就是胡說八道。她最不能忍受的是把這地方的山和美麗的大海說成是什麼鬼「卡赫族」創造的，巨人活脫脫變成一個小丑，變成鼓勵村民把山跟海賣給工廠的掮客，替工廠包裝形象的公關。

當天小鷗回去後輾轉難眠，於是她到加油站用兩公升的胖胖寶特瓶買了汽油，確認沒有人在故事館內後，將汽油在館外潑灑了一圈，然後用打火機點著一個紙捲後丟了過去。火不客氣地燒紅了黑夜下的白牆，不受控制地隨流動的汽油發洩憤怒，旋即反噬回小鷗身上。

小七裡還有一個值班店員和幾個顧客，他們一邊尖叫一邊按下警鈴，打電話給消防隊，並幫忙把小鷗身上的火撲滅。黑夜裡消防車開進這個水泥小村，在火燒到星巴克以前撲滅了火勢，小鷗則是多處三度灼傷，在醫院植皮後撿回一條命。想要轉向休閒行業的水泥公司偽裝慷慨不提民事賠償，但小鷗仍然被以公共危險罪起訴，判了一年多的徒刑，直到這天假釋出獄。

「接下來有什麼計畫嗎？」小美問。

「我要畫一本繪本。」

「什麼內容？」

「跟那個我燒掉的、水泥廠亂編的巨人故事，完全不一樣的巨人故事。」

「那我要放到我的書店裡。」

「說起來，我們真是失敗。水泥廠不但蓋了，還用這座山賺了幾十年的錢，現在還倒過來說我們歡迎他們。」阿樂說。

氣氛一下子安靜了下來。小美說：「聽說以後還要在隔壁村蓋汽化爐燒垃圾，現在他們要我們吸廢氣了。」

「有人出來抗爭了嗎？」

「當然。一群年輕人，有的從臺北讀書回來的，有的是嫁到那裡的，也有老人家。我也加入了。」阿樂說。

所有人趁著話題舉杯，把低沉的氣氛掃去一些。碰杯的時候，滿是疤痕的小鷗的手顯得十分醒目。

「妳那時候也太衝動。」督砮疼惜地說。

「是說你會怎麼做？」小鷗問了督砮。

「妳說看到那樣的巨人故事？」

「是啊，說起來，我會知道巨人的故事，不就是小時候你跟我講嗎？」

「跟妳一起放火。」督砮笑著回答：「妳從海邊那頭放，我從山上這頭放。」小鷗看見小美在桌底下偷偷地捏了一下督砮的手。

督砮說：「對了，我成立了一個組織，希望獵人能參與狩獵自主管理，避免用那些會讓動物斷了手腳的獵具。」

「叫什麼名字？」

「三隻腳的山。」

「啊，三隻腳的山。」

小鷗看向店外，山已經看不見了，月亮出來了。她想起Idas，那一年她恢復過來的時候，第一個就問：「Idas呢？」

「去有月亮的地方了。」督砮說。

小林因此突然想起什麼，從手機裡滑找了一張照片，遞給小鷗看：「這是我安裝的自動攝影機拍到的。」

照片裡是一隻尖鼻子的小動物的身影，牠在好像是清晨又好像是黃昏的光線裡，獨自在淺水的地方走著。牠的目光看著相機的方向，斷了腳掌的右前腿往前彎曲，左前腿浸在水中，波光粼粼，撩動人心。

巨人緩緩緩緩地翻身，那速度就像葉子變黃，溪水形成雨滴，或者是聆聽一個故事那麼慢。接著溪水從他的肩頭奔騰流下，樹根拔起，群鳥驚飛。他用盡最後一點力氣維持著某個角度，讓身上的土石不那麼快隨暴雨傾瀉而下。而後他的身體破碎、開裂，心臟停止跳動，形體卻從未完全崩解。經過了不知道多久的時間，鳥兒帶來種子，山豬盡情排泄，蝙蝠住進山洞懷孕，食蟹獴在溪流裡涉水尋找食物。離開的居民重新回來，他們指著山說，你看那好像巨人的頭，那好像巨人的肩膀，那好像巨人的臀部，還有那個好像巨人的陽具。

而時序跨過春夏秋冬，進入了第五季。

噓。

從沖積扇到沉積層——海風酒店後記

旅程很長，但並不是秋天、冬天、春天、夏天這樣形成一個圈圈，
而是碰上B，於是走向C，但並不是毫無理由的，很有可能是因為X的緣故。

大約是五、六年前的一個學期期末，我盤算著要找什麼藉口帶學生去一趟旅行，這樣就可以少上一堂課。那年我決定的行程是從花蓮美崙溪的出海口，走到砂婆噹水源地。這趟行程通常是從北濱公園出發，然後經過菁華橋，繞道對岸的將軍府，再過花蓮車流相當頻繁的一條馬路後繼續往上。一路能看見花蓮港區、學校、市區、養殖戶、農地、鐵道，直到部落。

帶著大批同學總是不輕鬆，主要還是照顧每一個人的安全，也很難確保每個人聽見彼此說話。這天從出發時天氣就不好，走了十幾分鐘才過將軍府，雨就大到幾乎不可能繼續下去的程度。

於是我把隊伍拉回將軍府當時暫借出去辦展的最大建築裡，那是昭和十一年（一九三六年）建成的，軍事指揮官中村大佐的官舍。旁邊一處充滿歷史氣息的空間，正展出一位我並不認識的素人畫家的作品。她的作品多半是花蓮的風景，其間微微透露著某種非常個人性的氣息。

畫家知道我在文學系任教後，不斷跟我陳述她的人生經歷，告訴我她的人生宛如一部小說。

這已經是我生活的常態，間或有人會寫信或者談話中傾訴他們的生命故事。我都盡可能保持感興

趣與不感興趣之間的神態，避免讓對方覺得我沒有禮貌，或太過信任我因而談話時太過毫無保留。一個正常人，是沒辦法對每一段人生都真心對待的。我討厭偽裝對任何事都關心的感覺。

一段時間後，雨停了。我得載部分同學回學校，其餘有交通工具的同學就地解散。我們一走展場就剩下創作者本人了，她突然對要離開的我說：「我曾經做過二十幾個工作，當小妹、撿漂流木，還開過酒店。」

我問在花蓮嗎？

她說：「不是，在和平。」

和平是在花蓮以北的一個小地方，是一個大部分臺灣人都感陌生的地方。唯一會被記憶的部分就是它有一個巨大的水泥廠。在水泥廠建廠之初，曾經聚集了各國探勘、採礦，以及建築的工程師，並引入數量龐大的外籍勞工。水泥廠的設廠過程，引發了在地居民和環境團體的抗爭，形成了一場數年的拉鋸。最終就是你看到的景觀——不管你開的是舊蘇花或是蘇花改，都不能繞過巨大的火力發電廠，不能不抬頭看到水泥廠的輸送管道，從溪那端的山綿延而來。去年（二〇二二年）臺海緊張時中共軍演，共軍就透過合成圖來表達他們已經可以遙望島嶼的東海岸，而東海岸的視覺座標就是火力發電廠的煙囪。

雖然小說寫的是真正的事件（不是遠歷史也不是近未來），不過不是單用現實材料構築的，當然，它的建材也並非全屬夢境。我刻意讓它和現實保持距離，希望讀者享受到在小說裡的敘事時空；我也試著以身為作家的角度，看待那段猶疑的時光、那些猶疑的生命。如果有讀者問我這是不是一本環境小說？我會說，是一本小說。

寫作的時間與過程非常破碎，因為我已經進入了生命的「責任之年」，不再像年輕的時候，認為遠方比一切都重要。我的創作比不上生活，但我也不捨得放棄，於是只能在生活的責任之外，找出寫作的瑣碎時間。一周我大概有半天的時間可以訪談、蒐集資料、寫作，有些段落甚且是在等候接送家人時，在停靠路邊的車上完成的。這趟寫作常像隻身的旅途被大雨打斷，為了避雨遇到了另一個人，發生了另一件事，雨停後走上了另一條路。旅程很長，但並不是秋天、冬天、春天、夏天這樣形成一個圈圈，而是碰上B，於是走向C，但並不是毫無理由的，很有可能是因為X的緣故。每一個我訪談、接觸過的人，都成了一個節點，一個可以摺疊的箭頭。

這本書的發想早於《苦雨之地》，而《苦雨》是我鍛鍊「業餘寫作」（意思是寫作時間極其有限）的作品。我自己深愛《苦雨》，因為它給了我信心，讓我有自信靠零餘的時間完成自己喜歡的作品；它也讓我勇於接受現實**就是會**影響寫作，寫作就是現實不可能分割的連體嬰。

於是我在生活的縫隙裡，像一株酢醬草從水泥縫裡開花那樣，寫著《海風酒店》。

小說完稿後，我喘一口氣，把封面畫出來，那是仿效畫家魯東（Odilon Redon）的名作*Le Cyclope*（獨眼巨人）所構圖的一個畫面。多年來我總會在文學史的課程上到超現實主義時提到這幅畫，以至於寫作到巨人時，腦中都是這幅畫。

我把畫作中的山和天空用花蓮的山和天空取代，大山之前出現了海浪，也置換了畫面另一個重心——波利菲繆斯（Polyphemus）暗戀的嘉拉提亞（Galatea）。為什麼要刻意選擇魯東的畫來「挪移」？當然絕對不是「諧擬」（parody）裡的「惡搞」，而是魯東這幅畫裡把「欲望的生成」和「欲望的失落」用色彩描寫出來，這點（我的解讀）啟發、呼喚著我。魯東筆下的山脈，當然不是花蓮的海岸，但每當我經過這段路時，那孿生的巨人就從山的後面探出頭來，問我為什麼這樣的風景裡會有這些巨大如另一種巨人的工廠建築存在。特別是在我寫這本小說的期間，我每周都要經過這個場景兩遍，一遍是白天，一遍是黑夜，那聲音在我寫作時質詢著我、壓迫著我，從來沒有放過我。

因此，我雖然大可創作另一個版本的封面，跟魯東無關的封面，但最後我仍選擇這個我最鍾愛的，可能會引起部分人誤解或不明所以的版本。我想像自己透過這個封面，和魯東討論人和巨人的對抗、人和巨人相同的欲望，以及欲望失落的痛苦。在西方的文學世界裡，巨人的形象在《奧德賽》、《變形記》或其他的詩人作品裡並不相同，巨人的命運也都不相同，他們就像一群孿生的巨人族群，在創作者的筆下走向了不同的命運和選擇。我讓其中一個屬於Truku的巨人，也許和魯東巨人的血脈並不相同，但外表相似的巨人，走上《海風酒店》的封面，走到了太平洋、東部的大山，以及這群人們的欲望面前，睜開他一個向山、一個向海的雙眼，看待小說裡發生的一切。

或許這個封面可以讓熟悉或不熟悉魯東的讀者去開展自己的聯想，一如巨人之心裡，那些已經讓人忘懷原創者的句子，如何在咀嚼之後重新被釋放出來。創作並不是孤立的，所有的創作者都和曾經的創作者共同形成沉積的濕地。

我也在最後的時分，替章名頁和獨立書店才有的「別冊」畫了幾幅插圖，分別是食蟹獴、臺灣大蹄鼻蝠、繡眼畫眉和短指和尚蟹。然後在這個過程中，斟酌來自各種領域的審稿回覆，以及專業編輯們的意見，反覆修稿。

小說最後跟我一開始構想的並不相同，這可以和兩年前我答應西班牙一個線上藝術基金會 Han Nefkens Foundation 的邀稿所寫的短篇小說〈成為沖積扇〉比對出來。

沖積扇變成了沉積層，我相信你會明白，我期望你的明白。

致謝

這本書的完成，得到許多人的生命經驗，以及實際人生的養分。寫作完成後，也在初稿到定稿修改的半年裡，陸續獲得意見，最後得以完成。

我對水泥議題開始的啟發，得從多年以前富世村與亞洲水泥的拉鋸開始，當時我為這個事件寫了一篇文章，卻在地球公民基金會花東辦公室的小海請我參與宣講的過程中，和她有了不同想法的衝突。我為自己不夠理解反水泥運動的怠惰而懊惱，也為自己不夠理解那些把青春耗在環境運動的夥伴的心情而感到愧疚，我得在這裡，跟當時的運動和小海致歉。

小說真正的啟始點，當然還是和畫家陳秀菊女士的相遇，她給了我小說感的起源、提筆的想法。幾次和她的談話，都對我的觀點和想像有了花蓮地震般的衝擊，她是一個如此特別而有魅力的人。

為了讓故事開始，我得先做功課，因此請地球公民基金會花東辦公室為我介紹了解花蓮水泥開發議題的人，於是我認識了議題組的小男。接著陸續又透過小男接觸了正正和大比大的馥如、正凱，以及純宜、淑雍、玉凰和尼谷那書房的喬茵，這些在地的原住民、新移民或工作者，成了我跟地方接觸的開始。之後陸續從過去參與過反水泥運動的前輩鍾寶珠，與後來也走上藝術家之路的劉曉蕙身上，獲得第一線抗爭者的啟發。我也接觸了當時第一線的工程人員陳詩通先生，給了我很多寶貴的資料和思考。

我同時也想起了多年前蝙蝠研究者、保育者徐昭龍曾寫信，告知我在《家離水邊那麼近》裡提到的高頭蝠族群，很可能是臺灣最東的一群高頭蝠。於是我寫信給他，問他能否跟我見面談談更多的蝙蝠知識，以及這本小說裡的想像起點是否合理。和他的交談中，我也提到多年前和環境音樂家澎葉生（Yannick Dauby）和他的詩人妻子蔡宛璇在關渡自然公園談起如何錄製蝙蝠聲音的情景。這些談話，豐富了小說裡的細節，猶如一幅畫作的筆觸。

小說完成以後，我得謝謝第一時間幫我讀稿，給我回饋的翻譯家施清真、石岱崙（Darryl Sterk）、關首奇（Gwennaël Gaffric）、唐悠翰（Johannes Fiederling）、三浦裕子；我的版權代理譚光磊、林珊珊、黃碧君、唐薇；以及過去多次合作給我許多幫助的新經典文化副總編輯梁心愉和曾經談及另一個創作計畫的編輯吳文君。

為了讓小說裡的敘事細節更立體、更符合想法，我請教過人類學、原住民領域的葉秀燕老師、陳永亮先生；科學領域的張東君老師、陳彥君老師；文學領域的邱貴芬老師、黃宗潔老師、游宗蓉老師；音樂領域的張維尼（拍謝少年成員），和歌手鄭宜農。當然一定要感謝太魯閣族語專家張正祺老師和臺語專家陳豐惠老師參與協助審定，校正了小說裡的許多用詞的錯誤。

還要謝謝多年前（真是好久好久以前）問過我合作可能性的小小書房虹風和瓦當人文書屋晏華，能和她們合作讓這本書出發的意義大不相同，因為我們都在「愛」書的心情下進行著工作。我也要謝謝她們的體諒，因為我是這麼一個想法多變，原則又囉哩囉嗦的人。在編輯過程中感謝明謙費了大力氣，曉倫則在行銷的想法與實踐上，不厭繁瑣地不斷提出想法、修正想法，還得付諸實行。采瑩加入美編，接手各種需要細膩、又需要美感、創造力的工作，讓我可以在最後階段專注於稿子的修改。沒有上述的各位，這本書不可能是現在的面貌。當然協助的人遠比列出的更多，如果有我遺漏的，請提醒我、原諒我。

當然更要感謝我的兄姊，他們讓家裡的每一個人都承擔了照顧者的責任；還有我的家人，她們給我寬容、嚴格，富想像和希望的寫作生活，讓我還能繼續走下去。

張惠珠研究主持，《太魯閣國家公園大同大禮地區民俗植物與文化生活關連性之調查研究》，花蓮：內政部營建署太魯閣國家公園管理處，2009年12月。

胡孝民主編，《太魯閣族耆老生命史》，花蓮：花蓮縣秀林鄉公所，2019年2月。

佐山融吉、大西吉寿，《生蕃伝說集》，臺北：南天書局，1996年。〔據大正12年（1923）杉田重藏書店本影印〕。

王廷元、林佩琪，《百年太魯閣：尋覓歸鄉路》，臺北：采薈軒文創美學有限公司，2019年4月。

古宏．希盼（田貴芳），《太魯閣人．女性篇—耆老百年回憶》，花蓮：都魯彎文教協會，2010年8月。

古宏．希盼（田貴芳），《太魯閣人．男性篇—耆老百年回憶》，臺北：翰蘆圖書，2014年10月。

田哲益（達西烏拉彎．畢馬），《太魯閣族神話與傳說》，臺中：晨星出版社，2020年7月。

李卓翰，《自然資源開發與環境正義的衝突分析——以花蓮縣和平水泥專業區的開發為例》，花蓮：國立東華大學自然資源管理研究所碩士論文，1998年6月。

林瑞祥，《太魯閣族民族植物之研究》，屏東：國立屏東科技大學森林系碩士論文，2018年

5月。
胡清香（Imi Yudaw），《太魯閣族傳統歌謠集》，花蓮：花蓮縣太魯閣建設委員會，2006年。
林靖修，《唱我們的歌：太魯閣族（Truku）可樂社區卡拉ＯＫ文化研究》，花蓮：國立東華大學原住民民族學院，2011年12月。
黃智偉，《全島要塞化：二戰陰影下的臺灣防禦工事（1944-1945）》，臺北：如果出版社，2015年10月。
裴家麒主持，《「太魯閣族狩獵文化暨太魯閣國家公園動物資源調查計畫」案》，屏東：國立屏東科技大學，2019年12月。
張岱屏，《看不見的土地——太魯閣族反亞泥還我土地運動的歷史論述與行動》，花蓮：國立東華大學族群關係與文化研究所，2000年7月。
張藝鴻，《utux、gaya與真耶穌教會：可樂部落太魯閣人的「宗教生活」》，臺北：國立臺灣大學人類學研究所碩士論文，2001年。
劉育玲，《臺灣賽德克族口傳故事研究》，花蓮：國立花蓮師範學院民間文學研究所碩士論文，2001年。
陳永亮，《「下星期記得回來！」：太魯閣族山上部落居民的生活描述與田野調查省思》，花蓮：國立東華大學族群關係與文化研究所碩士論文，2008年8月。
程廷，《我長在打開的樹洞》，臺北：九歌出版社，2021年5月。

影片

秀林鄉公所，《秀林鄉部落專題節目—角落秀林—第二集：和平村》，2019年11月20日發布YouTube頻道。

公視臺語臺製作，《島嶼的人1：戀戀太魯閣　太魯閣族的祖地與音樂文化傳承》，2021年11月29日發布YouTube頻道。

邱凱莉導演，《鍾寶珠　她的十二篇日記》，行動者影展，2022年3月4日發布YouTube頻道。

〈你鼓舞我〉詩歌，太魯閣語版本。

〈太魯閣之戀〉，詞曲：周裕豐。

海風酒店

作者　吳明益

封面繪圖／設計／版面構成　吳明益

校對　吳文君、沈明謙、陳孟蘋、劉虹風

行銷統籌　瓦當人文書屋｜余曉倫、陳晏華

美術設計／封面完稿　陳采瑩

責任編輯　沈明謙

企劃編輯　黃一娟

出版　小小書房小寫出版
社長　詹元成
總編輯　劉虹風
地址　234 新北市永和區文化路 192 巷 4 弄 2 之 1 號
電話　02 2923 1925
傳真　02 2923 1926
官網　https://smallbooks.com.tw
電子信箱　smallbooks.edit@gmail.com

總經銷　大和書報圖書股份有限公司
地址　248 新北市新莊區五工五路 2 號
電話　02 8990 2588
傳真　02 2299 7900

印刷　崎威彩藝有限公司
初版一刷　二〇二三年六月
初版五刷　二〇二四年七月
ISBN　978-626-96687-6-2（平裝）
售價　新臺幣 420 元

國家圖書館出版品預行編目 (CIP) 資料

海風酒店 = The sea breeze club／吳明益作.
-- 初版. -- 新北市：小小書房小寫出版，
2023.06
面；　公分
ISBN 978-626-96687-6-2（平裝）

863.57　　　　112005409